DAMA PIK

ANITA WERNER

DAMA PIK

Wydanie I

Opracowanie edytorskie książki: kaziki.pl
Opracowanie redakcyjne: Aleksandra Boćkowska
Projekt okładki: Tomasz Feliga
Zdjęcie na okładce: Bartek Syta
Zdjęcia Wangarii Mathai: Keith Pearson
Zdjęcia Dory Bakoyannis: Yannis Kolesidis www.yanniskolesidis.com
Zdjęcia Hanny Suchockiej i Alessandry Mussolini: Luca Lo Iacono

ISBN 978-83-62-639-02-1

WYŁĄCZNY DYSTRYBUTOR
Firma Księgarska Olesiejuk Spółka z ograniczoną odpowiedzialnością S.K.A
ul. Poznańska 91, 05–850 Ożarów Mazowiecki
tel. 22 721 30 00, fax 22 721 30 01
www.olesiejuk.pl, e-mail: fk@olesiejuk.pl

fk

Druk:
Drukarnia Wydawnicza im. W. L. Anczyca
ul. Wrocławska 53, 30–011 Kraków

WYDAWNICTWO NON FICTION Sp. z o.o.
ul. Hoża 70/15, 00–682 Warszawa
email: redakcja@wydawnictwononfiction.pl
www.wydawnictwononfiction.pl

Całkowita równość między kobietami i mężczyznami zostanie osiągnięta wtedy, gdy niekompetentna kobieta zostanie mianowana na odpowiedzialne stanowisko.

Françoise Giroud

SPIS TREŚCI

WSTĘP

To była zawodowa przygoda życia. Ruszyłam w drogę, wyszłam ze studia, przypomniałam sobie znowu, jak to jest być reporterem. Wyjechałam, zobaczyłam, doświadczyłam, porozmawiałam z ludźmi, opisałam to, pokazałam widzom. Tak narodził się cykl „Dama Pik", emitowany w TVN 24.

Bohaterkami programu były kobiety u władzy. Każda o wypracowanej, niekwestionowanej pozycji w swojej dziedzinie: polityce, kulturze, show-biznesie. Pojechałam do nich, żeby je poznać, żeby zobaczyć, jak i gdzie żyją, co myślą, jakie są i co mówią, kiedy gasną światła reflektorów na konferencjach prasowych, kiedy siedzą przy swoich biurkach, w swoich garderobach, w swoich domach, jak wygląda ich życie „po godzinach", kiedy odpoczywają, tworzą albo przygotowują kolejną polityczną strategię działania.

W latach 2005–2007 odwiedziłam kilkanaście krajów i kilkanaście dobrze znanych kobiet sukcesu. Dowiedziałam się, co zaprowadziło je na szczyt i co wciąż pcha je do przodu. Dotarłam w tak egzotyczne zakątki świata, jak Kenia (laureatka pokojowej nagrody Nobla Wangari Maathai), za kulisy scen, na których występują znane gwiazdy muzyki rozrywkowej (Helena Vondráčková, Czechy), do gabinetów, w których zapadały najważniejsze decyzje polityczne (Nino Burdżanadze, Gruzja) i w których przed wyborami prezydenckimi ważyły się losy kandydatów (Ségolène Royal, Francja), do malowniczych miejsc, gdzie rodziły się pomysły na nowe filmy (Agnieszka Holland).

Ta książka to relacja z unikalnych spotkań i zapis unikalnych rozmów, to szczere wyznania, wzruszenia, łzy i słabości, ale także siła podejmowania decyzji i konsekwentnego dokonywania wyborów. To także kulisy pracy w telewizji, wielomiesięcznych starań o wywiady, żmudnych i mozolnych przygotowań do wyjazdów kilkuosobowej ekipy, nieoczekiwane zwroty akcji i zaskakujące sytuacje na lotniskach i granicach, perypetie z ponad stukilogramowym bagażem i porywy serca, które – jak pokazuje życie – mogą się zdarzyć także podczas pracy.

Czas, który spędziłam, robiąc ten program, był jednym z najlepszych okresów w moim zawodowym życiu. To była praca w niezwykłym zespole superprzyjaciół i okazja do poznawania niezwykłych ludzi. Mam nadzieję, że czuje się to w tej książce.

Rozdział 1

PANI PREZYDENT, KTÓRA ŚPIEWA DAINY

Vaira Vīķe-Freiberga

prezydent Łotwy w latach 1999–2007

Mężczyźni mówią mi, że będą stawiali mnie za wzór swoim córkom, by dowieść, że żadne drzwi nie są przed nimi za-mknięte.

Vaira Vīķe-Freiberga

Jednak samolot. Reszta ekipy ma w perspektywie cały dzień w samochodzie. Ja tylko dwie godziny lotu. Obowiązki do ostatniej chwili trzymały mnie w Warszawie. Samolot da mi komfort krótkiej podróży, ale pozbawi żywiołowych dyskusji, które są nieodłącznym elementem stadnego przemieszczania się drogami. A dokąd się przemieszczamy? Nasz cel to Łotwa. Na Łotwie Ryga, w Rydze Pałac Prezydencki, a w Pałacu – pani prezydent.

Jeszcze rok wcześniej o Vairze Vīķe-Freiberdze wiedziałam tylko tyle, że jest ruda, że wyróżnia się na grupowych zdjęciach z politykami kolorowymi garsonkami i że potrafi publicznie sprzeciwić się Rosji, co oznacza, że jest odważna i zdecydowana. Nieco później wiedziałam o niej już znacznie więcej – powojenna emigracja, ponad pięćdziesiąt lat poza krajem, powrót do niepodległej Łotwy i – po roku – objęcie prezydenckiego fotela. To było intrygujące. Wystarczająco mocno, żeby walczyć o spotkanie.

„Hello, it's Marta speaking. Can I talk to Aiva?... Oh, hello Aiva, we are actually in Latvia now, can I confirm our meeting? 10 o'clock at President's Residence? OK, we will be there. And then, we discuss all the details. Thanks Aiva, bye" – jadąc z lotniska samochodem, słyszę, jak Marta dogrywa szczegóły. Marta Mojkowska – producentka „Damy Pik", sprawna organizatorka, nieustraszona negocjatorka, wojowniczka o anielskiej urodzie. To głównie ona wykonuje tę codzienną nudną robotę, która małymi kroczkami ma nas zbliżyć do wizyty u jakiejś Damy. Dziesiątki listów, maili i telefonów z pytaniem: „Czy pani X pamięta może o naszym spotkaniu? Może w tym miesiącu znajdzie dla nas czas?" są nużące, ale kiedyś w końcu dają efekt. A wtedy czas na przejście do kolejnego etapu pracy: organizacji wyjazdu. Więcej konkretów, większy stres, ale też większa adrenalina.

Ryga przypomina mi Łódź. Pierwsze spostrzeżenia: przemysłowe dzielnice i piękne, ale jednak zaniedbane centrum. Na ważniejszych i większych ulicach zachwycają odrestaurowane kamienice, ale w bocznych straszą dziurawe, na wpół zawalone drewniane konstrukcje, przerażają czarne od kurzu i brudu nieużytki. Kilka kroków dalej znowu skręca się w bok i wchodzi do nowoczesnego hotelu „Albert".

„Albert" jak Albert Einstein. Nazwa świadczy o wnętrzu. Większość motywów wyposażenia wnętrz hotelu nawiązuje do życia i osiągnięć Einsteina. Na ścianach wypisane są matematyczne wzory, kawiarnia urządzona jest jak biblioteka, w windzie tyle cytatów z Mistrza, ile pięter, a w każdym pokoju złota myśl, którą każdy z gości może przeczytać zaraz po wstaniu z łóżka. No i, *last but not least*, ogromny przeszklony lounge na jedenastym piętrze z przepięknym widokiem na miasto. Mało w nim Einsteina, zdecydowanie więcej serwowanych alkoholi.

Z Aivą, prezydencką asystentką, spotykamy się w Zamku, czyli łotewskim Pałacu Prezydenckim. To czternastowieczna forteca z widokiem na rzekę. Aiva okazuje się przemiłą, mniej więcej trzydziestoletnią brunetką, świetnie władającą angielskim i chcącą jak najlepiej zorganizować nasz wywiad. Ma też niebywałą zdolność kwiecistego i – co się rzadko zdarza – także nieoficjalnego opowiadania o swojej szefowej. Ale zaczyna od oprowadzenia nas po pierwszym piętrze Zamku.

„Co robi tu ten pies?", pytam, widząc kieszonkowych rozmiarów pluszowego białego zwierzaka w czarne łaty. Leży na stole w Złotym Hallu – najbardziej reprezentacyjnym pomieszczeniu. Tu pani prezydent spotyka się z ważnymi gośćmi.

Okazuje się, że Vaira Vīķe-Freiberga lubi psy, a ten przypomina jej tego, którego ma w domu. Ta maskotka to chyba dobry znak, że spotkamy człowieka, a nie maszynę.

Przez pokoje w prezydenckim Zamku przechodzi się jak przez kolejne etapy gry komputerowej. Wychodząc z jednego, od razu znajdujemy się w kolejnym. Ostatnie ogniwo tego pokojowego łańcucha to gabinet pani prezydent. Dla nas na razie zamknięty – za drzwiami trwa spotkanie konsulatu bezpieczeństwa. Prezydent, premier i czterech ministrów rozmawiają o bezpieczeństwie kraju. Zamkową wycieczkę kończymy więc spokojni o swój los.

Cygan Finks, łotewski Wernyhora, w latach trzydziestych XX wieku przepowiedział swojemu krajowi czarną przyszłość. Ryskim bogaczom wieszczył śmierć w skrajnej nędzy daleko od rodzinnego kraju, a oficerom – masowe groby i wywózki. W artykułach i książkach wróżył Łotwie zagładę. Kilka lat później jego wróżby spełnił koszmar egzekucji łotewskich żołnierzy pod uralską Tawdą, a także koszmar polarnych nocy nad łagrami w Dudince i Norylsku. Ale między czarnymi wizjami Finksa była też jedna radosna. Napisał, że kiedy najwyższą władzę na Łotwie obejmie kobieta, „nawa państwowa płynąć będzie spokojnie, a świecić jej będzie jasne słońce".

Rok 1998. Po ponad 50 latach emigracji na Łotwę wraca z Kanady Vaira Vīķe-Freiberga. Od 1965 roku była profesorem psychologii na uniwersytecie w Montrealu. Przedmiotami jej badań naukowych była psychofarmakologia i psycholingwistyka.

Niektórzy mówią, że jej wybór na prezydenta to była druga rewolucja, największe wydarzenie od czasu odzyskania niepodległości. Na Łotwie prezydenta wybiera parlament, ale wtedy, w 1999 roku, trochę pomogły jej też media. Wcześniej uważano, że kandydat na prezydenta musi odpowiadać co najmniej dwóm kryteriom: mieć za sobą doświadczenie zsyłek na Syberię i być byłym członkiem partii komunistycznej. W 1999 roku poza byłym komunistycznym aparatczykiem kandydował związany z Rosją piosenkarz pop. Publicyści, z którymi rozmawiam, przyznają, że starali się znaleźć dla nich alternatywę, a niektórzy, że wręcz pracowali nad tym, by zapobiec ich wyborowi. Zdaniem Aivarsa Ozoliņša z gazety „Diena" Vīķe-Freiberga pojawiła się w kraju jako druga szansa dla Łotwy: entuzjastyczna, odważna, starała się podnieść Łotyszy na duchu, mówiąc im, że powinni być z siebie dumni.

Politycy początkowo nie traktowali jej poważnie. Ówczesny premier Vilis Krištopans zapoznał się z jej biografią dopiero wtedy, kiedy zgłosiła swoją kandydaturę w wyborach prezydenckich. Wygrała ideami.

Kiedy podczas pobytu na Łotwie pytam moich rozmówców, jakim człowiekiem jest Vaira Vīķe-Freiberga, słyszę: silna, dzielna, zrównoważona, ale niepozbawiona emocji. Motywuje ludzi do działania, podnosi ich morale. Słynie z ostrych wypowiedzi i dobrych puent.

Jeden z jej parlamentarnych oponentów: „Jest kobietą niezwykle charyzmatyczną, ale jej zięciem nie chciałbym być".

Profesor Žaneta Ozoliņa z Instytutu Nauk Politycznych Uniwersytetu Łotewskiego podkreśla, że Vīķe-Freiberga ma wizję całego regionu. Nie myśli lokalnie, ale globalnie. Aiva dorzuca jeszcze kilka cech: pani prezydent ma duże poczucie humoru i można z nią przegadać godziny o fizyce, chemii, matematyce, literaturze i poezji, niekoniecznie łotewskiej.

Vaira Vīķe-Freiberga sama o sobie: „Jeżeli chodzi o interesy mojego kraju, to nie jestem z żelaza, jestem ze stali".

Nie mogę doczekać się spotkania. Wywiad ma się odbyć o trzynastej. Nagle dzwoni Aiva, by powiedzieć, że wywiadu w Pałacu Prezydenckim nie będzie. Prosi, żeby nie zadawać pytań i jechać szybko do prywatnej rezydencji pani prezydent w Jurmali koło Rygi.

Takie telefony na kilka godzin przed ważnym wywiadem nie wprowadzają dobrej atmosfery, ale pakujemy rzeczy i jedziemy. Autostradą, więc w ciągu pół godziny jesteśmy na miejscu. Jurmała to znany na Łotwie ośrodek wypoczynkowy i uzdrowiskowy. Słynie z łagodnego mikroklimatu, sosnowych lasów, źródeł mineralnych i borowin, ale przede wszystkim z przepięknej, piaszczystej plaży, ciągnącej się kilometrami nad Zatoką Ryską.

My na razie widzimy tylko betonowe ogrodzenie z wykutą w metalu bramą. Wita nas wartownik – zbiera paszporty i każe czekać. Po 15 minutach pojawia się oficer ochrony i daje sygnał do wjazdu. Nie możemy podjechać pod drzwi, więc cały sprzęt (kamery, oświetlenie, monitory, osprzęt dźwiękowy, kable – w sumie jakieś 100 kilogramów) taszczymy na plecach. Aiva ma dla nas szokujące wyjaśnienie: ktoś zadzwonił i poinformował o podłożonej w Zamku bombie. W siedzibie głowy państwa trwa więc ewakuacja, a my jesteśmy w prywatnym domu pani prezydent. Nie ma tego złego...

Pani prezydent pojawia się znienacka. Serdeczny uśmiech, wojskowy krok, przy powitaniu mocny uścisk dłoni. Ma idealnie uczesane włosy i jak zwykle wyrazistą garsonkę, tym razem w kolorze ciemnego lazuru. Nie wygląda na 69 lat.

Vaira Vīķe-Freiberga zostaje prezydentem Łotwy w czerwcu 1999 roku. Parlament wybiera ją w drugiej turze. Podczas prezydenckiej przysięgi apeluje do Łotyszy, by porzucili przeszłość, naznaczoną okupacją carską, nazistowską, a następnie pięćdziesięcioletnim panowaniem sowieckim. „Historia jest już za nami", mówi. „Dziedziczymy przeszłość, ale nie musimy być niewolnikami żyjącymi w jej cieniu". Podkreśla, że Łotwa zasługuje na to, by być członkiem Unii Europejskiej i paktu północnoatlantyckiego. Dostaje owacje na stojąco i kwiaty. Chwilę wcześniej mówi komuś na korytarzu, że martwi się o swój wygląd, bo nie była u fryzjera. Chwilę później obstępuje ją tłum dziennikarzy. Jest pogodna i z uśmiechem odpowiada na wszystkie pytania.

Gdy pytam ją, co wtedy czuła, odpowiada, że była wyjątkowo spokojna. Patrząc na tłum dziennikarzy, fotoreporterów i operatorów, wiedziała, że czekają na jej reakcję na ogłoszenie wyników. Pomyślała wtedy, z właściwą sobie przekorą: „Jeżeli myślą, że zobaczą, jak płaczę, gdy nie zostanę wybrana, to się grubo mylą! Cokolwiek się wydarzy, będę się uśmiechać i odejdę, mówiąc, że jestem bardzo zaszczycona, iż wzięto mnie pod uwagę jako kandydatkę. A jeśli wygram, to wykonam powierzone sobie zadanie".

Profesor Imants Freibergs, mąż pani prezydent, siedział wtedy z przyjaciółmi w Instytucie Łotewskim. Transmisję z parlamentu oglądali w telewizji. Potem wspólnie pojechali do ryskiego sejmu. Kiedy dotarli na miejsce, nowo wybrana głowa państwa już wychodziła otoczona strażą. Musiała interweniować, by go przepuścili.

Z nową sytuacją musiał się zmierzyć nie tylko mąż, ale i Łotwa.

Natychmiast zadano pytanie, czy nowa prezydent będzie w stanie zrozumieć, jak funkcjonuje kraj, w którym co mniej więcej dziewięć miesięcy zmieniają się rządy, który wciąż zmaga się z sowiecką przeszłością i dopiero zaczyna marzyć o międzynarodowych strukturach. Pytano, jakie ma kwalifikacje do rządzenia krajem. Niektórzy twierdzili, że żadne. Bo co może wiedzieć o kraju emigrantka z Kanady, która wyjechała 53 lata temu? I która nigdy wcześniej nie była politykiem?

Za jej kandydaturą przemawiało jednak wiele argumentów: znajomość zasad zachodniej demokracji, świetna znajomość języków obcych, umiejętność szybkiego reagowania i polemizowania. Publicysta Voldemars Hermanis przypomina, że Łotysze są z natury powściągliwi i spokojni, więc jej charakter w pewnym sensie kontrastował z łotewskim charakterem narodowym. Być może właśnie to rekompensowało jej brak praktyki politycznej.

Ojārs Kalniņš uważa, że właśnie brak politycznego zaplecza dawał nadzieję, iż Vīķe-Freiberga wniesie coś nowego do polityki.

Najwyraźniej wnosi, bo wybór na drugą kadencję jest formalnością. W czerwcu 2003 roku dostaje 88 na 100 głosów w parlamencie. W sondażach popiera ją wówczas 70 procent Łotyszy. Trzy miesiące później czeka ją referendum w sprawie wejścia Łotwy do Unii Europejskiej.

Pytana wtedy, czy wolałaby przyłączyć Łotwę do Unii czy do NATO, odparła: „To tak, jakby zapytać, czy raczej ucięłabym sobie prawą rękę, czy lewą. Oczywiście chciałabym zatrzymać je obie. Tak samo chcę, by Łotwa była i w NATO, i w Unii Europejskiej”.

1 maja 2004 roku, podczas uroczystości przystąpienia do Unii Europejskiej 15 nowych państw, Vaira Vīķe-Freiberga pierwszy i jedyny raz publicznie uroniła łzę wzruszenia. Kiedy na maszt na głównym placu w Rydze wciągnięto flagę Unii, poczuła, że Łotwa, od kilku miesięcy też w NATO, zostawia wiele rzeczy za sobą i rozpoczyna nowe życie.

Mówiła o nowym życiu w Unii, ale w tym nowym życiu zostały stare problemy. Historia dogania ją rok później, w Moskwie, podczas obchodów sześćdziesiątej rocznicy zakończenia II wojny światowej. Jedzie tam zaproszona przez Władimira Putina. Rosyjskojęzyczne media działające na Łotwie są oburzone. Rosyjskie portale i gazety przeprowadzają sondaż, z którego wynika, że aż 81,5 procent rosyjskich internautów chce, aby prezydent Putin odwołał swoje zaproszenie dla prezydent Łotwy na Dzień Zwycięstwa w Moskwie. Jedynie 10 procent Rosjan chce widzieć prezydent Łotwy na uroczystościach.

Vīķe-Freiberga zaskakuje odwagą. Pisze deklarację rocznicową i rozsyła ją do wszystkich prezydentów, których zna. Reakcje są bardzo pozytywne. 9 maja, stojąc na moskiewskim Placu Czerwonym, udziela wywiadu, w którym mówi, że dla państw bałtyckich ten dzień był początkiem sowieckiej okupacji. Dla Kremla to trudne do przyjęcia.

Nikolajs Kabanovs z Partii Na Rzecz Praw Człowieka w Zjednoczonej Łotwie nie jest zwolennikiem Vīķe-Freibergi głównie z powodu jej bezwzględnego dialogu z Rosją. Mówi, że tamta jej wizyta wyglądała na akcję protestacyjną. Pojawiając się koło Mauzoleum Lenina w czarnym stroju (ona, słynąca z zamiłowania do koloru!), zamanifestowała swojego rodzaju żałobę związaną z okupacją Łotwy.

W oczach większości łotewskich obserwatorów sceny politycznej zyskała tym bardzo wiele. Aivars Ozoliņš mówi, że to była najlepsza rzecz, jaką można było zrobić. Ojārs Kalniņš uważa, że zdobyła tym gestem szacunek Rosjan, którzy nie spodziewali się, że prezydent kraju bałtyckiego może mieć takie międzynarodowe wsparcie jak ona.

Oglądam archiwalne materiały ze spotkań Vīķe-Freibergi z George'em Bushem. On okazuje jej dużo atencji, uśmiecha się. Widać, że jest między nimi chemia. W rozmowie ze mną Vīķe-Freiberga przyznaje, że Bush jest jej politycznym przyjacielem.

Aiva opowiada nam, że ta przyjaźń zaczęła się podczas szczytu NATO w Pradze w 2002 roku. „Pani prezydent wygłosiła wtedy mowę z pamięci. Reszta osób czytała z kartek, a nasza prezydent po prostu stanęła i zaczęła mówić. I mówiła w taki sposób, że zaskoczyła wszystkich, nie wyłączając prezydenta Busha", wspomina.

Aivars Ozoliņš widział, w jaki sposób przygląda jej się Bush. Sprawiał wrażenie bardzo zadowolonego z tego, co słyszy.

Ojārs Kalniņš przypuszcza, że urzekła go jej światowość – świetna znajomość angielskiego i wiedza o globalnej polityce. „Mogła porozumiewać się z nim na poziomie, który on rozumiał, a jednocześnie reprezentować Europę", tłumaczy.

Gdy na początku 2003 roku odwiedziła Biały Dom, deklarując stanowcze poparcie dla polityki Stanów Zjednoczonych wobec Iraku, Amerykanie oszaleli na jej punkcie. Łotewską ambasadę w Waszyngtonie zalały maile, rozdzwoniły się tamtejsze telefony. Wielu ludzi zamierzało zmienić plany wakacyjne i zamiast do Francji jechać na Łotwę. „Nasza ambasada miała mnóstwo pracy z odpisywaniem na maile ze słowami wdzięczności oraz pytaniami, gdzie można kupić łotewskie produkty. To dobre dla Łotwy. Przyjedzie więcej turystów", komentowała wtedy Vīķe-Freiberga.

W maju 2004 roku George Bush przyjechał do Rygi dwa dni przed uroczystościami rocznicowymi w Moskwie. Chciał spotkać się z Vīķe-Freibergą, ale też powiedzieć publicznie, że republiki nadbałtyckie były pod okupacją Związku Radzieckiego. Powtórzył to zdanie siedem razy w jednym przemówieniu.

Nie spodobało się to prorosyjskim radykałom. Nikolajs Kabanovs zarzuca Vīķe-Freiberdze, że nie docenia geopolitycznych, historycznych i kulturalnych powiązań Łotwy z Rosją. Twierdzi, że przez to, iż większość życia spędziła w Kanadzie, widzi Rosję tak, jak Amerykanie w czasie zimnej wojny widzieli Związek Radziecki. A świat przecież się zmienił.

Gdy rozmawiam z Vairą Vīķe-Freibergą o Rosji, słyszę w jej głosie stanowczość, ale nie zapalczywość. Ma świadomość, że Związek Radziecki upadł, ale przypomina, że Federacja Rosyjska przejęła bogactwa i dziedzictwo ZSRR. Irytuje ją rosyjskie stanowisko, że okupantem byłych republik był inny, nieistniejący już kraj. Jednocześnie obserwuje w Rosji procesy, które napawają ją optymizmem. „To jest jak z lodem na rzece na wiosnę. Pęka, porusza się, rzeka zaczyna płynąć, potem znowu zamarza. Sądzę, że z czasem zobaczymy pewną zmianę oceny historii przez wszystkich w Europie", mówi. Wierzy, że prędzej czy później Rosja przeprosi dawne republiki za lata okupacji. I żałuje, że nie zdołała się nigdy nauczyć rosyjskiego.

Vaira Vīķe-Freiberga wyjechała z Łotwy jako siedmiolatka, w 1945 roku. Jej rodzinę, tak jak około 180 tysięcy Łotyszy, do emigracji zmusiła wojna. Kilka tygodni wędrowali przez Europę, zanim trafili do obozu uchodźców w niemieckiej Lubece. Wokół spadały bomby, dokuczał głód i trzydziestostopniowy mróz.

Następnym przystankiem było Maroko. Wspaniały czas. Mieszkała z rodzicami w willi w Casablance, mieli psy i koty. Skończyła francuską szkołę podstawową i średnią. Chodziła do konserwatorium, śpiewała w chórze. Jednak znów wyruszyli w podróż. Tym razem do Kanady.

Początkowo było trudno. Nie znała angielskiego, nie miała przyjaciół, było zimno. Pracowała jako kasjerka w banku, po pracy chodziła do szkoły wieczorowej. Zajęcia kończyły się o 22.30. Do dziś pamięta, jak marzła na przystankach, czekając nawet godzinę na autobus. Ale miała w sobie determinację. Poznała już środowisko emigracyjne – smutnych Łotyszy, którzy co roku 18 listopada spotykali się, by opłakiwać utraconą ojczyznę. Obserwując ich, zdecydowała, że chce kultywować łotewskie dziedzictwo, ale nie chce żyć jak oni. Gdy zarobiła w banku wystarczająco dużo, by rodzice mogli spłacić długi za podróż, poprosiła o urlop i przystąpiła do egzaminów wstępnych na uniwersytet. Trzynastu wielkich egzaminów, choć spędziła w szkole zaledwie osiem lat! I dostała się. Wtedy zaczęło się naprawdę ciężkie życie. Nie miała pieniędzy na książki, podejmowała się rozmaitych dorywczych prac w święta i weekendy, żeby jakoś się utrzymać.

Utrzymała się. Została profesorem. I nigdy nie przestała działać na rzecz wolnej Łotwy. Sama w jednym z wywiadów powiedziała: „Mój dom w Kanadzie powinien nazywać się »Hotel Łotwa«. Czuję i rozumiem to, co każdy Łotysz".

W latach osiemdziesiątych Związek Radziecki pozwalał artystom podróżować za granicę. Jeździli po Ameryce Północnej i dawali koncerty. Byli pilnowani przez ludzi z KGB, ale jednak jakoś trafiali do domu Freibergsów. Mam wątpliwości, czy to wystarczyłoby, aby czuć to, co każdy Łotysz. Jednak nie był to jedyny kontakt z ojczyzną. Vīķe-Freiberga dostawała listy od rodziny. Zazwyczaj niechlujnie zaklejone klejem, co wyraźnie sygnalizowało: „Pamiętaj, twoje listy są cenzurowane".

W 1969 roku odwiedziła Łotwę. Pozwolono jej spotkać się z rodziną. Nigdy nie były to spotkania sam na sam, ale rozmawiali o zwykłych rzeczach, o czym myślą, czym się martwią, z czego się śmieją. Oglądała telewizję, którą oni oglądali, czytała dostępne gazety. Na każdym rogu widziała żołnierzy Armii Czerwonej, więc czuła panującą tam atmosferę.

Jeździli też jej znajomi. Niedoświadczeni w kontaktach z KGB, uczestniczyli w wycieczkach, które organizował dla nich Komitet ds. Stosunków z Zagranicą. Zabierano ich we wszystkie pokazowe miejsca – ludziom przypominała się młodość, byli poruszeni, płakali. Funkcjonariusze spreparowali potem publikację zatytułowaną *Głos Ojczyzny*, którą rozprowadzali wśród emigrantów. Znalazły się tam zdjęcia z tych uroczystości i komentarze w prześmiewczym tonie, że Łotysze zostali wprowadzeni w błąd przez niemiecką propagandę, uciekli, a teraz wracają i płaczą, bo żałują, że nie budowali socjalizmu. Vīķe-Freiberga przyrzekła sobie wtedy, że nigdy nie zapłacze w czyjejś obecności.

Ja tylko raz widzę łzy w jej oczach. Gdy rozmawiamy o paszporcie. Kandydując na prezydenta, musiała zrzec się kanadyjskiego obywatelstwa. Przepis, mówiący, że nie tylko prezydent, ale nawet kandydat na prezydenta nie może mieć podwójnego obywatelstwa, przepchnął trzy tygodnie przed wyborami jej kontrkandydat. „Gdyby to on wygrał, a nie ja, okazałoby się, że swoje kanadyjskie obywatelstwo oddałam po nic", mówi i właśnie wtedy dostrzegam jej wielkie wzruszenie.

W Kanadzie zajmowała się pracą naukową. Poza badaniami psychologicznymi, prowadziła badania nad... dainami – łotewskimi pieśniami ludowymi. Opublikowała książki, między innymi *Język i poetyka łotewskich pieśni narodowych* oraz pracę na temat wpływu narodowych pieśni i poezji na naród łotewski. W latach osiemdziesiątych XX wieku odwiedzała ojczysty kraj, by spotykać się z ludźmi zajmującymi się tradycją oraz żeby zgłębiać historię dain. Dziś, gdy nadarza się okazja, śpiewa je sama. Co roku bierze udział w Święcie Połowy Lata, ubrana w łotewski strój ludowy. Z innymi uczestnikami pije piwo, je ser i śpiewa przy ognisku.

Ta pasja pomogła jej zdobyć serca Łotyszy. „Dainy zazwyczaj składają się z czterech wersów. Ich tematem może być wszystko: miłość, śmierć, wojna, praca. Są symboliczne, nie wykorzystują imion prawdziwych ludzi", tłumaczy mi Ojārs Kalniņš. „Jest milion dain, a do nich ponad trzydzieści tysięcy melodii. Jedna melodia może opowiadać różne historie, ludzie wymyślają czasem nowe słowa do znanej melodii. Łotysze są bardzo uprzejmi, więc rzeczy, których nigdy nie powiedzieliby wprost, śpiewają w dainach. Vīķe-Freiberga, poświęcając dainom pracę naukową, pokazała, że jest w nich mądrość, która wykracza poza granice Łotwy. To dało nam poczucie dumy. Wcześniej przeważała opinia, że jesteśmy małym krajem, małym narodem, a tu się okazuje, że możemy być porównywani do innych ludów na świecie. Vīķe-Freiberga pokazała, że nasi przodkowie byli tak samo mądrzy jak ci, którzy zdobyli dużo większą sławę w literaturze".

Sama Vaira Vīķe-Freiberga wspomina pracę nad naukowym opracowaniem dain jako intelektualnie ekscytującą. Zaczęło się od hobby

– jako wolontariuszka jeździła na obozy dla młodzieży łotewskiej i dawała tam wykłady o dainach. Potem gdy powstało Stowarzyszenie Zaawansowanych Studiów Bałtyckich, zaprezentowała swoje badania. I rozpoczęła wielki projekt badawczy. Pamięta dumę, z jaką na międzynarodowych konferencjach, na których dyskutowano o szkockich balladach i tradycjach, mówiła: „Patrzcie, my też mamy takie pieśni, co prawda niezbudowane jak ballady, ale też są przekazywane ustnie, przechowywane w pamięci i uniwersalne w swej treści". Planuje napisanie jeszcze dwóch książek o dainach.

Siedzę naprzeciwko pani prezydent i zdaję sobie sprawę, że rozmawiamy głównie o tym, co działo się w Kanadzie. Opowiada o tym z wielką pasją i zaangażowaniem. Zwraca uwagę na szczegóły, nie chce niczego pominąć. Już wiem, że każdy rok z tych ponad czterdziestu lat w Kanadzie był dla niej niezwykle ważny.

Wyznaje, że gdy przychodzi jesień, dni stają się krótsze i ciągle pada deszcz, tęskni za niebieskim niebem jesieni w Montrealu i brakuje jej pięknych kolorów klonów w Quebeku. „Ale w życiu trzeba iść do przodu. Byłam bardzo smutna, gdy przerwałam moją pracę na uniwersytecie, ale krótko potem dostałam ofertę powrotu na Łotwę i kierowania tu Instytutem Łotewskim. Potem zostałam prezydentem. W życiu tak jest, że jedne drzwi się zamykają, ale inne otwierają. Trzeba mieć umysł i serce otwarte, wtedy rzeczy same do ciebie przychodzą", mówi Vīķe-Freiberga.

W meczach hokejowych kibicuje Łotwie, choć w tej konkurencji Łotysze nie mają z Kanadą żadnych szans.

Mąż pani prezydent, profesor informatyki, jest pogodnym, spokojnym dżentelmenem. Lekko pochylony, porusza się ostrożnie, ale pewnie. Ma zaczesane na bok siwe włosy i pomarszczoną twarz, która z każdym uśmiechem promienieje serdecznością. Małżeństwem są od 1960 roku.

Poznali się podczas studiów na uniwersytecie w Toronto. On studiował fizykę, ona psychologię. Spotkali się w klubie łotewskim, wspólnie pracowali w komitecie organizacyjnym festiwalu dla młodzieży łotewskiej z Ameryki Północnej. „Pracowaliśmy razem, wychodziliśmy na rozmowy po spotkaniach, na kawę. Poznawaliśmy się i odkryliśmy, że się lubimy, mamy wspólne korzenie, oboje jesteśmy rodowitymi Łotyszami. Ja przyjechałem z Francji, a rodzice Vairy z francuskiego Maroka", wspomina Imants Freibergs. Mówi, że się nie kłócą. Czasem rozmawiają o polityce, ostatnio na przykład o unijnych funduszach dla przedsiębiorców. Profesor jest członkiem wielu organizacji, między innymi takich, które uczą bezrobotnych obsługiwać komputery. Dziś jest naszym przewodnikiem po domu pary prezydenckiej.

Dom ten dawniej pełnił rolę daczy dla sowieckich notabli. Na dole wciąż stoją meble z tamtego okresu. Dół, jak się dowiaduję, jest przeznaczony na spotkania służbowe. Im wyżej, tym bardziej prywatnie: salon, gabinet do pracy, sypialnia. Na górze stoją meble, które przyjechały z rodziną Freibergsów z Montrealu. A bibelotów jest tak wiele, że rezydencja okazuje się jednak za mała, by je wszystkie pomieścić. Porcelanowe naczynia, kolorowe figurki, wazony. Kolekcja masek z różnych części świata. Pierwszą profesorowi podarował afrykański student, a potem sami zaczęli przywozić kolejne z rozmaitych podróży. Jest nawet maska Maorysów z Nowej Zelandii. Wśród pamiątek od znajomych polityków znajduje się też książka podarowana przez Aleksandra Kwaśniewskiego. Profesor pokazuje również obrazy, niektóre autorstwa synowej. Jakieś pamiątki z Kanady? „Tylko syrop klonowy", uśmiecha się profesor Freibergs.

Wychodzimy do ogrodu. Profesor zabiera psa. Rzeczywiście, jest podobny do maskotki w Zamku. Tylko trochę większy. „To chin japoński. Wabi się Fumi. Jest bardzo przyjazna, lubi ludzi", opowiada Freibergs, a Fumi na potwierdzenie tej opinii podbiega do mnie, bym mogła ją pogłaskać. Widać wyczuwa moją słabość do psów. Głaszczę ją, a profesor mówi dalej: „Dobrze rozumie się z naszymi dwoma kotami. Rano czeka na mnie, żebym się obudził i wyszedł z nią na spacer". Wieczorny spacer to obowiązek pani prezydent.

Koty są ciekawskie, ale bojaźliwe. Chciałyby podejść, ale boją się. Nawet z daleka są piękne. Duże, dostojne i smukłe. W kolorze srebrnego grafitu.

Pies chodzi na smyczy. Nie może zbyt dużo biegać. Podobno boi się hałasu. Nic więc dziwnego, że kiedy na sąsiedniej, remontowanej posesji z hukiem spada ścinane drzewo, truchleje.

Ogród to przede wszystkim drzewa iglaste i mnóstwo małych, wijących się alejek. Wszystkie dobiegają do betonowego ogrodzenia, za którym jest już tylko plaża i morze. Latem jest to idealne miejsce do pływania, ale tylko dla profesora. Pani prezydent nie lubi zimnej wody, w każdym razie nie takiej o temperaturze 22 stopni.

Z plaży pod prezydenckimi oknami może korzystać każdy. Zaglądania w okna profesor się nie boi. Mówi, że niewiele widać.

Państwo Freibergs mieszkają tu sami. Dzieci są od dawna dorosłe. Syn, Kārlis, przyjechał na Łotwę dziesięć lat przed rodzicami, został współzałożycielem pierwszej angielskojęzycznej gazety w krajach nadbałtyckich – „The Baltic Observer". Córka, Indra, mieszka w Londynie. Pani prezydent najbardziej lubi siedzieć na kanapie w pokoju telewizyjnym. Narzeka czasem, że musi oglądać wiadomości. Mówi, że to też jej praca, ale bywa, że nużąca. Kiedy ogląda telewizję i się nudzi – haftuje. Gdy ma czas, uprawia narciarstwo biegowe i pływa (oczywiście w basenie). Jesienią chodzi na grzyby. Później coś z nich może ugotować. Słucha dużo muzyki. Ludowej – to już wiemy. Poza tym klasycznej muzyki gitarowej i Mozarta.

W niedzielę lubi jeść z mężem śniadanie, patrząc na morze.

Chciałam nagrać stand-up (komentarz wygłaszany przed kamerą przez autora programu – przyp. A. W.) z widokiem na falujące

morze. Tyle że nie wzięłam pod uwagę, iż w marcu morze bywa za-
marznięte. I akurat było. I bardzo dobrze, bo zasypana śniegiem,
rozciągnięta po horyzont płaszczyzna w pełnym słońcu robiła pio-
runujące wrażenie.

Łotewscy dziennikarze wspominają, że gdy Vaira Vīķe-Freiberga
poparła decyzję Stanów Zjednoczonych i ich sprzymierzeńców
w sprawie wejścia wojsk do Iraku, niektórzy przywódcy europejscy,
jak choćby Jacques Chirac, ostro ją krytykowali. Wystarczyło jednak jedno spotkanie, by wyszli z niego zauroczeni. Pokazują mi
zdjęcia, na których prezydent Francji całuje na powitanie panią
Vīķe-Freibergę w rękę. Pytam więc, czy kobiecy urok przydaje się na
stanowisku prezydenta. Są zgodni: „Kobieta prezydent? To działa!".
    Ojārs Kalniņš tłumaczy, że Vaira Vīķe-Freiberga podoba się Ło-
tyszom, bo jest silną kobietą. Tutaj, jak mówi, społeczeństwo jest
matriarchalne, w rodzinie rządzą kobiety. „Przez wiele lat panowa-
ło przekonanie, że na mężczyzn spływa chwała, ale to kobieta od-
wala całą robotę. A teraz pojawiła się kobieta, która nie tylko
odwaliła całą tę robotę, ale też spłynęła na nią chwała".
    W jednym z wywiadów prezydent Vīķe-Freiberga powiedziała:
„Mężczyźni mówią mi, że będą stawiali mnie za wzór swoim córkom, by dowieść, że żadne drzwi nie są przed nimi zamknięte".
Gdy jednak pytam ją, czy bycie kobietą w polityce to zaleta, czy
wada, dostrzegam irytację. Napina mięśnie twarzy i zaciska usta.
Chyba nie lubi tego pytania. „Jestem człowiekiem. I pracuję jako człowiek", mówi. Dodaje ironicznie, że owszem, mężczyźni
otwierają przed nią ciężkie drzwi, ale poza tym nie ma z nich nad-
zwyczajnych korzyści. Denerwuje ją postrzeganie kobiety jako jakiejś innej istoty, wszystkie te klasyfikacje, że kobiety są z Wenus,
a mężczyźni z Marsa. „Jesteśmy z tej samej planety, jesteśmy ludźmi. Kobiety i mężczyźni", podkreśla.

„Nie w każdym kraju akceptuje się kobiety polityków", mówię. „Och, mnie akceptują", odpowiada.

O tak, z pewnością! Nawet podziwiają. Ojārs Kalniņš twierdzi, że pani prezydent nie ma oporów przed wykorzystywaniem kobiecych atrybutów, by coś osiągnąć. Przykładem jest pozowanie do zdjęć wspólnie z innymi przywódcami krajów Unii Europejskiej – wszyscy są ubrani w czarne garnitury, a ona ma na sobie czerwoną sukienkę. Wie bardzo dobrze, że w ten sposób zwróci na siebie uwagę, że zostanie wyłapana z tłumu. Robiła tak wiele razy.

Skoro pani prezydent nie lubi o tym rozmawiać, próbuję podpytać jej męża. On przyznaje, że wygląd jest dla jego żony bardzo ważny, lubi być ubrana stosownie do okazji. Tym, by wszystko działało jak trzeba, zajmują się panie od protokołu. Mają w komputerze listę jej strojów i w zależności od wydarzenia przygotowują kostium. Wyciągają ubranie, proponują do tego biżuterię, buty. „Ograniczenia są jedynie budżetowe. Państwo nie zapewnia tych wydatków, Veira kupuje wszystko sama", zdradza profesor.

Od Aivy wiem, że pani prezydent czasem wymyka się do kina. Sama albo z mężem, ale bez ochrony. Na koniec pytam więc, czy poszłaby na film o sobie. „Naturalnie. Pewnie bym się zdziwiła: »Hm, ciekawe, kim jest ta osoba«", śmieje się. Ma świadomość, że na podstawie jej życiorysu można by skroić każdy scenariusz: na dramat, romans, film polityczny. Ona najbardziej chciałaby, żeby była to – a jakżeby inaczej?! – baśń mitologiczna: „Moje życie pasuje bardzo do historii opowiadanych w łotewskich pieśniach o dziewczynce-sierotce, która zostaje nagrodzona za ciężką pracę, upór i dobry charakter".

Gdy rozmawiałyśmy, nie wiedziała jeszcze, co będzie robić, gdy przestanie być prezydentem. „To zależy od tego, jakie pojawią się możliwości. Przypominam sobie moją pracę w banku, gdy miałam 16 lat. Zaczynałam dzień na zerze, dostawałam pieniądze, wydawałam pieniądze i na koniec dnia bilans znowu wynosił zero. To było psychicznie trudne do zniesienia. Ja chcę robić coś, co powoduje różnicę, nie chcę kończyć dnia na zerze. Tak więc przyjmę chętnie każdą pracę, dzięki której coś się zmieni", powiedziała wtedy.

Odkąd przestała być prezydentem, Vaira Vīķe-Freiberga nie angażuje się w bieżącą politykę Łotwy. Wraz z mężem prowadzi firmę doradczą i działa na arenie międzynarodowej. Obok wielu innych byłych szefów państw i rządów jest członkiem Klubu Madryckiego. Jest wiceprzewodniczącą Rady Mędrców – ciała doradczego Unii Europejskiej. W 2009 roku jako jedyna kobieta ubiegała się o funkcję przewodniczącej Rady Europejskiej. Zwyciężył jednak Herman Van Rompuy.

VAIRA VĪĶE-FREIBERGA

Urodzona 1 grudnia 1937 roku w Rydze.

W styczniu 1945 roku wraz z rodzicami wyjechała z Rygi na Zachód. Po dziewięciu latach spędzonych najpierw w niemieckim obozie w Lubece, a potem w Casablance, w 1954 roku dotarła do Kanady. W 1961 roku uzyskała stopień doktora psychologii eksperymentalnej na Uniwersytecie McGill. W latach 1965–1998 była profesorem psychologii na Uniwersytecie Montrealskim. Zajmowała się przede wszystkim psychofarmakologią oraz psycholingwistyką. W tym czasie napisała dziewięć książek oraz 160 artykułów i esejów, a ponadto wygłosiła ponad 250 odczytów po angielsku, francusku i łotewsku. Opublikowała też liczne prace na temat wpływu narodowych pieśni i poezji na naród łotewski, między innymi *Język i poetyka łotewskich pieśni narodowych* i *Słoneczne dainy*.

W 1998 roku przeszła na emeryturę i wróciła na Łotwę. Zanim została prezydentem, kierowała Instytutem Łotewskim w Rydze.

Ma męża, profesora informatyki, Imantsa Freibergsa i dwoje dzieci, syna Kārlisa i córkę Indrę.

Rozdział 2

NARODOWA OPTYMISTKA
Helena Vondráčková
piosenkarka

Ona ma w sobie ogromną radość z życia. Przypomina wszystkim, że życie jest piękne.

Mariusz Szczygieł

Ten tłum robi wrażenie. Młodzież, ludzie w średnim wieku i starsi. Przyszli, by oklaskiwać Helenę Vondráčkovą. Pięćdziesięciodziewięcioletnia gwiazda daje niesamowity show. Śpiewa, tańczy, stepuje. Z energią, której mogą jej pozazdrościć artyści młodsi o dwa pokolenia. Ja w każdym razie zazdroszczę.

Jest listopad 2006 roku, sala koncertowa pałacu Lucerna w samym centrum Pragi. To ważne miejsce, nie tylko dlatego, że na początku XX wieku zbudował je dziadek Václava Havla. Również dlatego, że tu właśnie w 1994 roku zaczął się wielki come back Heleny Vondráčkovej. Powrót, który ciągle trwa. Jeśli w komunizmie miała status gwiazdy, to teraz jest megagwiazdą.

Pierwsze, czym zwraca uwagę, to uśmiech. Uśmiecha się, gdy filmujemy ją podczas przygotowań do koncertu, uśmiecha się podczas rozmowy i co jakiś czas (mniej więcej co czwarte zdanie) wybucha zaraźliwym śmiechem. Nawet wtedy, gdy przychodzimy do jej domu, a ona jest jeszcze w szlafroku, nieumalowana. Nie robi żadnych ceregieli, nie zakłada ciemnych okularów ani nie chowa się do toalety, by ukryć naturalny wygląd. Chociaż bez makijażu wygląda zupełnie inaczej niż na scenie czy w telewizji. Powiedziałabym – zwyczajnie. Na twarzy znać zmęczenie, które zdradza wiek. Jednak sposób poruszania się, niemal taneczny, podpowiada, że mamy do czynienia z kimś niezwykłym.

„Ona jest osobą, o której przeciętny Czech myśli, że nigdy nie ma depresji, zawsze cieszy się życiem. To jest jej społeczna rola", mówi Mariusz Szczygieł, dziennikarz „Gazety Wyborczej", autor poświęconych Czechom i Czechosłowacji książek *Gottland* i *Zrób sobie raj*. „Spełnia ją tak dobrze, że dla Czechów jest tym, kim Madonna czy Tina Turner w Stanach".

W życiu Mariusza Szczygła Vondráčková też odegrała ważną rolę. Dzięki niej nauczył się czeskiego.

Sopot, 1977 rok. Na scenie Opery Leśnej Helena śpiewa swój najsłynniejszy szlagier *Malowany dzbanek*. Publiczność Międzynarodowego Festiwalu Interwizji szaleje. Nagradza ją Bursztynowym Słowikiem. Gdy Lucjan Kydryński ogłasza werdykt, ktoś z tyłu krzyczy: „Brawo, Helena!". Vondráčková odwraca się i widzi pięknego jak marzenie bruneta z niebieskimi oczami. To niemiecki basista Helmut Sickl. Pięć lat później się pobiorą. Ona pójdzie do ślubu w kupionym w sopockim butiku różowym kapelusiku z woalką.

Gdy pytam ją o Sopot, w oczach widzę iskierki radości. Mówi, że kocha to miasto ponad wszystko. Za atmosferę, za to, że zawsze przyjmowano ją tam z wyjątkową serdecznością i entuzjazmem. Nawet gdy przyjechała do Polski pierwszy raz i była u nas jeszcze nieznana. „Polacy bawią się jak nigdzie indziej" – śmieje się. Nie dowierzam, więc dodaje: „No, może jest tak jeszcze w Brazylii".

Mariusz Szczygieł tak tłumaczy jej polską popularność: „Ona w Polsce lat siedemdziesiątych była postrzegana jako gwiazda zachodnia. Stepowała, tańczyła, potrafiła grać, a nie tylko śpiewać. Na scenie była prawdziwą rewiową gwiazdą w stylu zachodnim. Zawsze była elegancka, nigdy prząsna, wyglądała jak z wielkiego świata. No, a poza tym była symbolem lepszego życia. W Czechosłowacji lat siedemdziesiątych były pomarańcze, banany i salami, więc wierzyliśmy, że tam jest lepiej. Mało kto wiedział, że w tamtejszym reżimie chodziło o to, żeby strasznie przycisnąć wolność, ale dawać jedzenie".

„Helena tak bardzo bała się reżimu, że omijała go szerokim łukiem", mówi mi Marta Kubišová, czeska piosenkarka, u której boku Vondráčková zdobyła sławę. I dzięki której odzyskała ją po kilku latach niełaski, w jakiej znalazła się po 1989 roku.

Zaczęło się jak w bajce. Od tytułowej roli w filmie dla dzieci *Szalenie smutna księżniczka*. Tą rolą dwudziestoletnia piosenkarka przypieczętowuje popularność, którą zdobywa już od kilku lat. Jest rok 1967. Trzy lata wcześniej wygrała konkurs „Szukamy młodych talentów", potem trafiła do teatru Rokoko, gdzie poznała Martę Kubišovą i Václava Neckářa. W 1966 roku w duecie z Kubišovą wyśpiewała Złotą Lirę na festiwalu w Bratysławie.

Kubišová pamięta, że do teatru przyprowadził ją dyrektor Darek Vostrel. Uprzedził zespół, że to młoda, niczym nieskażona dziewczyna, i poprosił, by przy niej nie przeklinać. Posadzili ją więc gdzieś z tyłu, by nie słyszała zbyt dobrze rozmów. Trzeciego wieczoru coś jej upadło w trakcie malowania i powiedziała „cholera". „Już wiedzieliśmy, że jest fajna. To naprawdę była fajna, młoda dziewczyna, do rany przyłóż", wspomina Kubišová.

Zdaniem Josefa Chuchmy, dziennikarza „Mlada Fronta Dnes" Vondráčková, jeśli chodzi o czeską muzykę pop, była prekursorką praskiej wiosny.

Praska wiosna z pewnością wyniosła ją na szczyt. W 1968 roku powstaje zespół Golden Kids. Kubišová, Vondráčková i Neckář podbijają Czechosłowację, jadą na targi muzyczne do Cannes – francuska prasa pisze o nich, że prezentują socjalizm z ludzką twarzą, dostają nawet miesięczny angaż w paryskim teatrze Olimpia.

Helena Vondráčková wspomina ten czas jako jeden z najpiękniejszych okresów w karierze. „Byliśmy młodzi i pełni energii. Świetnie się rozumieliśmy", mówi. Mieli szansę na popularność. Ale sytuacja polityczna pokrzyżowała im wszystkie plany.

Wszystko to dzieje się już po interwencji wojsk Układu Warszawskiego w Pradze. Jeszcze do wiosny 1969 roku rządzi zdystansowany wobec Rosjan premier Alexander Dubček. Zanim pod koniec 1969 roku zastąpi go Gustáv Husák, trwa okres przejściowy. Marta Kubišová, której piosenka nagrana do serialu – zupełnie niechcący – stała się hymnem wydarzeń w 1968 roku, zaczyna dusić się w systemie. Nagrywa piosenkę *Tajga blues* '69. Tekst nawiązuje do historii ośmiorga pracowników Uniwersytetu Moskiewskiego, którzy na Placu Czerwonym protestowali przeciw radzieckiej interwencji w Czechosłowacji. Większość z nich trafiła do łagru. Gdy Gustáv Husák przykręca śrubę, losy Golden Kids wydają się przesądzone. Akcja przeciw Kubišovej zaczyna się od spreparowania zdjęć pornograficznych z jej rzekomym udziałem, a kończy wydaniem zakazu wykonywania zawodu. Przez jakiś czas nie może nawet mieszkać w Pradze.

Mariusz Szczygieł w poświęconym tej historii rozdziale książki *Gottland*, zatytułowanym „Życie jest mężczyzną", pisze: „Znalazła uspokajającą pracę. [...] Składała z plastiku misie. [...] Pracowała sama w domu. Zerkała w mały telewizor. Praca nie była upokarzająca. Córka znanego pisarza Procházki, Lenka, dwanaście lat sprzątała teatr. [...] Kardynał Miroslav Vlk w ramach normalizacji osiem lat mył wystawy sklepowe. Filozof Jiří Němec pięć lat był nocnym stróżem. Pisarz Karel Pecka sześć lat pracował w kanałach miejskich. Krytyk Milan Jungman dziesięć lat czyścił okna. Spiker radiowy Jiří Dienstbier trzy lata był palaczem w kotłowni. Dziennikarz Karel Lansky dwadzieścia lat kładł glazurę [...]".

Marta Kubišová w rozmowie ze mną podkreśla, że kiedy zakazano jej śpiewać, Helena i Václav czekali na nią prawie rok. W 1970 roku napisała do nich list, żeby nie czekali i rozpoczęli kariery solowe.

Czytam ten list w książce Szczygła: „[...] Wybaczcie mi, że wszystko, co chciałabym Wam powiedzieć, piszę, ale to jest lepsze, bo ktoś kiedyś mógłby Wam zarzucać, że nie byliście ze mną solidarni. Zachowaliście się wobec mnie fantastycznie, mało kto by się z takiej strony pokazał. Róbcie własny program beze mnie [...]".

Tak się stało. Helena nagrywa płyty, pod kierunkiem Franka Towena uczy się stepowania i koncertuje na całym świecie. W Związku Radzieckim, Japonii, Kanadzie, Brazylii i na Kubie.

Jeden z czeskich dziennikarzy objaśnia mi, jakie były zasady bycia artystą w Czechosłowacji: „Każdy muzyk, który chciał działać profesjonalnie, musiał mieć nagrania, na podstawie których dostawał licencję, ta z kolei pozwalała mu otrzymywać pieniądze za występy. Te nagrania polegały na tym, że trzeba było udowodnić swoje zdolności muzyczne i znajomość tematu. Trzeba też było przejść test społeczny i polityczny, czyli odpowiedzieć poprawnie na szereg pytań. W latach siedemdziesiątych obowiązywały dodatkowo ścisłe wytyczne dotyczące prezentowania się na scenie. Na przykład mężczyźni nie mogli mieć włosów na uszach, a kobiety występować w ekstrawaganckich strojach".

Gdy w 1977 roku Vondráčková święci triumfy w Polsce, w Czechosłowacji opozycjoniści podpisują się pod Kartą 77, a niepotępiający systemu sławni ludzie pod Antykartą. Ta pierwsza to manifest ogłoszony przez Václava Havla, Jana Patočkę i Jiříego Hájeka, w którym piszą: „Setkom tysięcy obywateli odmawia się wolności od strachu, gdyż zmuszeni są żyć w ciągłym niebezpieczeństwie, że jeśli wyrażą własne poglądy, utracą możliwości pracy oraz inne". Ta druga to odpowiedź władzy: „Jesteśmy szczęśliwi, że idziemy u boku artystów Związku Radzieckiego i innych krajów socjalistycznych, a razem z nimi mamy wspólny cel: rozwój socjalistycznego życia". Stosunek głosów: 242 do 7436. Władza zbiera podpisy w Teatrze Narodowym, nie pozostawiając artystom wyboru. Kolejne podpisy drukuje „Rudé Právo", czechosłowacki odpowiednik „Trybuny Ludu". Drukuje też podpis Heleny Vondráčkovej.

Martin Michal, obecny mąż Heleny, nie kryje zdenerwowania, gdy wspominam tę historię. Jemu udało się wejść do archiwum Służby Bezpieczeństwa i zobaczyć oryginał Antykarty. Podpisu Heleny nie znalazł. Dodaje, że w czasie rozprawy sądowej potwierdzono, iż kiedy ją podpisywano, Heleny nie było w Czechosłowacji. Nie mogła jej podpisać.

Czeski dziennikarz Josef Chuchma nigdy nie dochodził, czy ten podpis tam jest, czy go nie ma, bo jego zdaniem to nie jest najważniejsze. Vondráčková, jak podkreśla, nigdy nie stała w opozycji do systemu i nawet trudno mieć o to do niej pretensje. „Ona jest artystką i nikt nie oczekuje od niej wypowiedzi na temat Czech. Ona ma dobrze śpiewać, dobrze tańczyć i dobrze wyglądać. To wystarczy", mówi.

Polski reporter Mariusz Szczygieł sprawdził wszystko, co jest związane z podpisem Heleny Vondráčkovej pod Antykartą. Ustalił, że gdy zbierano te podpisy, była ona rzeczywiście na koncertach w Polsce. Dopisano ją pięć dni później, kiedy ktoś sobie przypomniał, że są wszyscy, a jej nie ma. „Ja jestem pewien, że tego nie podpisała. A jeszcze bardziej podoba mi się to, co powiedziała w czeskiej prasie, gdy w 2002 roku przegrała proces z dziennikarzem, który zarzucił jej, że podpisała", mówi. „Otóż przyznała: »Nie podpisałam, ale jeżeli przyszliby do mnie i kazali podpisać, tobym im podpisała, bo chciałam żyć«".

Gdy pytam Helenę Vondráčkovą o jej ustępstwa wobec komunizmu, zapewnia, że na żaden układ z systemem nie poszła. „Muzyka i sztuka to dziedziny niezależne od systemu. Człowiek albo reprezentuje jakąś jakość, albo nie", mówi stanowczo. Jest pewna, że za analizowaniem jej politycznej przeszłości stoją ludzie, którzy nie odnieśli sukcesu w nowej rzeczywistości i mają żal, że publiczność wciąż wybiera gwiazdy z poprzedniej epoki. Trzeba jej przyznać, że nie stroi się w szaty bohaterki. Otwarcie mówi, że nie stwarzała problemów, a na to, by współpracować, była zbyt wielką gwiazdą. Władze po prostu nie mogły zabronić jej wyjazdów, bo groziłoby to skandalem. Więcej nie zamierza na ten temat rozmawiać.

Chętniej opowiada o epizodzie z 1989 roku, gdy przewiozła do Polski materiały filmowe o przygotowaniach do czeskiej rewolucji. „Czułam się jak Mata Hari", śmieje się. Miała umówione koncerty na Mazurach, a w Czechosłowacji sytuacja była już tak napięta, że artyści zawiesili występy. Zapytała więc Václava Havla, którego znała z dawnych czasów (podobno nawet dzwonił z jej mieszkania w konspiracyjnych sprawach), czy może jechać. On wymyślił, żeby wystąpiła w polskiej telewizji i opowiedziała o sytuacji w ich kraju. „Zrobiłam to. Jestem z tego dumna, bo zawsze byłam zwolenniczką demokracji, wolności dla ludzi. Sprawiło mi wielką radość, że mogłam pomóc".

Jeśli cokolwiek dokuczało Helenie Vondráčkovej w systemie, to plotki. Przez lata mówiono, że łączy ją romans z premierem Lubomírem Štrougalem. Mówiono nawet, że zęby ma ładne, bo sztuczne – prawdziwe miała jej wybić butelką szampana pani Štrougalowa. Z czasem okazało się, że córka premiera była tak zafascynowana Vondráčkovą, że podobnie się ubierała, podobnie czesała i jeździła identycznym samochodem. A że często pokazywała się z ojcem, grunt do plotek był znakomity.

Jeśli wówczas jej to przeszkadzało, to tylko dlatego, że nie wiedziała, co potrafią bulwarówki w kraju demokratycznym.

Przeglądam okładki najpopularniejszego w Czechach tabloidu „Blesk": „Ta kobieta znów w formie. Za tym na pewno kryje się facet", „Brat prosi: Heleno wróć. Zrób to dla ojca", „Helena podjęła decyzję. Skarży brata, wyjdzie za Martina", „Już mamy obrączki", „Heleno, oto dowód. Twój mąż jest tyranem. Zbił chłopca na ulicy", „Ślub roku. Już jest mój, ona jest już moja", „Prezent ślubny dla Heleny. Rodzina: Wyrzekniemy się Ciebie", „Testament Heleny. Rodzina nic nie dostanie, mąż wszystko. Rocznie Helena Vondráčková zarabia 20 milionów koron". To tylko niektóre tytuły z czasu, gdy Helena wychodziła za mąż za Martina Michala.

Gdy pytam, która z prasowych sensacji zdumiała go najbardziej, Michal wspomina artykuł o tym, że kupili mały domek na Florydzie, gdzie chronią się przed policją, gdy mają odlot po narkotykach. Zapamiętał ten tekst, bo był niedawno. Większość zapomina. Jest ich zbyt dużo, by spamiętać. „Jedna gazeta, z którą nigdy nie rozmawialiśmy, pisała o nas 115 razy w ciągu trzech lat", mówi.

W redakcji „Blesku" rozmawiam z jedną z dziennikarek. „Ja mam z nią bardzo dobre doświadczenia, może dlatego, że nigdy nic złego o niej nie napisałam. Spotykałyśmy się wiele razy, przygotowywałam na przykład materiał o jej gosposi, rozmawiałam z panią, która pomaga jej sprzątać", opowiada. „Jasne, że staramy się mieć materiały, których nie ma nikt inny. Ona jest w Czechach największą gwiazdą, jej piosenki śpiewają sześcioletnie dziewczynki, więc trudno się dziwić, że koncentruje na sobie uwagę dziennikarzy. Ludzie chętniej kupują gazetę, gdy jest jakiś artykuł o Vondráčkovej".

Mariusz Szczygieł: „Nie chciałbym być Heleną Vondráčkovą, która budzi się codziennie rano i musi przeczytać, co o niej pisze prasa brukowa. Oni potrafią napisać, ile zębów ma własnych, ile sztucznych. Gdy rozwodziła się z pierwszym mężem, podano, nie wiadomo po co, numer sali, w której odbywała się rozprawa. Tabloidy zachowują się wobec Heleny po prostu strasznie. Jakiś czas temu napisano o jej dawnej rzekomej aborcji. Tekst kończył się obrzydliwym

zdaniem anonimowego pana z miejscowości Slatinany, gdzie się urodziła: »Ach, tę tajemnicę wszyscy znamy w Slatinanach i trzymamy
ją dla siebie«. To było straszne. Helena wytoczyła proces redakcji
gazety i wygrała go. Rozmawiałem z dziennikarzem owej bulwarówki. Moim zdaniem to, co oni robią, nie różni się niczym od me-
tod tajnej komunistycznej policji. Podglądanie, fotografowanie
z ukrycia, wyciąganie najintymniejszych szczegółów i tajemnic,
wreszcie wymyślanie krzywdzących plotek. Zapytałem więc tego
dziennikarza: »Czym różnicie się od tajnej policji z czasów komunizmu?« Na to on, że odpowiadają na zapotrzebowanie społeczne, bo
Helenka jest »milackiem lidu« i naród potrzebuje informacji o niej.
A z komunizmem to już w ogóle nic wspólnego nie mają, bo przecież gazeta należy do kapitalistycznego, szwajcarskiego koncernu".

Vondráčková przyznaje, że brukowce potrafią zepsuć jej humor.
Nie musi nawet ich kupować. Wystarczy, że przejdzie koło kiosku
i jest zdekoncentrowana przez kilka godzin. Jak wtedy, gdy zobaczyła na okładce zdjęcie swojego męża w więziennym pasiaku. Sprepa-
rowane. Było ilustracją do tekstu o tym, że trzy dni siedział w areszcie,
aż ona zapłaciła kilkumilionową kaucję, by go stamtąd wyciągnąć.
„Zdecydowaliśmy z mężem, że się nie damy. Niektóre sprawy wyja-
śniamy na drodze sądowej i zazwyczaj wygrywamy", mówi. „Rozumiem, że brukowiec może przyłapać kogoś w nieoczekiwanej sytuacji,
od tego jest brukowcem. Ale oni zaczęli w oczywisty sposób kłamać,
psuć mój image, moją wieloletnią pracę. Na to już nie mogę pozwolić. Teraz, po kilku procesach, zachowują się dość przyzwoicie".

Historia o domniemanej aborcji musiała Helenę zaboleć. Pytana, czego najbardziej żałuje w życiu, jest szczera: „Żałuję, że nie
mam dzieci, bo myślę, że byłabym dobrą mamą. Na pewno moja
kariera wyglądałaby inaczej. Myślę, że gdybym miała dzieci, stara-
łabym się dać im wszystko, co możliwe".

Bardzo kochała syna swojej siostry Zdenki. Gdy zmarł w 1987 roku, tylko ona pojechała do siostry. Rodzice i brat się wystraszyli. „Do śmierci jej tego nie zapomnę", Zdeňka Boudová nie kryje wzruszenia.

Gdy 16 lat później Helena wychodziła za mąż, z rodziny tylko Zdeňka pojawiła się na ślubie. Ślubie, którym żyły całe Czechy. Bo, jakby nie narzekać na brukowce, Martin Michal to dla nich wymarzony „temat". Sporo od niej młodszy. Gdy ona występowała z Golden Kids, on był w podstawówce. W rozmowie ze mną wspomina, że gdy miał dziewięć lat, przeszła obok niego w przepięknym futrze z norek i kapeluszu. Zapamiętał nawet, że miała starannie ułożone włosy. Jest przedsiębiorcą o niejasnej przeszłości, czterokrotnym rozwodnikiem, ojcem kilkorga dzieci.

Jeszcze przed ślubem został jej menedżerem, co sprawiło, że pojawiły się domysły, że poluje na jej majątek. Gazety ujawniały zwierzenia jego poprzednich żon, które chętnie opowiadały, jak maltretował je psychicznie, a potem czyścił konta. Brat Heleny, Jiří Vondráček publicznie twierdził, że w tym związku chodzi tylko o pieniądze.

Nawet poważny krytyk muzyczny Josef Chuchma nie kryje niesmaku: „Ona w wieku 55 lat zrobiła z siebie młodą kochankę. To było nieodpowiednie, dwuznaczne. Ale sprzedało się świetnie".

Spotykamy się z Martinem Michalem w ich domu. Jedziemy do Rytki, to odpowiednik podwarszawskiego Konstancina, z przekonaniem, że zobaczymy rezydencję gwiazdy. Tymczasem okazuje się, że mieszkają w dość zwyczajnej willi. Z zewnątrz nie ma zasieków ani wielkiego muru, w środku nie ma przepychu. O ponadprzeciętnej zamożności świadczyć może jedynie basen. No i może jeszcze piwnica zamieniona w siłownię, z której przez korytarz wytapetowany pamiątkowymi zdjęciami przechodzimy do „sanktuarium gwiazdy", czyli pokoju, w którym od podłogi do sufitu wiszą wszędzie jej złote płyty, a na półkach stoją nagrody. Tu nagrywamy rozmowę z Martinem.

Poznali się w klubie sportowym „Amfora", gdzie spotyka się czeski świat artystyczny. Zbliżyli podczas wyjazdu na Bali, w 2000 roku. „To jest fantastyczna, miła, przyjemna kobieta. Życie z nią jest wprawdzie wyczerpujące, ale bardzo miłe. W życiu prywatnym to po prostu klejnot", mówi Michal i przekonuje, że nie miał jeszcze okazji doświadczyć, żeby bywała marudną żoną. W domu dzielą się obowiązkami, choć zarządza ona. Gdy potrzebuje, by pomógł jej w ogrodzie, prosi go o to. Ale gotowanie, prasowanie, pranie – to wszystko jej działka. Pytam, jak spędzają Boże Narodzenie.

„Mamy kolegę, który prowadzi piekarnię. Zwykle dzień wcześniej dzwonię do niego, że nie mamy jeszcze ciasteczek i on to organizuje. W przeddzień wigilii, 23 grudnia, mamy spotkanie rodzinne z moimi rodzicami i dziećmi, siostrą i szwagrem Heleny. Wspólnie jemy obiad w restauracji. Wigilię spędzamy tylko we dwoje, z naszymi zwierzakami. To jest bardzo spokojny, sielankowy dzień. Nasz jedyny spokojny dzień".

Najgorsze miejsce na szczery wywiad? Niewątpliwie sala gimnastyczna w lokalnym ośrodku sportowym. To właśnie przytrafiło się nam, gdy umówiliśmy się na rozmowę z Heleną Vondráčkovą. Gdy przygotowywaliśmy ten odcinek „Damy Pik", ona szykowała się do występu w słowackiej edycji „Tańca z gwiazdami" („Let's dance"). Była ciągle zajęta treningami i zaprosiła nas na jeden z nich. Ćwiczyła niestety w sali sportowej koło domu. Takiej, gdzie nad sceną wiszą napisy „Disco Rytka" i gdzie czas zatrzymał się w latach siedemdziesiątych. Operatorzy kamer byli przerażeni. Ogromna przestrzeń, drabinki do ćwiczeń, błyszcząca podłoga – trudno wyobrazić sobie mniej intymną atmosferę. Jednak na wszystko są sposoby. Zasłoniliśmy okna, na drabinkach i parapetach rozstawiliśmy świeczki i zrobiło się całkiem przytulnie. Do czasu gdy poczuliśmy, że coś się pali. Pręty drabinek nie wytrzymywały konfrontacji ze świeczkami. Zaryzykowaliśmy i zapaliliśmy je tylko na czas rozmowy z Heleną. Udało się. W filmie sala sprawiała wrażenie salonu. Może nieszczególnie gustownego, ale z ciepłym klimatem.

Rozmawiając z uśmiechniętą, pełną energii Vondráčkovą, cały czas miałam przed oczami scenę, którą widziałam w archiwum czeskiej telewizji. Václavskie Náměstí, listopad 1989 roku, triumf aksamitnej rewolucji. Przemawia Václav Havel, tłum skanduje wyrazy poparcia. Na spontanicznie zorganizowaną scenę wychodzi Marta Kubišová. Tłum krzyczy: „Niech żyje Marta!". Kubišová śpiewa.

To mi przypomina, że wcale nie musiało tak być, że Helena Vondráčková znajdzie się w „Tańcu z gwiazdami". Że musiało się wiele zdarzyć, by dzisiaj czeskie rozgłośnie radiowe co 10–15 minut nadawały jej piosenki, a jej płyty sprzedawały się w naprawdę dobrych nakładach.

Po 1989 roku w Czechach, jak we wszystkich krajach byłego bloku wschodniego, powstały nowe wytwórnie płytowe. Mówiono tam Vondráčkovej: „Musi pani przynieść taśmę demo. Posłuchamy, jak pani śpiewa, i może coś zaproponujemy". „Nie mogłam tego robić z szacunku dla siebie", mówiła w wywiadach. Przez cztery lata nie wydała żadnej płyty. Śpiewała rolę Fantyne w musicalu *Nędznicy*.

Mariusz Szczygieł: „Dostawała anonimy, różne groźby. »Stara strougalko« albo »Ty strougalova kochanko«, tak mniej więcej brzmiały anonimy, które przychodziły pocztą albo z kamieniem wlatywały do jej okna lub ogrodu. Mówiła mi, że się boi, najbardziej się boi ludzi, którzy się mszczą, nawet jeśli nie mają za co".

Josef Chuchma przypomina, że przez pierwsze lata po przewrocie wszystkim piosenkarzom popularnym w czasach komunistycznych było ciężko. Wtedy był boom na grupy alternatywne, które wcześniej były zakazane. To one występowały w telewizji, ich chciała publiczność. Wtedy wróciła też Marta Kubišová.

Mariusz Szczygieł: „Czesi mówili wtedy: »Marta prześladowana, Helena hołubiona przez system, Marta uciskana, Helena – ciągłe sukcesy«, więc na krótki czas odrzucili Vondráčkovą. Ale przecież to zakazana przez system Marta Kubišová namaściła Helenę i kazała jej śpiewać".

Marta Kubišová wyznaje, że być może, gdyby nie Helena i Vašek Neckář, nie starczyłoby jej odwagi, by wrócić na scenę. W 1994 roku wspólnie, znów jako Golden Kids, wystąpili w praskiej Lucernie. To był triumfalny come back Heleny.

W domu wygląda niepozornie. Ale na scenie błyszczy. Kulisy jej przemiany podglądam już podczas naszego pierwszego spotkania, w zaprzyjaźnionym salonie piękności. Tu kierownikiem jest Zdenìk Fencel, jej osobisty stylista, wizażysta i doradca ds. wizerunku. Helenie malowanie podczas rozmowy nie przeszkadza. Co więcej, bez żadnego skrępowania pozwala nam to filmować. Na pytanie, ile czasu potrzebuje „na wygląd", odpowiada ze śmiechem: „Mnie to zajmuje dziesięć minut, a Zdenkowi półtorej godziny". Sprawia wrażenie absolutnie zadowolonej ze swojego wyglądu. Owszem, narzeka na, moim zdaniem urocze, zmarszczki wokół oczu. I na słaby wzrok. Ale, jak mówi, nic na to nie poradzi: ma tyle lat, ile ma. Na ile się czuje? „Czasem nawet na pięć. Nie myślę o tym, czuję się bardzo dobrze".

Upływ czasu poznaje po tym, że męczy się szybciej niż kiedyś. Ale i tak pracuje na pełnych obrotach. Jak ładuje akumulatory? „Najlepszy sposób to położyć się na podłodze, skoncentrować się, jak nakazuje joga, na każdym kawałku swojego ciała, począwszy od nóg, a skończywszy na głowie. Po kolei. Wystarczy piętnaście minut takiego relaksu. Wtedy leżę i nie myślę o niczym, skupiam się tylko na ciele i mam wrażenie, że unoszę się nad ziemią, przenika mnie słońce. Gdy trzeba, kładę się nawet w garderobie. Mam tu wystarczająco dużo miejsca", mówi.

Gdy na nią patrzę: młodzieńczą, uśmiechniętą, superzgrabną, przestaję się dziwić, że jej wygląd wzbudza w Czechach wielkie emocje.

Josef Chuchma jest przekonany, że Helena Vondráčková miała operacje plastyczne. Jemu to się niespecjalnie podoba: „Nie należymy do krajów, gdzie zmiana wyglądu jest na porządku dziennym. Dlatego niektórzy oceniają to krytycznie. W Czechosłowacji była piosenkarka i aktorka Luba Hermanová, która nie ukrywała, że miała wiele operacji plastycznych. Z jednej strony wielu ludzi podziwiało ją za to, że w wieku siedemdziesięciu lat występuje na scenie, ale z drugiej jej gładka twarz była przedmiotem krytyki i żartów. U Vondráčkovej wygląda to podobnie".

Zdenik Fencel, który dba o jej wygląd na co dzień, dementuje te pogłoski. Mówi, że odkąd poznał jej mamę, wierzy, że tajemnica tkwi w genetycznych predyspozycjach.

Martin Michal podkreśla, że Helena dużo ćwiczy: „Zaczyna dzień od ćwiczeń. Rano, gdy wstaję, muszę uważać, by na nią nie nadepnąć".

Marta Kubišová wspomina, że Helena zawsze zwracała jej uwagę, że za słabo się maluje. „Gdy robiliśmy program telewizyjny z okazji czterdziestolecia działalności artystycznej, cały czas powtarzała, że muszę mocniej się umalować. Pudrowano mnie więc i pudrowano, a po emisji ona zadzwoniła do mnie, mówiąc: »Widziałaś, jaka byłaś piękna? Dobrze, że na ciebie naciskałam«". Kubišová zazdrości Helenie konsekwencji. Tego, że gdy deklaruje, iż po siedemnastej już nic nie je, to naprawdę nie je. „Ja, gdy wracam zmęczona do domu, opróżniam całą lodówkę", śmieje się. Zdradza jeszcze jedną tajemnicę Heleny: gdy tylko czuje, że tyje, bierze rakietę i gra w tenisa tak długo, aż zrzuci nadwagę.

Wiem, że Vondráčková dobrze zna się z Martiną Navratilovą, słynną czeską tenisistką. Pytam więc, czy czasem gra z nią w tenisa. Helena nie może przestać się śmiać. „Nie, to by nie było możliwe. Podziwiam ją, to twarda kobieta o miękkim sercu. Ale nie odważyłabym się zmierzyć z nią na korcie".

Nie wiemy, czy korzysta z pomocy chirurgów plastycznych. Wiemy, że sama ciężko pracuje, by utrzymać formę. I równie ciężko pracuje nad tym, by nie przestać być świetną piosenkarką. Bo co prawda wygląd jest ważnym elementem jej scenicznego image'u, ale nie byłaby tam, gdzie jest, gdyby tylko znakomicie wyglądała.

Gdy z nią rozmawiałam, zaimponowała mi wyznaniem, że prowadząc samochód, słucha swoich piosenek, by utrwalić sobie teksty. Pytam inne osoby, skąd ich zdaniem bierze się jej sukces. Josef Chuchma podkreśla, że potrafi świetnie zestawiać tradycję, innowacje i przestrzeń wokół siebie. Przy czym te innowacje zawsze mieszczą się w granicach czeskiego popu, który ma określonych, raczej konserwatywnych odbiorców. Mimo to jej repertuar ciągle się zmienia. „Potrafi wyczuć zapotrzebowanie. Przez rok czy dwa akcentuje styl taneczny, a gdy widzi, że to się nudzi, wyciąga melodie musicalowe. Ma szeroki repertuar, który pozwala jej być cały czas na szczycie", mówi Chuchma.

Marta Kubišová: „Zawsze była bardzo pracowita. Do każdego koncertu przygotowuje się, prawie tracąc przytomność, za każdym razem rzeźbi swój głos. Jest technicznie doskonała".

Jest tak doskonała, że nie ma prawa nawet do przeziębienia. Kiedyś w Lucernie miała koncert z udziałem telewizji. Była bardzo przeziębiona. Sala była wypełniona po brzegi, więc postanowiła spróbować śpiewać na żywo. Po trzeciej piosence stwierdziła, że nie da rady: głos był zły, struny głosowe przekrwione. Z trudem dokończyła piosenkę, w trakcie oklasków zeszła ze sceny i zorganizowała playback, żeby móc dokończyć koncert. Następnego dnia w „Blesku" pojawił się wielki tytuł: „Heleno, co to było?!".

Nawet więc, gdyby nie miała perfekcjonizmu w naturze, wymogłyby go na niej media. Dzień, w którym ma koncert, zaczyna od ćwiczeń głosowych. „Bez tego nie mogę śpiewać. Muszę rozruszać struny głosowe, rozśpiewać się. Idealnie byłoby ćwiczyć codziennie, ale nie mam tyle czasu", mówi. Gdy ma chore gardło, ale nie ma w planach koncertu z udziałem kamer, kładzie się do łóżka i pije herbatę z miodem. Co najmniej przez trzy dni.

„Wyobraża sobie pani siebie na emeryturze?", pytam. „Na razie nie. Ale wiem, że przyjdzie taki moment, bo ten zawód ma swoje granice. Kiedyś będę musiała odejść, ale nie obawiam się tego". Co będzie robiła bez śpiewania? Zapewnia, że ma mnóstwo zajęć: ogród, czytanie, sport, podróże. Mogłaby też zostać menadżerem jakiejś młodej osoby.

Uśmiech, talent, ciężka praca, świetny wygląd. To niewątpliwe składniki fenomenu Heleny Vondráčkovej. Ale jest jeszcze coś, co niewątpliwie podoba się Czechom, którzy wraz z upływem lat po rewolucji przypomnieli sobie, że kiedyś nie byli bohaterscy. „Helena jest pracowitą, wyemancypowaną, świadomą swojej wartości kobietą, która odniosła sukces", mówi Josef Chuchma. „Ale równocześnie jest osobą, która poradzi sobie w każdym systemie, zawsze znajdzie sobie cieplutkie miejsce. To jest taka czeska cecha".

A dlaczego lubi ją reszta świata? Mariusz Szczygieł nie ma wątpliwości: „Ona nawet gdyby nie miała wielkiego talentu, to i tak byłaby wielką gwiazdą. Dlatego, że ma w sobie taką radość życia. Przypomina wszystkim, że życie jest piękne".

HELENA VONDRÁČKOVÁ

Urodziła się 24 czerwca 1947 roku w Pradze.

Karierę rozpoczęła w 1964 roku, od konkursu „Szukamy nowych talentów", w którym wykonała utwór George'a Gershwina *The Man I Love*. W 1977 roku na Międzynarodowym Konkursie Interwizji zdobyła nagrodę Bursztynowego Słowika za piosenkę *Malowany dzbanek*.

Występowała na całym świecie, między innymi w Japonii, Stanach Zjednoczonych, Kanadzie, Australii, Brazylii oraz we wszystkich krajach Europy. Dwukrotnie wystąpiła w Carnegie Hall w Nowym Jorku, wzbudzając zachwyt amerykańskiej publiczności. Krytyk „New York Times" nazwał ją „drugą Barbrą Streisand".

Sprzedała prawie 200 milionów płyt. W ciągu 46 lat kariery nagrała ponad 1725 piosenek, w tym wiele hitów. Śpiewała po czesku, niemiecku, angielsku, polsku, rosyjsku, francusku i japońsku. Występowała w duecie z wieloma artystami, między innymi z Demisem Roussosem, Ałłą Pugaczową, Steviem Wonderem, Barbrą Streisand, Luciano Pavarottim, Whitney Houston i Julio Iglesiasem.

W 1983 roku poślubiła niemieckiego basistę Helmuta Sickela. Małżeństwo rozpadło się w 2001 roku. Dwa lata później wyszła za mąż za przedsiębiorcę Martina Michala.

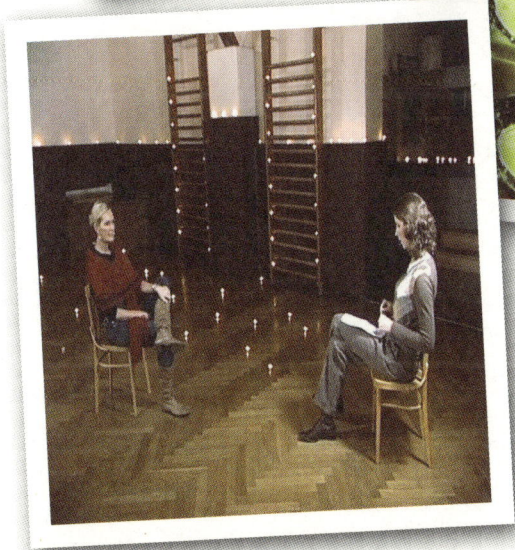

Rozdział 3

BYĆ W ZGODZIE ZE SOBĄ
Agnieszka Holland
reżyser, scenarzystka

*Gdybym powiedział, że Agnieszka Holland, kobieta-reżyser
z Polski, odniosła sukces na Zachodzie, bo ma męskie cechy,
to byście mnie tutaj wygwizdali. Ale to prawda.*

Andrzej Wajda

To lepsze niż wakacje. Maleńkie miasteczko we francuskiej Bretanii, siedem kilometrów od morza, pięć do najbliższego sklepu. Bliżej niż do sklepu, bo raptem kilkaset metrów, jest stąd do trzynastowiecznej kaplicy Notre Dame du Temple. Podobno w jej podziemiach ukryty jest skarb templariuszy.

Spotykamy się z Agnieszką Holland – kobietą, która pewnego reżimowego ministra przekonywała do swych racji z taką pasją, że z sufitu spadł żyrandol. Poszukiwanie źródeł tej pasji wydaje mi się ciekawsze niż najgłębiej ukryte skarby templariuszy.

Aby nagrać rozmowę, jedziemy nad ocean, piętnaście minut drogi od jej domu. Fale rozbijają się o skalisty klif. Widzimy je z wysokości kilkudziesięciu metrów. Widok jest bajeczny – kilkaset metrów

dalej klif łagodnieje na rzecz małej piaszczystej plaży, w oddali ma-
jaczy forteca. Na oceanie unoszą się żaglówki. W innej sytuacji
pewnie usiadłabym popatrzeć. No, ale jestem w pracy.

Ustawiamy krzesła tuż nad krawędzią klifu, operatorzy rozsta-
wiają sprzęt. Agnieszka Holland wychodzi z roli bohaterki wywiadu i przygląda się nam okiem profesjonalistki. Pewnie odruchowo.
„Niech pan się nie przejmuje tą osią, spokojnie", mówi do opera-
tora kamery Witka Jabłonowskiego. „To można łamać tę oś czy nie
można?", dopytuję.

Chodzi o oś kontaktu – jedno z najważniejszych zagadnień sztuki
operatorskiej. Oś łączy rozmawiające ze sobą osoby. Gdy operator ją
złamie, materiał będzie niemożliwy do zmontowania: obie postacie
będą sprawiały wrażenie, że patrzą w przeciwnych kierunkach.

– Można, można.

Witek uradowany wtrąca: „Tak powiedziała Agnieszka Holland,
mam to nagrane!". Ja dopytuję, kiedy można oś łamać.

– *W wielu sytuacjach. Jeżeli sytuacja jest jasna, jeżeli topografia
jest jasna, jeżeli widać, że dwie osoby siedzą i rozmawiają w szer-
szym planie. Ogląda pani MTV? Tam łamią oś.*
– *A pani ogląda MTV?* – pytam.
– *Teraz już nie, bo mi się znudziło, ale oglądałam, żeby zobaczyć
jak to robią. Często mam potrzebę, żeby zobaczyć, co robią inni.
A teraz polem eksperymentów są właśnie telewizje, bo kinemato-
grafia stała się statyczna i nobliwa. Nowych środków wyrazu, czasem co prawda raczej efekciarskich niż efektownych, szuka telewizja
– wideoklipy, reklamy. Choć dla mnie najważniejsze jest opowiadanie historii. Dla mnie kamera jest narzędziem takim jak pióro. Za
pomocą kamery, aktorów, inscenizacji opowiadam różne historie,
które wydają mi się ważne albo ciekawe.*
– *A o czym warto opowiadać?*
– *O wszystkim. Dla mnie jest ważne, żeby nie upraszczać,*

a komplikować, bo rzeczywistość jest bardzo skomplikowana. Kryje w sobie tajemnicę, pytania, zagadki, jakąś przeszłość, jakiś ciąg dalszy. Wszystko ma wiele warstw. Moim celem jest opowiadanie szalenie skomplikowanych historii w taki sposób, żeby ludzie na różnym poziomie wykształcenia, wrażliwości, znajomości rzeczy mogli to odbierać, choćby emocjonalnie.

– Skąd biorą się te historie?

– Interesują mnie ludzie, ich losy, ich zagadki, determinacje, wybory. Biorę te fabuły z historii, z lektur, z zasłyszanych anegdot, z książek. Mam nawet mały spis ciekawych historii. Dostaję scenariusze. Czytam je, powiedzmy z tych lektur dziewięć czy dziesięć podoba mi się, aż nagle jakiś kolejny wywołuje we mnie poczucie, że to jest moja historia, że chciałabym to opowiedzieć.

– Pamięta pani, dlaczego chciała robić filmy? Edukować, zmieniać świat?

– Miałam raczej romantyczne wyobrażenia – bardziej chciałam wyrazić samą siebie niż zmieniać świat. Wierzyłam, że kino może dać pewien rodzaj refleksji, estetycznego przeżycia. W czasach gdy decydowałam się na robienie filmów, niewiele było sztuk, które by miały taką intensywność i komunikatywność.

– Czyli trochę chęci zmiany świata było?

– Tak, ale nie wydawało mi się, że film jest właściwym narzędziem. Na pewno nie bezpośrednio. Ja urodziłam się i dojrzewałam w czasach realnego komunizmu i miałam alergię na propagandę, również tę opozycyjną. Czułam się związana z opozycją, ale taka bezpośrednia, doraźna pedagogika polityczna, próba narzucenia ludziom jakiegoś modelu ideowego zawsze mnie odrzucały. Wydawało mi się, że sztuka temu nie służy, że ona ma otwierać na pytania, których ludzie sobie nie zadają. Albo dawać pewien rodzaj przygody duchowej czy estetycznej, której życie codzienne nie może dać.

– Gapią się tu na nas strasznie – zauważam, patrząc na wpatrzone w nas grupy turystów. *– Jak pani reaguje na gapiów podczas pracy?*

– Jeżeli robię coś w miejscu publicznym, ich prawem jest się przyglądać. Zresztą nie mam problemu z paparazzi, nie jestem żadną gwiazdą. Rozpoznawalna jestem w Warszawie. W Polsce rzeczywiście czasami czuję, że muszę się zachowywać w sposób godny i nobliwy, żeby nie dawać złego przykładu. Nie mogę na przykład po pijanemu przeklinać w tramwaju.

– Często ma pani na to ochotę?

– No nie, nieczęsto. Jednak mogę sobie wyobrazić taką sytuację, że człowiek jedzie tramwajem, jest podpity i chce nagle sobie poprzeklinać. W Polsce kontrolowałabym to bardzo mocno.

Tadeusz Sobolewski, krytyk filmowy „Gazety Wyborczej": „Jest bardzo silna, ekspansywna, prowokująca. Jest ciekawa innych, innego świata, ludzi. Interesują ją przede wszystkim sprawy wewnętrzne. To, co dzieje się między ludźmi. Kiedyś opowiadała mi, że wiele uwagi poświęca próbom z aktorami. Ma zajęcia z aktorami i reżyserami w różnych szkołach filmowych. Przeprowadza ze studentami prawdziwe psychodramy, na przykład daje im do wystawienia fragment *Zbrodni i kary* lub jakiś inny wewnętrznie angażujący tekst. Ona otwiera innych ludzi i zmusza do szczerości. Jest zahartowana. Przeżyła w dzieciństwie śmierć ojca, jak dziś wiemy, samobójczą. Przeszła różne próby. Także próbę polityczną, sześćdziesiąty ósmy rok. Praską wiosnę i wejście Rosjan, prześladowanie, więzienie. To wszystko razem sprawia, że ona nie ma się czego bać".

Jacek Szumlas, producent filmowy, a jako szef Solopanu – dystrybutor wielu filmów Holland: „Jest rzadkim połączeniem niesamowitego ciepła i intelektu. Bardzo stanowcza, wie, czego chce, i potrafi zmobilizować ludzi. Właśnie przez swój wdzięk i ciepło. Wszystkich na planie owija sobie wokół palca. Nigdy nie wpadła w pułapkę »złotej klatki«. Że willa, że basen, że to, że siamto, a potem trzeba iść na kompromis, żeby zapłacić rachunki. Nigdy nie dała się na to nabrać".

Ed Harris, aktor: „Jest małą »kulą ognia«, niech Bóg błogosła-
wi, aby taka była. Potrafi być bardzo uprzejma, delikatna, bardzo
zabawna, głupiutka. To radość przebywać z nią, bez względu na to,
w jakim jest stanie. A potrafi też być twarda".

Jan A. P. Kaczmarek, kompozytor: „Jest człowiekiem z zasada-
mi. Bardzo stabilna, konsekwentna, co czyni z niej znakomitego
partnera we współpracy".

Irena Rybczyńska-Holland na pytanie, jaka jest jej córka, odpowiada krótko: „Dobra. Przede wszystkim dobra".

– Tajemniczy ogród *to pani ulubiona książka z dzieciństwa. Często wraca pani myślami do dzieciństwa?*

– *Chyba tak. Uważam, że dzieciństwo w nas jest cały czas, że się
go nie pozbywamy.*

– *Pani dzieciństwo kojarzy się dobrze?*

– *Dobrze i źle. Byłam chorowitym dzieckiem, spędziłam jakieś dwa
lata w szpitalu, tak że na pewno nie było to jakieś wyłącznie pozytywne doświadczenie. Rodzice się rozwodzili. Były różne rzeczy, które były trudne. Ale na pewno był to bardzo intensywny okres w moim
życiu, jeśli chodzi o wrażenia, uczucia, poznawanie świata, lektur.*

– *To prawda, że najbardziej lubiła się pani bawić w Indian lub
rycerzy?*

– *Lubiłam jeszcze w różne rzeczy, w ogóle bawiłam się dużo, ale rzeczywiście lalkami niewiele. Miałam dużo lalek, traktowałam je jak dzieci, które trzeba przebrać i nakarmić, ale nie bawiłam się nimi specjalnie.*

Ojciec: Henryk Holland. Pochodził z rodziny żydowskiej. So-
cjolog, dziennikarz, komunista. Zwolennik reform Władysława
Gomułki, przekazał zachodnim dziennikarzom tekst referatu
Chruszczowa wygłoszony po śmierci Stalina. Po odwilży krytykował PZPR. W 1961 roku, podczas rewizji w jego mieszkaniu, wy-
skoczył z szóstego piętra.

Matka: Irena Rybczyńska-Holland. Dziennikarka. Krótko związana ze Stronnictwem Ludowym, w latach 1950–1968 pracowała w piśmie „Nowa Wieś", w latach 1968–1973 w miesięczniku „Ty i Ja", potem do 1980 roku w miesięczniku „Magazyn Rodzinny". Autorka książek *Jak być kochaną babcią, Jak radzić sobie z małym dzieckiem, Jak kochać córkę.*

Siostra: Magdalena Łazarkiewicz. Reżyserka, wdowa po reżyserze Piotrze Łazarkiewiczu.

Opowiada Irena Rybczyńska-Holland: „Agnieszka była bardzo ruchliwym dzieckiem. Podczas wakacji na wsi ciągle nam uciekała. Miała cztery lata i mówiła:»Idem do lasu«. Trzeba było wszczynać za nią pogoń. Była bardzo niezależna i bardzo energiczna. W dzieciństwie chciała być kwiaciarką. Potem bardzo różnie: strażakiem, pisarzem, dziennikarzem. Dużo rysowała, więc po skończeniu podstawówki chciała iść do liceum plastycznego, ale oblała egzamin z matematyki. To była jej pierwsza poważna przeszkoda życiowa. Taki klaps od losu, który uzmysłowił jej, że nie zawsze można mieć wszystko, co się chce, i nie zawsze się zwycięża. Bardzo nie lubiła przegrywać. Przyzwyczaiła się, że jest pierwsza, najzdolniejsza, najmądrzejsza. A tutaj się okazało, że jest jakaś przeszkoda i trzeba coś z tym począć. Znaleźliśmy dobre strony tej sytuacji. Wytłumaczyliśmy jej, że widocznie jest za wcześnie na ukierunkowanie, przesądzanie o losie. Poszła do liceum i tam, bardzo wcześnie, miała wtedy 14 lat, zdecydowała, że będzie reżyserem filmowym. Kino bardzo ją ciekawiło – od każdej strony: merytorycznej i obrazowej, interesował ją cały mechanizm powstawania filmu. Wtedy mój drugi mąż kupił jej kamerę filmową, bo akurat znalazły się pieniądze. Dużo fotografowała, by skompletować zdjęcia do teczki wymaganej przy egzaminach do szkoły filmowej. Pół roku przed egzaminami robiła zdjęcia na placu Unii Lubelskiej, przy zbiegu z Puławską. Tam były stare koszary, których – jak się okazało – nie wolno było fotografować. Zatrzymała ją milicja i została aresztowana. Byliśmy wtedy na Mazurach, gdy ktoś zadzwonił z wiadomością, że Agnieszka siedzi w kryminale. Zadzwoniłam do mojego brata – reżysera filmów dokumentalnych, który pracował z Heleną Lemańską, twórczynią Polskiej Kroniki Filmowej. Poprosiłam, żeby zajął się tą sprawą, i rzeczywiście tam poszedł i wyciągnął ją z tego aresztu. Zarekwirowano jej tylko aparat i zdjęcia. Pierwszy raz wtedy miała kontakt z prawem i występowała w charakterze osoby oskarżonej".

– Była pani buntownikiem.
– Byłam buntownikiem, ale z takiego pokolenia, które właśnie w tym czasie, kiedy ja byłam na studiach, w latach 1968–1969, się buntowało.
– Chyba już nawet wcześniej?
– Są ludzie, którzy źle znoszą autorytety i zawsze z nimi walczą, spierają się. Wydaje im się, że powinno być inaczej, lepiej. Myślę, że mój temperament jest bardziej taki niż zachowawczy, konserwatywny czy uległy.
– Praga pomogła pani stwardnieć?
– Myślę, że tak. Pojechałam tam na studia, mając 17 lat. To był jednak rodzaj emigracji, bardzo trudne inicjacyjne przeżycie. Musiałam odnaleźć się w innym świecie, innym języku, innym systemie wartości, bo Czesi są bardzo różni od Polaków, w szkole, z której można było bardzo łatwo zostać wyrzuconym. Potem przyszły doświadczenia polityczne. Myślę, że kiedy wróciłam z Pragi do Polski w 1971 roku, byłam w jakimś sensie mocniejsza i dojrzalsza od większości moich rówieśników.

Na reżyserię w praskiej szkole filmowej zostaje przyjęta jako jedna z siedmiu osób, spośród 200 kandydatów.
Irena Rybczyńska-Holland: „Przyjaciółka, pół-Czeszka, pół-Polka, która była jej tłumaczką podczas egzaminów, opowiadała mi, że egzaminatorzy nie dowierzali, iż prace, które Agnieszka przedstawiła, są jej

autorstwa. Sądzili, że są zbyt dojrzałe jak na jej wiek. Dopiero podczas egzaminu ustnego uznali, że rzeczywiście jest bardzo zdolną osobą. Dla mnie ten jej wyjazd był bardzo poruszający, byłam przestraszona. Byłyśmy bardzo zżyte, a takie odpępowienie się dziecka jest trudne. Ale z drugiej strony miałam świadomość, że to jest dobre. Zażyłość z matką utrudnia usamodzielnienie się".

W 1986 roku Agnieszka Holland wychodzi za mąż za Laco Adamika. Irena Rybczyńska-Holland nie może pojechać na ślub, nie zostaje wypuszczona z kraju. Opowiada: „Posłałam przez przyjaciółkę walizę smakołyków: kiełbas i trunków. Gdy tam odbywała się uczta weselna w wynajętym pokoju, my świętowaliśmy w Warszawie – nasi przyjaciele i rodzina. Siedzieliśmy, popijaliśmy, udało nam się nawet uzyskać połączenie telefoniczne z Pragą. Przeżywaliśmy to więc równolegle".

Janusz Wróblewski, krytyk filmowy „Polityki": „Holland sama mówi, że okres praski był bardzo istotny z trzech powodów. Po pierwsze dlatego, że doświadczyła na własnej skórze konsekwencji sześćdziesiątego ósmego roku. Po drugie dlatego, że była bardzo młoda i musiała poradzić sobie w dorosłym świecie, który ją przerastał. Po trzecie dlatego, że spotkała się z nurtem opozycyjnym, za co została postawiona w stan oskarżenia, siedziała kilka tygodni w więzieniu. To było traumatyczne przeżycie. Wtedy się sprawdziła, stała się twarda, zrozumiała, że stać ją na wiele. I wreszcie po czwarte: to było doświadczenie całej kultury czeskiej, spotkanie z Kunderą, z pisarzami, z twórcami ówczesnej nowej fali kina czeskiego, które było jednym z najciekawszych zjawisk kina końca lat sześćdziesiątych. Ona nasiąkła tym wszystkim. Myślę, że to jest ze wszech miar najważniejszy okres jej życia".

Aby mieszkać w Pradze i tam pracować, Agnieszka Holland decyduje się na obywatelstwo czeskie. W latach sześćdziesiątych nie można mieć podwójnego, składa więc wniosek do Rady Państwa o zwolnienie z obywatelstwa polskiego. Władze milczą.

Prawie rok później świętuje z mężem i przyjaciółmi rocznicę ślubu. Na zabawie niespodziewanie zjawia się dwóch nieznajomych Polaków. Powołują się na znajomość z jej przyjacielem, znają nawet zaczerpnięte z *Alicji w Krainie Czarów* hasło używane w opozycyjnym kręgu Holland: „Dla susła nie ma odwrotu". Jechali z Paryża, mieli w samochodzie „Kulturę Paryską" i trochę wydawanych przez „Kulturę" książek. Na granicy część im zarekwirowano i puszczono dalej. Z pewnością wypuszczając „ogon". Goście proszą o pomoc w dotarciu do powielacza. Rocznicowa uczta z zabawy zamienia się w podziemną pracę. Wszyscy powielają i spinają materiały przywiezione z Paryża – artykuł Marksa o cenzurze pruskiej i opis Marca '68 w Polsce.

Piętnaście z osiemnastu osób zostaje po paru dniach aresztowanych. Agnieszkę Holland zabierają z łóżka wcześnie rano.

Irena Rybczyńska-Holland: „Laco był tak zszokowany, że w ogóle do mnie nie zadzwonił. O tym, że Agnieszka jest aresztowana, dowiedziałam się dopiero po tygodniu od przyjaciółki. To było dla mnie bardzo trudne. Kazimierz Moczarski, który parę lat później wydał *Rozmowy z katem*, powiedział, że muszę natychmiast jechać do Pragi. Poszłam do wydziału konsularnego i powiedziałam, że moja córka jest tam aresztowana. Tego samego dnia dostałam zawiadomienie, że Rada Państwa wyraża zgodę na zwolnienie jej z obywatelstwa. Powiedziałam, że to absurdalne, bo akurat wtedy chciałam, żeby była w Polsce. Pracownik konsulatu poradził, żebym pojechała do Pragi i namówiła córkę, aby złożyła prośbę odwołującą chęć zrzeczenia się polskiego obywatelstwa. Miałam wkładkę paszportową uprawniającą do podróży do demoludów ważną na trzy dni. Zwróciłam się o jej przedłużenie, ale powiedzieli, że dadzą odpowiedź po tygodniu. Nie czekałam, tylko wsiadałam w pociąg i pojechałam do Pragi. Miałam ze sobą 300 koron – tyle można było mieć, akurat na adwokata. Dzięki pomocy przyjaciół wynajęłam tłumacza i pojechaliśmy do więzienia na Różynie.

To jest więzienie jak ze snu. Jedzie się krętą drogę pod górę, wygląda jak zamczysko z bajki. Razem z Laco czekaliśmy na Agnieszkę. Przyprowadzili ją. Ubrana w dres więzienny wydawała się malutka, jak mała biedna dziewczynka. To mnie poruszyło. Drugie, co mnie poruszyło, to fakt, że zainteresowała się Lacem, nie mną. To mi uprzytomniło moją właściwą rolę. Zaczęliśmy rozmawiać, w znacznej części tekstami z *Milczenia* Bergmana, żeby się dobrze porozumieć. Napisała podanie do Rady Państwa i poszliśmy. Gdy odchodziliśmy, śledczy poradził mi, bym nie starała się o przeniesienie do polskiego aresztu, bo Agnieszka została aresztowana na skutek działania władz polskich, a tu, w Pradze, nie stanie się jej nic złego. Do Laco powiedział, żeby napisał podanie o zwolnienie żony z aresztu, aby mogła odpowiadać w wolnej stopy. Laco tak zrobił i rzeczywiście po jakimś czasie ją zwolniono".

Andrzej Wajda, reżyser: „Czuć było w Agnieszce Holland ten czas spędzony w Pradze. Ona, jako twórca, w większym stopniu zainteresowała się człowiekiem jako takim. My w Polsce bardziej interesowaliśmy się człowiekiem wobec sytuacji, wobec historii. A Czesi zajęli się człowiekiem jako takim. *Miłość blondynki* czy nawet *Pociągi pod specjalnym nadzorem* to są filmy, które pokazują bohaterów, jakich w polskim kinie nie było. Ona to wnosiła, bo to dali jej nauczyciele, którzy ją uczyli w Pradze".

   – W pani biografii jest dużo polityki.
   – No tak, ale to dlatego, że ta polityka w dwudziestym stuleciu nas bardzo dopadała, trudno było od niej uciec. Jeszcze w latach siedemdziesiątych tłumaczyłam zachodnim dziennikarzom, że żyję w kraju, gdzie kupno kiełbasy jest aktem politycznym. Myślę, że bardziej to wypływa z tego niż ze stricte politycznego temperamentu.
   – Tworzenie w czasach PRL to błogosławieństwo czy przekleństwo?
   – Ja miałam szczęście, że zaczynałam w latach siedemdziesiątych, kiedy reżim był już dość bezzębny. Wciąż działy się rzeczy

straszne i bolesne, ale ludzie, którzy zarządzali mediami czy kultu-
rą, nie byli tak strasznie drapieżni i okrutni. Margines swobody był
stosunkowo duży. Cenzura ograniczała się do paru tematów i do
paru spraw. Jeżeli się to jakoś obchodziło zręcznie, to właściwie mia-
ło się totalną wolność. Nikt nie mówił, kogo obsadzić, jaki styl wy-
brać. Nikt nie mówił, że film ma zarobić pieniądze. To poznałam
dopiero na Zachodzie. I przekonałam się, że my mieliśmy w pew-
nym sensie znacznie większą wolność, niż mieli w tym samym czasie
nasi koledzy na Zachodzie i niż mają dzisiaj filmowcy gdziekolwiek.
Cenzura była rzeczywiście uciążliwa i poniżająca. Ale jakoś stymu-
lowała. Można powiedzieć, że twórcze poszukiwania i polskiej lite-
ratury, i polskiej sztuki filmowej wyrosły z konieczności obchodzenia,
oszukiwania cenzury.

Połowa lat siedemdziesiątych. Korytarzem w budynku Telewizji Polskiej idzie nieznana wówczas nikomu Krystyna Janda, film
reżyseruje Andrzej Wajda, współpracuje z nim Agnieszka Holland.
Człowiek z marmuru okazuje się dla niej przełomem. Wajda przy-
garnął ją do Zespołu Filmowego X, gdzie był kierownikiem arty-
stycznym. Chce nawet dać jej swoje nazwisko, bo jej własne jest na
czarnej liście ówczesnych władz. „Sytuacja była rozpaczliwa, nie
mogła dostać zgody na samodzielny film. Powiedziałem: »Zmień
nazwisko. Ja dam ci swoje. To jest bardzo dobre nazwisko. Tyle
pracowałem, żeby zaistniało, więc będziesz miała od razu znane«",
wspomina po latach reżyser.

Ich pierwsze spotkanie nie zapowiadało przyjaźni. „Na początku zrobiła na mnie złe wrażenie", opowiada Wajda. „Spotkałem się
z nią dzięki Tadeuszowi Konwickiemu. On powiedział: »Przyjechała taka dziewczyna, która studiowała w szkole w Pradze, ma jakieś kłopoty, może weź ją do swojego zespołu«. Zrobiłem tak, jak
mi Tadeusz kazał, ale pierwsze spotkanie było trudne. Agnieszka
traktowała mnie trochę jak człowieka establishmentu. Ona, jak

większość osób w moim zespole, miała pewne zaszłości, które utrudniały w Polsce zrobienie filmu. Liczyła na to, że mnie się uda o wiele szybciej doprowadzić do jej debiutu, a na tej drodze stanęły niezależne ode mnie przeszkody, o wiele większe, niż myślałem".

„Co pana drażniło w jej zachowaniu", pytam. „Robiła wrażenie strasznie pewnej siebie. Dopiero potem zrozumiałem – choć jako reżyser powinienem wiedzieć to wcześniej – że ludzie bardzo często pokrywają swoją delikatność i wątpliwości właśnie takim zachowaniem".

Przed *Człowiekiem z marmuru* Holland robi zdjęcia próbne z Jerzym Radziwiłowiczem. „Ten wywiad był tak fantastyczny, że ja go potem zamieściłem w filmie. Słychać tam głos Agnieszki Holland", mówi Wajda. „Ona też napisała scenę wizyty Agnieszki u ojca kolejarza. To było dokładnie to, czego życzył sobie każdy, kto zatwierdzał ten film: scena pomiędzy córką, która się buntuje, i ojcem, który jej tłumaczy, że każdy bunt musi mieć też swój rozsądek. Nie było wtedy nikogo w Polsce, kto by umiał napisać taką scenę".

W latach siedemdziesiątych, by móc nakręcić fabularny debiut, trzeba spełnić trzy warunki: zrobić krótki film dla telewizji, asystować przy filmie kinowym i przedstawić scenariusz, który zostanie zaakceptowany przez władzę. Holland długo nie może spełnić warunku pierwszego. Telewizja nie chce współpracować z osobami z zespołu Andrzeja Wajdy, bo uchodzą one za politycznie nieodpowiedzialne. Wreszcie Wajda mówi: „Trzeba szukać jakiegoś tematu, którego telewizja nie będzie mogła odrzucić". Autorem, którego nikt nie może odrzucić, jest Jarosław Iwaszkiewicz.

W 1975 roku Agnieszka Holland zaczyna pracę nad *Wieczorem u Abdona*. Pod koniec 1976 roku ten niespełna czterdziestominutowy film ma swoją premierę w telewizji.

– W jednym z wywiadów powiedziała pani: „Uratował mnie Andrzej Wajda". W którym momencie i przed czym została pani uratowana?

– *Wyszłam ze szkoły filmowej z poczuciem, że potrafię robić filmy, i natrafiłam na polską rzeczywistość komunistyczną, cenzurę personalną. Ciążyło nade mną aresztowanie i śmierć mojego ojca. Sama miałam epizod opozycyjny w Pradze, byłam aresztowana, sądzona i skazana. Funkcjonowałam więc jako* persona non grata. *Nikt nie mówił wprost „nie". Składałam scenariusze i one były odrzucane pod jakimiś pretekstami. Dopiero Andrzej Wajda zaproponował mi asystenturę przy* Człowieku z marmuru. *Wtedy powiedziano, że film zostanie wstrzymany, jeżeli on mnie nie wyrzuci z pracy. Andrzej, cała ekipa i kilku kolegów, między innymi Krzysztof Kieślowski i Krzysztof Zanussi, stanęli za mną. Decydenci zaproponowali więc kompromis – powiedzieli, że nie chcą mojego nazwiska przy tym filmie, ale w zamian skierują do produkcji moje scenariusze. Gdyby nie postawa Wajdy, jego zdecydowanie i wiara w to, że warto zaryzykować tak istotną dla niego produkcję, żebym mogła pracować, to pewnie by się to nie wydarzyło.*

– *Jakie emocje budzi Andrzej Wajda w pani sercu?*

– *Wie pani, ja go bardzo kocham, jestem mu oddana, życzę mu jak najlepiej. Jest to człowiek, od którego doznałam osobiście wszystkiego co najlepsze. To jest wielki artysta, jednocześnie bardzo ludzki, skromny, ciepły.*

W 1978 roku powstaje jej samodzielny debiut reżyserski *Aktorzy prowincjonalni*. Film opowiada o reżyserze z Warszawy, który jedzie na prowincję, by wystawić tam *Wyzwolenie* Wyspiańskiego. Ulega koniunkturalnym pokusom i niszczy dramat. W opozycji do niego jest aktor, który ma zagrać główną rolę. Nie zgadza się z koncepcją reżysera, chce być romantykiem z dziewiętnastowieczną charyzmą. Rozpada się jego życie rodzinne. Jednak nie udaje mu się przebić przez mur obojętności i politycznej paranoi. Film uderza w system.

Tadeusz Sobolewski: „Jeden z moich przyjaciół powiedział wtedy, że »aż cuchnęło z ekranu«. Od tych wnętrz, od tych mieszkań, od tych ludzi. Kiedy obejrzałem po raz pierwszy *Aktorów prowincjonalnych*, to pomyślałem, że mamy do czynienia z osobą, która patrzy na system, na to, co nas otacza, jako na układ dekoracji, między którymi chodzą ludzie. Ona przebiła się przez ten system. Pokazała, jak funkcjonują ludzie na dole. Nie tylko codzienne upodlenie, ale też to, jak bunt, zrobienie aluzyjnej sztuki mogą być żałosne. Spojrzała z góry na wszystko, na cały ten chłam życia. Pokazanie życia codziennego w sposób tak odrażający było bardzo odważne. Trafiło w splot słoneczny PRL-u, nie komunistycznego, totalitarnego, tylko w ten nędzny mały PRL".

Janusz Wróblewski, krytyk filmowy: „To był bardzo silnie wypowiedziany protest przeciwko PRL-owi. Zanim się pojawili *Aktorzy prowincjonalni*, Agnieszka Holland była już dobrze znana w środowisku filmowym. Była przede wszystkim autorką świetnych scenariuszy do filmów Andrzeja Wajdy, była osobą, za którą szła legenda. To była reżyserka, która miała od razu charyzmę. Środowisko spodziewało się bardzo wiele po jej debiucie. I *Aktorzy prowincjonalni* byli niesłychanie mocnym strzałem w stronę władzy. Film rozjuszył krytykę i publiczność. Oczywiście władza przyjęła go źle. Natomiast ci, którzy myśleli tak jak trzeba, okrzyknęli ten film jednym z najważniejszych w polskim kinie, a samą Agnieszkę Holland liderką kina moralnego niepokoju".

Andrzej Wajda: „Nasz zespół zobaczył w Solidarności prawdziwego sojusznika. Myślę, że nasze filmy były działaniem na rzecz tego, by taki ruch się narodził. Janusz Kijowski trafnie nazwał je kinem moralnego niepokoju. Agnieszka pochylała się nad polityką i to było piękne".

Tadeusz Sobolewski: „Gdy trwał karnawał Solidarności, ona zrobiła film *Kobieta samotna* o ludziach, którzy nie rozumieją tego, co się dzieje, skrzywdzonych, złamanych, niemądrych. Agnieszka Holland nie jest typem łatwej kontestatorki".

Janusz Wróblewski: „Ona jest wybitnie inteligentną osobą. Nie-słychanie twardą, bardzo przewrotnie myślącą, niepokorną w sto-sunku do samej siebie i wobec widzów. Zawsze myślała o kinie jako o narzędziu, które może rozbić system, zmienić świat, wpłynąć na rzeczywistość. *Gorączka* i *Kobieta samotna*, a także część filmów emi-gracyjnych to były filmy wymierzone w coś. Takim najoczywistszym elementem, który należało zburzyć, był właśnie ustrój totalitarny, ten PRL-owski, wszechobecny smród. Bunt, chęć przeciwstawienia się są z pewnością kluczem do jej twórczości".

Na początku lat osiemdziesiątych Holland zgadza się zagrać ko-munistkę Witkowską w *Przesłuchaniu* Ryszarda Bugajskiego. To była postać, której nikt nie chciał zagrać. „Ona miała odwagę, w dodat-ku pokazała ją z pewnego rodzaju współczuciem", mówi Tadeusz Sobolewski. „Myślę, że dlatego, iż zawsze interesowała ją wiara, również ta komunistyczna". Sama Holland wspomina: „Powód był banalny. Ten film trzeba było zrobić bardzo szybko, bo mieliśmy świadomość, że ten czas względnej wolności może być bardzo krót-ki, że trzeba zdążyć, zanim znowu jakaś klamka zapadnie. Żadna aktorka, której Ryszard proponował tę rolę, nie chciała zagrać ko-munistki. Zgodziłam się, żeby nie było opóźnień w produkcji".

Sobolewski uważa, że jej rola w *Przesłuchaniu* to dowód na to, jak wiele talentów posiada. „Ona przecież pojawiła się też w epizo-dach bardzo wielu innych filmów", podkreśla.

Andrzej Wajda przypomina inne jej zawodowe zasługi: „To ona znalazła Bogusia Lindę. Pamiętam do dziś, jak go zobaczyłem w fil-mie *Gorączka*. Pomyślałem: »To jest zjawisko!«. Ona go nie tylko znalazła, ale pozwoliła mu zagrać tak, jak chciał. Zrozumiała, że Boguś też ma coś do powiedzenia od siebie".

Gorączka ma premierę we wrześniu 1981 roku. Niedługo po-tem, na zaproszenie Szwedzkiej Akademii Filmowej Holland jedzie na przegląd filmów. W Kirunie – najdalej wysuniętym na północ szwedzkim mieście – zastaje ją stan wojenny. To moment, który zaważy na całym jej późniejszym życiu.

– *Co by było, gdyby nie była pani wtedy w Szwecji?*
– *Zastanawiałam się nad inną wersją losu. Zostałabym w Polsce, wdałabym się w robotę stricte opozycyjną, być może odsiedziałabym trochę. Nie mogłabym robić filmów, nie nauczyłabym się żadnego języka. Może po upadku komunizmu, którego w ogóle się nie spodziewaliśmy, wróciłabym do zawodu.*
– *Pamięta pani moment, w którym zastał panią stan wojenny?*
– *Pamiętam to bardzo dobrze. Jeździłam po Szwecji razem z młodym szwedzkim dziennikarzem. Opowiadałam mu, że sytuacja w Polsce robi się coraz bardziej dramatyczna. Szóstego grudnia miałam nagle takie przeczucie, że nastąpi uderzenie, choć nie nazywałam tego oczywiście stanem wojennym. Czternastego grudnia miała przyjechać do mnie rodzina – mąż i córka. Zamierzaliśmy spędzić święta u siostry mojego ojca. Pamiętam, że szóstego, gdy miałam to nagłe olśnienie, zadzwoniłam, by przyspieszyli przyjazd. Nie udało się jednak i po trzynastym grudnia zostałam w Szwecji sama, odcięta od rodziny. Rzucili się na mnie dziennikarze, cały czas komentowałam sytuację w Polsce. Raczej zdecydowanie i brutalnie.*
– *Z perspektywy czasu może pani powiedzieć, że ten stan wojenny, który zastał panią w Szwecji, to był prezent od losu?*
– *Nie patrzę na to w ten sposób. To była jednak bardzo kosztowna zmiana i chociaż nie żałuję tego wariantu losu i życia, który mi przypadł w udziale, to muszę powiedzieć, że koszty odnajdywania się w zupełnie innym świecie, walki o byt, o możliwość pracy i robienia tego, co się uważa za ważne, były ogromne.*
– *Tęskniła pani za Polską?*
– *Po paru tygodniach w Szwecji pojechałam do Paryża, gdzie było bardzo wielu moich przyjaciół – artystów i opozycjonistów. I tam, chodząc brzegami Sekwany, tęskniłam strasznie do Pragi,*

*a nie do Warszawy. Nie wiem dlaczego. Tęskniłam oczywiście do ro-
dziny, do Kasi, której nie widziałam osiem miesięcy. Ale obrazy, które wspominałam z nostalgią, to była właśnie Wełtawa i Praga, a nie
Wisła i Warszawa. Może dlatego, że w Pradze spędziłam pięć bardzo
intensywnych lat mojego życia.*

Agnieszka Holland nie pojawia się w Polsce przez następnych
siedem lat. Jej córka, Kasia Adamik, mówi: „Nie pamiętam tych
najtrudniejszych czasów na emigracji, byłam wtedy za mała. Na
pewno było ciężko i były trudne momenty. Nie miała pracy, nie
znała języka. Czy tęskniła? Możliwe. Jednak wtedy się nie tęskni-
ło, tylko walczyło. To było konkretne działanie. Nie mogła wdawać
się w rozważania, bo wpadłaby w totalną depresję".

Janusz Wróblewski: „Emigracja to jest przykry temat dla polskich
reżyserów, którzy decydują się na robienie filmów poza Polską. Chyba jedynie Roman Polański zrealizował swój program i osiągnął to,
o co mu chodziło, bo i Andrzej Żuławski, i Jerzy Skolimowski, i Ryszard Bugajski robili za granicą filmy gorsze niż w kraju. Agnieszka
Holland osiągnęła szczyt swoich możliwości właśnie za granicą. Dwa
filmy były nominowane do Oscara. *Tajemniczy ogród* był przyjęty
owacyjnie, mówiło się wtedy o wielkim sukcesie na miarę Romana
Polańskiego. *Gorzkie żniwa* były bardzo mocnym filmem, który po
raz pierwszy wypowiadał problem polskiego antysemityzmu. Jednak
gdy porównuję filmy zagraniczne, może z wyjątkiem *Gorzkich żniw*,
właśnie z polskimi, to wolę te, które zostawiła w kraju. Ja oczekuję od
niej przede wszystkim kina autorskiego, mocno podszytego jej kom-
pleksami, jej problematyką, jej doświadczeniem świata. Jej polskie filmy takie były, za granicą zamknęła się, straciła poczucie wspólnoty
z publicznością. Myślę, że tak się dzieje w momencie, gdy reżyser, który ma doskonały kontakt ze swoją publicznością, wkracza do innego
świata, do innego doświadczenia kulturowego, zaczyna przemawiać
na tematy uniwersalne i musi się zderzyć z tamtymi oczekiwaniami".

U Ireny Rybczyńskiej-Holland oglądam zdjęcia z pierwszego po-emigracyjnego przyjazdu jej córki do Polski. 1988 rok. Na lotni-sku Okęcie wita ją tłum bliskich: Allan Starski, Andrzej Wajda, Magdalena Łazarkiewicz, Piotr Łazarkiewicz, Maciej Ślesicki, Laco Adamik, drugi mąż pani Ireny – Stanisław Brodzki i jeszcze kilka-naście osób. Kwiaty, transparenty, wielka radość. Cieszą się przyja-ciele, władze niepokoją. Jerzy Urban, wówczas rzecznik prasowy rządu, pisze w „Rzeczpospolitej", że Holland nie ma czego szukać w kraju, nic dobrego ją tu nie czeka, nie będzie mogła twórczo pra-cować. „Robiłam mu po tym tekście wyrzuty", wspomina Ryb-czyńska-Holland. „Znałam go od lat, był moim wychowankiem w pewnym sensie. Przyszedł do redakcji»Nowej Wsi« jako osiem-nastolatek, zaraz po maturze. Ktoś mi go polecił jako bardzo zdol-nego i rzeczywiście okazał się taki. Długo pracowaliśmy razem. Na moje wyrzuty odpowiedział, że ona tam na pewno będzie mogła pracować twórczo, a tu nie. Mimo wszystko zachowaliśmy znajo-mość. Nie spotykamy się często, ale kiedyś dostałam od niego 50 róż, i okazało się później, że upłynęło 50 lat od chwili podpisania przez niego pierwszej umowy redakcyjnej".

Agnieszka Holland: „Zastanawiałam się wtedy, czy nie zostać w Polsce, skoro bezpośredni powód mojej nieobecności ustał. Uświadomiłam sobie jednak, że to byłoby strasznie trudne. Musia-łabym tę pracę, którą wykonałam, by przestawić się na życie za gra-nicą, wykonać jeszcze raz. I uznałam, że już mnie na to nie stać. Szkoda też tego, co w międzyczasie udało mi się zbudować".

Francuski dom Agnieszki Holland jest naprawdę przyjemny. Z zewnątrz, tak jak inne domy w miasteczku – cały z kamienia. We-wnątrz bezpretensjonalny. Po prawej stronie od wejścia jest kuch-nia – tam jeszcze wrócimy, po lewej salon z kominkiem. Pracuje na piętrze.

– Długo pani śpi?

– Nie, już teraz nie. Kiedy studiowałam w Pradze, budziłam się codziennie o piętnastej trzydzieści. Przesypiałam więc prawie cały dzień i pracowałam w nocy. Teraz jednak budzę się najpóźniej o dziewiątej.

– Z nami umówiła się pani na jedenastą.

– No tak, troszeczkę pokrzyżowałam wam plany? Ale rano jestem rozkojarzona, potrzebuję czasu, żeby złapać dzień. Oczywiście, jak kręcę, to muszę wskoczyć w ten dzień szybko, ale jeżeli nie, to staram się dać sobie troszkę luzu.

– Dlaczego Bretania?

– Pod koniec lat osiemdziesiątych zaczęło mi brakować miejsca, gdzie jest wieś, drzewa, spokój. Nie kocham tak bardzo upału, żeby mieszkać w miejscu, gdzie trawa jest sucha przez osiem miesięcy w roku, więc południe nie wchodziło w grę. Padło na Bretanię, głównie dlatego, że moja córka, studiując grafikę komiksową, była tu parę razy na jakichś warsztatach. Okazało się, że prawie wszyscy wielcy komiksiarze francuscy mieszkają właśnie tutaj. A ja, robiąc Tajemniczy ogród zatęskniłam za pejzażem takim jak w Yorkshire. Tutaj to znalazłam. Wrzosowiska, a bardzo blisko dużo plaż – dzikich i bardziej cywilizowanych. Piasek, przypływy, odpływy, skały, to wybrzeże jest naprawdę bardzo ładne.

– Często pani przyjmuje gości?

– Zwykle ktoś tutaj jest, czasami goście-domownicy.

– Prowadzi pani dom otwarty?

– Do pewnego stopnia. Kiedyś był bardziej otwarty, teraz mam zmniejszoną energię na wielkie przyjęcia. Ale w sezonie zawsze jest tutaj jakieś pięć do ośmiu osób. Ktoś wpada na jeden dzień, ktoś przyjeżdża na kilka, bo w pobliżu spędza wakacje.

W 1985 roku Agnieszka Holland kręci *Gorzkie żniwa*, które zostają nominowane do Oscara w kategorii najlepszy film nieanglojęzyczny. Pięć lat później *Europa, Europa* zostaje nominowana za scenariusz adaptowany.

Janusz Wróblewski: „Spekulacje, czy *Europa, Europa* mógłby otrzymać Oscara, są dzisiaj już nieuzasadnione. Moim zdaniem to nie był film najwyższych lotów, ale niewątpliwie bardzo ważny. Pokazywał doświadczenie żydowskie inaczej, niż robiono to do tej pory. Jednak zabrakło w tym emocji, tragedii, którą można byłoby przeżywać. Mówi o rzeczach niesłychanie istotnych, bolesnych, w dodatku jest to prawdziwa historia o idealnym konformiście, który potrafi się wpasować w rozmaite sytuacje, w rozmaite systemy po to, żeby przeżyć. Jednak to zimny film, zrobiony z dystansem".

– *Bolało, gdy* Europa, Europa *nie dostała nominacji do Oscara jako film obcojęzyczny?*

– *Nie, ta nominacja nie miała dla mnie większego znaczenia. Tym bardziej że przecież dostałam nominację za scenariusz. Na rynku to jest ważniejsze. Dostałam też wtedy list z poparciem od niemieckich twórców, który sprawił mi nawet większą satysfakcję niż nominacja. Bo do Oscara mam stosunek dwuznaczny. Oczywiście ta statuetka jest bardzo przydatna. Jednak nie sprawia, że moje serce bije szybciej. Nagradzane Oscarem są bardzo często filmy, które nie bardzo mi się podobają, a te, które najbardziej cenię, najczęściej nie dostają nawet nominacji.*

– *Doświadczyła pani antysemityzmu?*

– *Tak, wiele razy. Jeżeli ktoś mówi, że w Polsce nie ma antysemityzmu, to myślę, że albo nie wie, o czym mówi, albo kłamie. Te stereotypy są bardzo silnie zakorzenione i wracają w sytuacjach codziennych. Czasem niemal podświadomie, czasem poprzez język czy skojarzenia. Bardzo często stykam się z antysemityzmem wśród Polonii. Na spotkaniach z Polonią poznaję wielu wspaniałych ludzi, bardzo ciekawych i bardzo otwartych. Ale zawsze jest ktoś, kto zadaje pytania, których Goering by się nie powstydził.*

– *Jakie?*

– *Na przykład, czy nie uważam, że byłoby lepiej w Polsce, gdyby zagazowano wszystkich Żydów. Promując* Europę, Europę *miałam spotkanie w Vancouver. Przyszedł tam mężczyzna, który zaczął swoją wypowiedź od tego, jak bardzo dumny jest z tego, że ja – Polka osiągnęłam na świecie tak dużo. W następnym zdaniu zapytał, czy nie zwróciłam uwagi, jak często w filmach amerykańskich i kanadyjskich bezcześci się krzyż. Powiedziałam, że nie zauważyłam. A on na to:»Zawsze ci Żydzi tam są, tyle żydowskich nazwisk«. Dość długo perorował w tym stylu z nienawiścią w oczach. Prawie zawsze ktoś taki trafia się na spotkaniach.*

– Polak za granicą to kto?

– W niektórych środowiskach niestety uważany jest za symbol kołtuna, antysemitę, ciasnego katolika, który widzi i akceptuje tylko własną wizję świata, własny zaścianek, a wszystkich innych, obcych traktuje jak wrogów. Uosabia człowieka niezbyt wykształconego, który nie jest w stanie otworzyć się na doświadczenia współczesności. Ja bym chciała, żeby ludzie na świecie postrzegali Polaków jak najsprawiedliwiej i w jak najlepszym świetle, żeby widzieli, jak wiele jest w nas dobrego i wielkiego. Co zrobić, żeby tak było? Trzeba popierać te rzeczy w Polsce, te zjawiska i tych ludzi, którzy właśnie mają niebywale pozytywny odbiór również na świecie.

Janusz Wróblewski: „Agnieszka Holland jest bardzo dobrym ambasadorem Polski na świecie. Nie tylko dlatego, że jest Polką, ale też dlatego, że zawsze stawiała na udział polskiej ekipy w jej filmach. To ona dała szansę między innymi Janowi Kaczmarkowi na zaistnienie w filmach, ściągała polskich operatorów, dbała, by w epizodach pojawiali się polscy aktorzy. Jest bardzo lojalna wobec środowiska filmowego w Polsce. Cały czas stara się w ten czy inny sposób promować na świecie polską kulturę".

Andrzej Wajda: „Dla mnie jej polskość jest oczywista. Myślę, że ona jest bardziej polska, niż chciałaby być, niż my wszyscy chcielibyśmy być. Bo przecież staramy się być częścią świata, ale wychodzimy z pewnego miejsca i potem się okazuje, że to miejsce ma kapitalne, podstawowe znaczenie. Ona, gdy jest w dobrym nastroju, śpiewa piosenki, które pamięta z dzieciństwa!".

– *Czy reżyser ma swoje własne ulubione filmy?*
– *Tak. Mam przeczucie, że niektóre moje filmy są pełniejsze. Te kameralne. Myślę, że lepiej mi wychodzą takie filmy, w których nie ma za dużo akcji, za dużo postaci. To nie są te najbardziej popularne tytuły.*
– *Które na przykład?*
– *Na przykład* Olivier Olivier, *w jakimś stopniu część* Całkowitego zaćmienia, *część* Gorzkich żniw, *myślę, że* Kopia mistrza *ma takie fragmenty, które lubię.*
– *Ogląda je pani w domu?*
– *Nie, tego nie robię, ale jak przygotowuję kolejny film i potrzebuję pewnej inspiracji czy chcę pokazać operatorowi, z czego byłam zadowolona i co chciałabym powtórzyć, to tak. Czasem, zwłaszcza w Los Angeles, nagle natrafiam w telewizji na mój film. Wtedy, szczerze mówiąc, nie mogę się oderwać. Siedzę i oglądam w takim poczuciu, że jednocześnie w tym samym momencie jakaś ilość ludzi to ogląda, i to jest niesamowite, jak rodzaj komunii.*
– *Krytyka boli?*
– *To, co mówią o moich starszych filmach, nie ma dla mnie większego znaczenia. Natomiast, jeśli ktoś schlasta ostatni, to boli.*
– *Bolało wiele razy?*
– *No tak, moje filmy zawsze były kontrowersyjne. Zawsze znalazła się jakaś grupa krytyków, którzy traktowali je bardzo brutalnie.*

W grudniu 1998 roku Agnieszka Holland odsłania w łódzkiej Alei Sław swoją gwiazdę. Dwadzieścia lat po samodzielnym debiucie i po dwóch nominacjach do Oscara. Dziesięć lat po zrobieniu filmu Zabić księdza o zabójstwie Jerzego Popiełuszki – choć gdy zajęła się ikoną Solidarności, owacji nie było.

Janusz Wróblewski: „Już sama wiadomość o tym, że Agnieszka Holland, która była wtedy na emigracji we Francji, przystępuje do robienia filmu o księdzu Popiełuszce, była elektryzująca. Cenzura chciała zatuszować ten fakt. Tytuł ten miał nigdy nie pojawić się w Polsce. Gdy jednak sytuacja się zmieniła i film wszedł na ekrany, musiał zderzyć się z Polską po traumatycznym doświadczeniu stanu wojennego, z Polską, w której od reżyserów oczekiwano pokazywania uciemiężenia ludzi, tego, czym było przetrwanie w tym świecie. Film Holland w ogóle nie współbrzmiał z nastrojami społecznymi. Ksiądz Popiełuszko był wówczas otoczony kultem. Tymczasem film pokazywał go jako kogoś, kto przyzywa zło do siebie. Kto jest wielki, walczy z systemem, ale jednak jakoś balansuje pomiędzy światem zła i dobra. Nie pokazano, kim on jest dla ludzi. Holland bardziej starała się wejść w duszę zbrodniarza niż w duszę księdza i myślę, że to jest główny powód złego przyjęcia tego filmu w naszym kraju".

Tadeusz Sobolewski: „Adam Michnik powiedział, że to jest film o człowieku złym, oczywiście chodzi o Piotrowskiego, który jest kuszony przez dobro. O takim diabelcu, którego interesuje i fascynuje dobro uosobione w księdzu Popiełuszce. Agnieszka Holland znów spojrzała z przeciwnej strony, niż zdawało się to oczywiste. Ona czuje małość ludzką, złych ludzi, to wszystko, co jest w człowieku ciemne".

Od tego filmu zaczyna się wieloletnia współpraca Agnieszki Holland ze znanym amerykańskim aktorem Edem Harrisem. W Nowym Jorku zapytałam go, dlaczego zgodził się pracować przy tym obrazie. „Opowiadała mi o tej historii. O historii Popiełuszki, o całej sytuacji i postaci, jaką miałem zagrać. Polubiłem ją jako człowieka, za pasję, inteligencję, za to, że nie bała się mówić tego, co myśli. Pomyślałem więc: »A co tam!«. Zaufałem Agnieszce na tyle, aby oddać samego siebie w jej ręce".

– Płacze pani na filmach?

– Tak, czasem mi się to zdarza.

– Na jakich?

– Czasem na jakichś kompletnie głupkowatych melodramatach...

– Ogląda pani głupkowate filmy?

– Czasem tak.

– O miłości?

– Różnie. Oglądam dużo filmów również ze względów zawodowych, na przykład z powodu aktorów.

– Dla jakich aktorów ogląda pani filmy?

– Najróżniejszych. Muszę orientować się w tym, jaki jest rynek aktorski. Bo w tej chwili nie można sfinansować filmu, jeżeli się nie ma obsady, która ma w sobie pewną atrakcyjność komercyjną.

– Jakie to są nazwiska, dla których ogląda pani filmy?

– To zależy od roli.

– Ed Harris?

– Eda nie muszę oglądać. Oglądam go dla przyjemności, bo znam go bardzo dobrze.

– Aktorów zdobywa się przez żołądek?

– Tak, czasem tak. [Agnieszka Holland uśmiecha się łobuzersko]. *Jednak częściej aktorów zdobywa się przez kieliszek.*

– Kieliszek czego?

– Różnie. Z Edem Harrisem wypiliśmy przy pierwszym spotkaniu dwie butelki szampana i to nas bardzo zbliżyło. Ale zwykle są to trunki bardziej konwencjonalne.

– Słyszałam również, że zdobywa się aktorów przez koszulkę...

– Chodzi pewnie o Leonarda di Caprio. Kupiłam T-shirt z rysunkiem Rimbauda, przedstawiającym kogoś bardzo podobnego do Leonarda, i posłałam mu go. Nie wiem, czy dlatego się zgodził, ale na pewno odniosło to jakiś skutek.

– Długo czekała pani na odpowiedź?

– Nie, on dość szybko się zgodził, nie był wtedy jeszcze taką gwiazdą jak teraz. Największym problemem reżyserów, nawet tych, którzy

coś już zrobili, jest dotarcie bezpośrednio do aktora. Edowi Harrisowi posłałam scenariusz przez jego szofera. Spotkałam go w Paryżu i zgodził się mu to posłać. Był skuteczniejszy niż agent, który pewnie położyłby scenariusz gdzieś pod biurkiem i nikt by go nie znalazł.

– Na końcu też się świętuje. Czyli na początku i na końcu jest kieliszek?

– No... tak, można tak powiedzieć, chociaż nie wszyscy aktorzy piją. Ale zdarzyło mi się też częstować aktorów, gotować dla nich.

Nas też Agnieszka Holland zaprasza do kuchni. Porusza się po niej z gracją i bardzo sprawnie. Przyznaję, trochę jej zazdroszczę. My filmujemy, a ona szykuje obiad – makaron z mulami. Sama nie może jeść owoców morza, bo jest na nie uczulona, ale doskonale je przyrządza dla innych. Ja wykorzystuję fakt, że proces przygotowania jedzenia jest długi. I nie mogę się nadziwić, że wywiad w ogóle jej nie przeszkadza w przygotowywaniu jedzenia.

– Gotowanie to pani pasja?

– Nie, nie. Nie jestem jakąś genialną kucharką. Choć pewne rzeczy mi wychodzą.

– Na przykład mule.

– Mule podobno mi wychodzą, niestety nie mogę tego próbować, ponieważ od dziesięciu lat mam alergię na wszystkie owoce morza. Wcześniej jednak je lubiłam i sprawia mi prawdziwą przyjemność karmienie nimi ludzi. Mulami i rybami.

– W jaki sposób je pani przyrządza?

– Kupuję je u producentów. W Bretanii wszystkie te rzeczy: mule, ostrygi, ryby i tak dalej są świeże i, co ważne, umyte. Bo największy kłopot przy mulach i największa praca przy nich to czyszczenie. Dzięki temu, że są umyte, gotowanie jest samą przyjemnością. Posypuję je trochę pieprzem. Nie solę, bo zakładam, że pochodzą z morza, więc są już słone. Siekam czosnek i cebulę.

– Płacze pani przy siekaniu cebuli?

– Tak, płaczę, ale czasem pomaga mi przyjaciółka, mniej płaczliwa.

Mówi się o niej „twarda sztuka". Jej bliscy mówią, że w pracy jest twarda, ale w życiu nie jest z kamienia.

Jacek Szumlas: „Na planie zdarzają się momenty, kiedy przychodzi przytulić się, lubi, gdy się jej rozmasuje szyję czy plecy. To są takie chwile, kiedy staje się niesłychanie ludzka, zwyczajna. Pamiętam, że gdy na planie *Placu Waszyngtona* wszyscy grali w koszykówkę, dołączyła do jednej z drużyn. No i dostała piłką w głowę. Trzeba było przerwać zdjęcia na pół godziny, bo trochę ją zamroczyło. Zdarza się, że mówi: »Kurczę, boli mnie łeb, nie wiem, co dzisiaj powiedzieć, no, ale maszerujemy dalej!«. Po prostu prawdziwy człowiek z krwi i kości. No i klnie jak szewc".

„W tym sensie przypomina Kazimierza Kutza", mówi Tadeusz Sobolewski. „Potrafi jednym słowem załatwić gościa, słowem, które absolutnie nie pasuje do jej wyglądu, do jej delikatności, i to jest właśnie wielka sztuka. Ona klnie tak, jak żaden mężczyzna nie potrafi. Choć z drugiej strony przyznała się kiedyś, że radząc młodym reżyserom, jak mają walczyć o swoje, powiedziała: »Dobrze jest, będąc kobietą, w pewnym momencie się rozpłakać. To robi wielkie wrażenie«".

Andrzej Wajda: „Gdybym powiedział, że Agnieszka Holland, kobieta-reżyser z Polski, odniosła sukces na Zachodzie, bo ma męskie cechy, to byście mnie tutaj wygwizdali. Ale to prawda. Choć może są to po prostu cechy człowieka czynu, a płeć nie odgrywa żadnej roli. Prawdopodobnie chodzi o siłę i wyrazistość".

Pytam córkę reżyserki, czy widziała ją kiedyś w spódnicy. „O tak, chodzi w spódnicach i sukienkach. W takich meksykańskich, białych, wyszywanych. Jest bardzo kobieca", odpowiada.

– *Mówi się o pani „twarda sztuka", a nawet „herod-baba". Podoba się to pani?*

– *Nie wiem, kto tak mówi, ale twarda sztuka to chyba nie jest źle? A herod-baba? Nie, nie wydaje mi się.*

– *Z twardą sztuką to prawda?*

– *Jak dotąd tak. Udało mi się zachować swój korzeń, nie ulec różnym pokusom czy groźbom i robić to, co mi się wydaje, że jest wyrazem mnie samej. Ale nie jest tak, że jestem twarda czy niewrażliwa i że nic mnie nie obchodzi. Przeciwnie, jestem osobą, która się bardzo przejmuje różnymi rzeczami.*

– Co dało pani tę twardość?

– *Myślę, że przede wszystkim dom rodzinny. Matka dała mi poczucie, że jestem kimś, kto ma prawo afirmować siebie, swoje talenty, swoją inność i swoje poglądy. To z pewnością pomaga, jeśli wychodzi się z domu z poczuciem, że są rzeczy ważniejsze niż różne zewnętrzne okoliczności. Poza tym pomógł mi temperament, może znak zodiaku. Jestem Strzelcem, a Strzelce są na ogół twarde. Stalin był Strzelcem.*

– *Powiedziała pani kiedyś: „Rimbaud to ja, kiedy miałam siedemnaście lat, Verlain to ja dzisiaj". To znaczy, że uspokoiła się pani?*

– *To znaczy, że jestem bardziej lękliwa, bardziej ostrożna i bardziej skłonna do kompromisów niż byłam, kiedy miałam siedemnaście lat.*

– *Lękliwa? Czego się pani lęka?*

– *Człowiek nabierając doświadczenia, zyskując pewien dorobek, staje się chyba ostrożniejszy. Im więcej ma, tym bardziej lęka się to utracić. Lęka się też pewnych ograniczeń własnego ciała, mnóstwa rzeczy. Pamiętam, że zanim urodziłam dziecko, właściwie niczego się nie bałam. Potem zaczęłam bać się różnych rzeczy, różnych decyzji, różnych sytuacji. A z drugiej strony nie podoba mi się ta zależność, konformizm. Brak konformizmu wydawał mi się zawsze taką wartością* sine qua non. *Próbuję więc z tym walczyć, ale nie jestem już tym zupełnie nieopanowanym buntownikiem, na pewno nie.*

– *„Agniesiu, bądź wielkoduszna". Z czym się pani kojarzą te słowa?*

– *Moja mama mówiła mi to, gdy uważała, że powinnam podzielić się jakąś moją ulubioną zabawką z biedną dziewczynką.*

– *Często to powtarzała?*

*– Nie wiem, czy aż tak często, ale wbiło się to w moją pamięć
i do pewnego stopnia mnie uformowało. Niewątpliwie dzięki temu
mam pewne dobre cechy, ale również takie, które przeszkadzają mi
trochę w życiu. Czasami bardziej myślę o tym, żeby sprawić przyjemność innym, niż o tym, żeby zrobić to, na co ja mam ochotę.
Potem jestem sfrustrowana i niezadowolona, a ci obdarzeni przez
mnie jakimś dobrodziejstwem muszą za to płacić poczuciem mniej-
szej wartości czy moją pretensją, więc to jest bardzo skomplikowa-
ny proces. Myślę, że dobrze jest być wielkodusznym, ale przede
wszystkim powinniśmy być w zgodzie z samymi sobą.*

Siedzimy na klifie, obrośniętym jakimś brunatnym zielskiem.
Wieje silny wiatr. A jednak jest cudownie.

– Gromadzi pani tutaj myśli do pracy?
*– Przede wszystkim się tu oczyszczam, by móc potem skonfron-
tować się z rzeczywistością. Ale czasami przychodzą mi tu też różne pomysły do głowy.*
– Jak wygląda pani dzień w Bretanii?
*– To zależy, jak dużo akurat jest tu osób i jak bardzo organiza-
cja ich pobytu jest zależna ode mnie. Mam taką niedobrą cechę, że
nadorganizuję, to znaczy, kiedy przygotowuję śniadanie, to chcę,
żeby wszyscy robili dokładnie to, co ja chcę, jak chcę i kiedy chcę.
Muszę nad tym panować, by goście nie czuli się zbyt manipulowa-
ni. Młodzi ludzie zwykle wstają około południa, a starsi około siód-
mej czy ósmej. Jemy śniadanie, trochę gadamy, potem rozchodzimy
się do swoich zajęć. Zwykle wspólnie jemy kolację, oglądamy jakieś
filmy. Poważne albo seriale, całe sezony amerykańskich seriali.*
– Jak spędza pani czas, gdy nie robi pani właśnie filmu?
*– Jeśli akurat nie robię filmu, to zwykle staram się robić film.
A to zajmuje więcej czasu niż sama robota. Trzeba skompletować
obsadę i przekonać różne instytucje, żeby chciały zainwestować*

*w mój tytuł. Jeszcze bardziej upierdliwe jest promowanie filmu. No,
a jak nie robię nic z tego, to wtedy żyję.*
— To znaczy?
*— To zależy. Czasami jestem tak zmęczona, że nie mam siły na
nic, na żadne kontakty z ludźmi. Potrzebuję wtedy gdzieś się odno-
wić i oczyścić. A kiedy to już się dzieje, to mam wrażenie, jakbym
wyszła z więzienia. Gdy wyszłam z więzienia w Pradze, nagle świat
wydał mi się niebywale intensywny i atrakcyjny. Każde pójście do
sklepu albo zatrzymanie się przed wystawą, gdzie był jakiś obraz,
kupienie butów albo spacer nad rzeką miały niebywałą atrakcyjność i intensywność. Coś podobnego czuję, gdy kończę film. Mogę
chodzić, oglądać, spotykać się, podróżować, gotować, jeść, pić, czy-
tać, mogę robić różne rzeczy, których człowiek nie może robić, kiedy jest w środku tej szalenie absorbującej pracy.*

Od Kasi Adamik dowiaduję się, że gdy Agnieszka Holland wraca do domu po skończonym filmie, robi zakupy i sprząta. „Po roku
spędzonym w abstrakcyjnym świecie musi na nowo przywłaszczyć
sobie przestrzeń. Zaczyna więc wielkie porządki. Zamiast, jak każdy
normalny człowiek, pójść na spacer czy na plażę, to ona zaczyna ge-
neralne porządki", śmieje się jej córka.

*— Często w napisach końcowych filmu komuś się dziękuje albo
pisze coś osobistego. Potrafi sobie pani wyobrazić takie napisy na
koniec swojego życiorysu?*
*— Na pewno chciałabym podziękować wielu ludziom na całym
świecie, którzy okazali mi wiarę, serce i zaufanie. Przyjaciele, ludzie, z którymi pracowałam, którym mogłam coś dać i dostałam
od nich — to w sumie największy kapitał, jaki człowiek zbiera. Pewnie chciałabym, by znalazł się tam jakiś ładny wiersz, w którym
tekst nie jest dosłowny. Zresztą tak naprawdę nie umiem odpowiedzieć na to pytanie. Ja już bym tych napisów nie czytała, więc byłoby mi chyba wszystko jedno.*

AGNIESZKA HOLLAND

Urodzona 28 listopada 1948 w Warszawie.

Miała 17 lat, gdy zdała do szkoły filmowej w Pradze (FAM). W 1970 roku trafiła, z powodów politycznych, do czeskiego więzienia. Rok później wróciła do Polski. Jej pierwsze filmy – *Aktorzy prowincjonalni*, *Gorączka* i *Kobieta samotna* – to klasyka kina moralnego niepokoju. Za *Aktorów prowincjonalnych* dostała nagrodę FIPRESCI w Cannes, za *Gorączkę* – Srebrnego Niedźwiedzia w Berlinie.

Stan wojenny zastał ją w Szwecji. Została na Zachodzie. Mieszkała we Francji i Stanach Zjednoczonych. Nigdy nie wróciła na stałe do Polski.

Wielokrotnie nagradzana na międzynarodowych festiwalach filmowych, dwukrotnie nominowana do Oscara – w 1985 roku w kategorii najlepszy film obcojęzyczny za *Gorzkie żniwa* oraz w 1991 roku w kategorii najlepszy scenariusz adaptowany za *Europa, Europa*. Inne jej znane tytuły to między innymi *Zabić księdza*, *Tajemniczy ogród*, *Plac Waszyngtona*, *Całkowite zaćmienie*.

W 2007 roku wspólnie z siostrą Magdaleną Łazarkiewicz i córką Kasią Adamik zrealizowała dla Polsatu serial political fiction *Ekipa*. W 2009 roku powstał film *Janosik. Prawdziwa historia*, a w 2011 film *W ciemności*.

Rozdział 4

BYĆ JAK MARGARET THATCHER
Nino Burdżanadze
gwiazda gruzińskiej rewolucji róż

Być może całkiem nieźle jest być prezydentem w normalnym kraju, ale w kraju z dwoma nierozwiązanymi konfliktami terytorialnymi i skomplikowaną sytuacją społeczną prezydentowi nie ma czego zazdrościć.

Nino Burdżanadze, „Nowyje Izwiestija", 23.11.2004 r.

Dziś myślę, że trochę dałam się nabrać. W 2006 roku w Tbilisi spotkałam twardą sojuszniczkę Micheila Saakaszwilego i przeciwniczkę Rosji. W maju 2010 roku Nino Burdżanadze jako szefowa ugrupowania Rada Narodowa, które otwarcie opowiada się za ugodą i współpracą z Kremlem, reprezentowała Gruzję na moskiewskiej paradzie wojskowej z okazji sześćdziesiątej piątej rocznicy zakończenia II wojny światowej. Saakaszwili, którego tam nie zaproszono, nazwał ją i innych dysydentów „tanimi dziwkami".

Może zresztą wcale nie dałam się nabrać, a poddałam rewolucyjnemu entuzjazmowi, w który wraz ze mną uwierzyło pół świata, z prezydentem George'em Bushem na czele. Możliwe też, że wszyscy nie doceniliśmy zagmatwanej gruzińskiej historii i gorącego gruzińskiego charakteru.

Choć z zagmatwaniem miałam do czynienia już na etapie przygotowań do wyjazdu. Specyfika telewizyjnych podróży polega między innymi na tym, że oprócz normalnego bagażu musimy zabrać sprzęt: kamery, lampy, monitory, statywy, sprzęt dźwiękowy – w sumie czasami prawie 300 kilogramów. Jeżdżąc do krajów Unii Europejskiej, po prostu płaciliśmy za nadbagaż. Przy wjeździe do Gruzji sprzęt traktowano jak towar, od którego trzeba zapłacić cło. Z cła zwalniało udowodnienie, że to wszystko służy do pracy i że zostanie wywiezione w komplecie. Wymagało to papierkowej roboty, która do dziś śni się mojej producentce Marcie Mojkowskiej. I nie są to miłe sny. Co ciekawe, gdy opuszczaliśmy Gruzję, nikt nie pytał o papiery i nie kazał zapłacić za gigantyczny nadbagaż.

Wylądowaliśmy w Tbilisi o trzeciej w nocy. Spodziewaliśmy się opustoszałego lotniska, tymczasem tam podróżne zamieszanie trwało w najlepsze. Jakby na ten czas właśnie przypadały godziny lotniczego szczytu. Czekał na nas konsul z polskiej ambasady Wacław Szczurski – jowialny, krępy wąsacz. Przemiły. Do dzisiaj mam w barku butelkę gruzińskiej brandy z jego imieniem, nazwiskiem i funkcją na etykiecie. Szkoda mi otworzyć.

Do hotelu przemknęliśmy szerokimi ulicami pogrążonej w ciemności stolicy. Dopiero nazajutrz zobaczyliśmy na wpół zrujnowane kamienice z piaskowca, a w nich butiki luksusowych firm. Po sąsiedzku panie w czarnych sukniach handlowały pomidorami i bakłażanami. O tym, że sprzeczności to gruzińska specjalność, przekonałam się jeszcze nieraz. Historia Nino Burdżanadze jest zresztą tego świetnym przykładem.

W 1977 roku Nino ma trzynaście lat. Na ścianie w jej domu wisi polityczna mapa świata. Gruzja, jak wszystkie republiki ZSRR, ma na niej kolor czerwony. Dziewczynka nieoczekiwanie mówi do ojca: „Jakżeż będziemy szczęśliwi, kiedy Gruzja na mapie będzie miała inny kolor!". A ojciec odpowiada: „Nie wiem, czy będę miał tyle szczęścia, by doczekać tego dnia, ale może twoje pokolenie zobaczy Gruzję w innym kolorze".

Anegdota znamienna, zważywszy, że Anzor Burdżanadze jest wówczas ważnym działaczem partii komunistycznej i bliskim przyjacielem Eduarda Szewardnadze – szefa gruzińskiej KPZR, potem radzieckiego ministra spraw zagranicznych, a w latach dziewięćdziesiątych prezydenta niepodległej Gruzji. To Szewardnadze stanie się w przyszłości ojcem sukcesu politycznego młodej Nino. Najpierw jako jej protektor, a potem obiekt buntu.

Jej ojciec doczekał niepodległości Gruzji. I rzeczywiście dzień ten może uznać za szczęśliwy. Został szefem koncernu zaopatrującego Gruzję w zboże i mąkę, uchodzi za jednego z najbogatszych ludzi w kraju.

Zawiłe? W tym pięciomilionowym kraju niewiele rzeczy jest prostych.

Plac Wolności w Tbilisi, nazywany przez Gruzinów Tawisuplebis Moedani, widział wiele. Podczas rewolucji w 1905 roku zginęło tu sześćdziesięciu demonstrantów. W czasach ZSRR stał tu pomnik Lenina, zburzony tuż po odzyskaniu niepodległości. Dzisiaj w tym miejscu stoi kolumna św. Jerzego. Tutaj przemawiał George Bush, tu, wreszcie, w 2003 roku zaczęła się rewolucja róż.

Przed wyjazdem jeszcze raz obejrzałam relacje z owej bezkrwawej rewolucji. Listopad 2003 roku, na plac ściągają tysiące ludzi. Zjeżdżają do stolicy ze wszystkich stron kraju, by stąd wyruszyć w stronę parlamentu i siedziby prezydenta. Protestują przeciwko sfałszowaniu wyników wyborów parlamentarnych, domagają się ustąpienia prezydenta Eduarda Szewardnadze. Na czele protestu – Micheil Saakaszwili, obok niego Zurab Żwania i Nino Burdżanadze.

To właśnie wynik jej partii Zjednoczony Ruch Narodowy sprawił, że ogłoszone przez władze rezultaty wyborów wydały się niewiarygodne. Według oficjalnych danych dostała jedynie 8,8 procent głosów, zajmując piąte miejsce. Wcześniej prowadziła w sondażach.

Sfałszowanie wyborów potwierdził raport OBWE. Prezydent jednak trwał przy swoim.

Do czasu. 22 listopada protestujący uniemożliwiają przeprowadzenie inauguracyjnej sesji nowego parlamentu. Wdzierają się do sali obrad „uzbrojeni" w róże. Szewardnadze wprowadza stan wyjątkowy, jednak następnego dnia, po spotkaniu z Saakaszwilim i Żwanią, dobrowolnie podaje się do dymisji. Nino Burdżanadze, przewodnicząca parlamentu, występuje z orędziem do narodu. „Od dzisiaj zaczynamy budować kraj. Musimy wszyscy wziąć w tym udział. Zrobię wszystko, co możliwe, by w Gruzji zapanował pokój i stabilizacja. Teraz najważniejsze, by na ulicach zapanowały rządy prawa", mówi. Do czasu nowych wyborów prezydenckich, które zaplanowano na styczeń następnego roku, zostaje tymczasowym prezydentem. Pierwszy, ale nie ostatni raz.

Spotykamy się niecałe trzy lata później, w czerwcu 2006 roku. Odwiedzamy ją w biurze, którego balkon wychodzi na plac Wolności. Gdy stała na tym balkonie podczas rewolucji, stutysięczny tłum skandował: „Nino! Nino!". Ciekawa jestem, co wtedy czuła. Mówi, że przede wszystkim ogromną odpowiedzialność, żeby nie zawieść ludzi, żeby nie popełnić błędu. No i też wielką dumę. Bo to jednak niezwykłe mieć tak wielkie poparcie w społeczeństwie.

To dawało jej siłę do działania. Bo przecież się bała. Wiedziała, że gdyby popłynęła choć kropla krwi, losy rewolucji mogłyby potoczyć się inaczej. Z lękiem – jako matka dwóch synów – patrzyła na tłum młodych ludzi przed parlamentem. Jednocześnie jednak miała pewność, że rewolucja jest konieczna. „W tamtym czasie to była jedyna możliwość, aby chronić państwo. Kraj był w bardzo trudnej sytuacji. Pojawił się strach o przyszłość demokracji i przyszły rozwój państwa", mówi. „Konsultowaliśmy się z różnymi ludźmi, z naszymi przyjaciółmi z zagranicy, którzy martwili się o nasz kraj. Robiliśmy wszystko, aby kontrolować sytuację, aby wszystko przebiegło spokojnie".

Czy czuła się jak królowa rewolucji? Nie myśli o tym. Ale wie, że odegrała ważną rolę.

Obserwatorzy przyznają, że była wtedy skoncentrowana na działaniu. Lewan Aleksidze, profesor z Uniwersytetu w Tbilisi, podkreśla, że w czasie rewolucji Burdżanadze była bardzo silna, a jednocześnie nie aspirowała do bycia liderem. „Grała w drużynie, uznając, że szefem jest Saakaszwili", wyjaśnia.

Lasza Tuguszi, publicysta dziennika „Rezonans", uważa, że była ona gwarantem tego, iż wydarzenia nie przekroczą pewnej niebezpiecznej granicy. „Ludzie wierzyli, że jako kobieta nie pozwoli na radykalne posunięcia, złagodzi sytuację", mówi. Przypomina, że jednocześnie nie unikała trudnych, ale koniecznych w tamtym czasie decyzji.

Była minister spraw zagranicznych Salome Zurabiszwili drwi: „Królowa rewolucji? Raczej walet pikowy".

Tamar Czikowani z gruzińskiej rozgłośni Radia Wolna Europa pamięta Nino Burdżanadze z tamtego czasu jako damę. Była bardzo aktywna, ale nie agresywna. Uspokajała sytuację. Zdaniem dziennikarki wszystko się zmieniło, gdy Zurab Żwania powiedział, że jest ona jak królowa Tamara (królowa Gruzji w latach 1160–1213, święta prawosławna – przyp. A. W.). „Ona w to uwierzyła i to był początek jej końca. Uwierzyła, że jest kimś więcej niż tylko politykiem. Zapomniała, że Żwania i Saakaszwili potrzebowali jej, bo była przewodniczącą parlamentu i mogła, zgodnie z konstytucją, zająć miejsce Szewardnadze", tłumaczy. Jest przekonana, że Żwania manipulował Burdżanadze. Kiedy stanął przeciwko prezydentowi Szewardnadze, ona po prostu nie mogła się cofnąć, choć prezydent był przyjacielem jej ojca.

Czyli jednak dystans. Ciekawe, że nawet jej zwolennicy opowiadają o niej z sympatią, ale jednak nie z entuzjazmem. Przeciwnicy wypominają związki jej rodziny z komunistycznym reżimem. Przyjaciele mówią, że byłaby szczęśliwa, gdybyśmy porównali ją do Margaret Thatcher, oponenci nazywają radziecką księżniczką.

Porównanie z Margaret Thatcher przychodzi łatwo. Portret brytyjskiej premier wisi w gabinecie Burdżanadze w centralnym punkcie. To zdjęcie, które Thatcher przysłała Burdżanadze po rewolucji róż. Przyglądam się Nino i nie mogę oprzeć się wrażeniu, że przynajmniej w kwestii wyglądu Angielka ją co najmniej inspiruje. Jasna garsonka w groszki, białe czółenka, dyskretna biżuteria. No i fryzura. Właściwie skopiowana z portretu. Burdżanadze nie wypiera się fascynacji: „Poznałam ją, gdy byłam w Londynie. To było bardzo interesujące spotkanie. Ona jest już starszą panią, ale wciąż bardzo silną osobowością". Nie chce jednak się z nią porównywać. Uważa, że aby mieć do tego prawo, trzeba zrobić w życiu o wiele więcej.

O tym, dlaczego nazywana jest księżniczką – mniejsza o to, czy radziecką – przekonuję się, gdy odwiedzamy ją w domu. Widzieliśmy już, jak do biura szofer przywozi jej torby z logo Chanel, więc wyobrażam sobie, że żyje wygodnie. Jednak jej mieszkanie przekracza moje wyobrażenia. Gdy podjeżdżamy przed kamienicę, w której mieszka, tylko budka strażnicza przed bramą zwiastuje, że mieszka tu ktoś ważny. Dom wygląda jak inne w okolicy – odrapana elewacja, widoczne zniszczenia. Po ulicy biegają dzieciaki, które z pewnością nie zaznały dostatku. Podwórko jest po prostu obskurne. Wchodząc do mieszkania, wkraczamy do innego świata. Ostry kontrast z otoczeniem. Apartament intelektualistki. Wysokie, olbrzymie pokoje, biblioteka po sufit, luksusowy wystrój, a w tym wszystkim jeszcze zimowy ogród, w którym przez cały rok utrzymywana jest temperatura około 20 stopni Celsjusza. To jej ulubione miejsce w domu. Jej słabość do roślin jest zresztą tematem anegdot. Gdy wracała kiedyś z Kijowa i samolot wpadł w poważne turbulencje, ani na chwilę nie wypuściła z rąk doniczki z drzewkiem, które kupiła na Ukrainie. W kolekcji ma kwiaty z różnych stron świata, przywozi je z niemal wszystkich podróży.

Gdyby chciała sama zajmować się ogrodem, musiałaby mu poświęcać co najmniej dwie godziny dziennie. Na to nie ma czasu. Ale nawet sprawując najwyższe urzędy, znajdowała czas, by wieczorem usiąść tu na kilka chwil. „To dla mnie ważne, bo to miejsce, gdzie się wyciszam. Potrafię tu zapomnieć, że jestem w centrum miasta i politycznego życia. Kiedy źle się czuję, przychodzę tu, by spędzić wieczorem chociaż godzinę, poczytać", opowiada.

By znaleźć książkę do czytania, musi wspiąć się po schodach, które ułatwiają dostęp do najwyższych półek w jej imponującej bibliotece. Co czyta? Bardzo chętnie literaturę piękną – Murakamiego, Kunderę. Trzeba przyznać, rzadka cecha u polityka. Oni zazwyczaj znajdują czas jedynie na lektury fachowe.

Salome Zurabiszwili, była szefowa gruzińskiego MSZ, ma żal do Gruzinów, że tak łatwo zapomnieli Burdżanadze, iż była istotnym elementem reżimu Szewardnadze.

Czy rzeczywiście była? Próbuję dowiedzieć się tego od ekspertów. „Znała go od dzieciństwa i nazywała wujkiem Edwardem", zdradza Aleksander Rondeli z Fundacji Studiów Strategicznych i Międzynarodowych. „Odwrócenie się od niego nie było więc łatwą decyzją. Tym bardziej w Gruzji, gdzie więzy z dzieciństwa, przyjaźnie rodziców to trwałe i ważne wartości".

To właśnie Szewardnadze wprowadził ją do polityki. Ją, Micheila Saakaszwilego i Zuraba Żwanię. Gdy 31 grudnia 1993 roku zginął pierwszy prezydent niepodległej Gruzji – charyzmatyczny poeta i nieudolny polityk Zwiad Gamsachurdia, Szewardnadze przybył z Moskwy na ratunek. Witano go jak zbawcę. A on, by nie stać się marionetką w rękach lokalnych watażków, budował własną ekipę. W tej ekipie znaleźli się Misza, Nino i Zurab, wówczas ledwie dobiegający trzydziestki. Micheil Saakaszwili, absolwent studiów prawniczych w Stanach Zjednoczonych, został ministrem sprawiedliwości. Nino Burdżanadze, prawniczka z doktoratem Uniwersytetu w Moskwie – posłanką, Zurab Żwania – przewodniczącym parlamentu.

Poseł George Tsereteli przypomina, że Szewardnadze wspierał młodych polityków do czasu, gdy sam działał na rzecz wzrostu gospodarczego, demokratyzacji, otwarcia na Zachód. Nino pracowała wtedy w wielu komisjach parlamentarnych, a także w komitecie stosunków międzynarodowych. Publicysta Lasza Tuguszi pamięta, że w swoich wystąpieniach stawiała akcent na edukację, dzięki czemu budowała wizerunek osoby dobrze wykształconej, świetnego prawnika. Gdy zaczęła się rewolucja róż, Gruzinom spodobało się jej umiarkowanie. Nie przeszkadzały koneksje rodzinne: zaprzyjaźniony z Szewardnadze ojciec, a mąż – zastępca prokuratora generalnego. On zresztą w czasie rewolucji podał się do dymisji. „Szewardnadze był na nią wyraźnie obrażony", wspomina Tuguszi. „W sprzeczce, po której wyszła z jego gabinetu, wypomniał jej, że to jemu wszystko zawdzięcza. A on, czego by o nim nie mówić, nie miał w zwyczaju publicznie poniżać współpracowników. Wychodząc wtedy z pokoju, dokonała ostatecznego wyboru".

W reportażu Wojciecha Jagielskiego, dziennikarza „Gazety Wyborczej" i znawcy Zakaukazia, czytam zdanie, które przypomina mi, że Gruzja to kraj gorących sprzeczności: „Mogą mnie nie kochać, mogą nie szanować, ale to przecież moje dzieci – mówił Szewardnadze nazajutrz po detronizacji. – A może byłem wobec nich zbyt łagodny, wyrozumiały, może trzeba było okazać surowość... Mogłem rozkazać ministrom obrony i spraw wewnętrznych, żeby siłą rozpędzili demonstrantów. Ale postąpiłbym wbrew swojej naturze".

Nino Burdżanadze przyznaje, że w czasie rewolucji jej uczucia wobec Szewardnadze były bardzo skomplikowane. Zawiodła się na nim, miała wrażenie, że stracił kontakt z rzeczywistością. Gdy na placu przed parlamentem zaczęli zbierać się demonstranci, uspokajał współpracowników, że to tylko parę osób, nie trzeba się przejmować.

„Prezydent Szewardnadze miał historyczną szansę, aby ocalić ten kraj, aby wprowadzić go na dobrą drogę. Stracił tę szansę. My ją odzyskaliśmy", mówi Burdżanadze. „Pamiętam, że dzień po jego rezygnacji okazało się, iż mamy zero w kasie. Gdy ktoś wątpi w nasz sukces, przypominam, że roczny budżet poprzedniej ekipy wynosił mniej niż sześćset milionów dolarów rocznie. Teraz są to trzy miliardy. Wciąż nie wystarczająco, ale jednak więcej".
W 2010 roku budżet Gruzji wyniósł 18,6 miliarda dolarów.

Gdy rozmawiam z Nino Burdżanadze, z politycznej drużyny z czasów rewolucji róż został już tylko duet. W lutym 2005 roku Zurab Żwania zginął w wybuchu gazu w mieszkaniu znajomego. Nino Burdżanadze, jako przewodnicząca parlamentu, jest drugą po Saakaszwilim osobą w państwie. Drugą po prezydencie, ale z nieporównywalnie mniejszymi kompetencjami niż przed rewolucją. Saakaszwili, korzystając ze spektakularnego poparcia (w wyborach w styczniu 2004 roku dostał 97 procent głosów przy 83-procentowej frekwencji) wprowadził w Gruzji system bliski prezydenckiemu.
Tamar Czikowani przypomina, że wcześniej parlament był w centrum życia politycznego, a po zmianie konstytucji właściwie nie ma znaczenia. Dziennikarka Wolnej Europy dziwi się, że Burdżanadze – prawniczka przecież – zgodziła się na to. „Nie mogę zrozumieć, dlaczego sądziła, że to będzie dobre dla Gruzji. Może po prostu nie jest gotowa, by zajmować się polityką", zastanawia się.
Możliwe jednak, że dobrze znając porywczego Micheila Saakaszwilego, wiedziała, iż jedynym sposobem na kontynuowanie rewolucyjnych zdobyczy jest daleko idący kompromis. Możliwe, że ważniejszy niż przewodniczenie parlamentowi był dla niej wpływ na sprawy międzynarodowe.
Polityka zagraniczna to jej pasja. Gdy odwiedzamy ją w biurze, pokazuje nam zdjęcie z dedykacją od amerykańskiego sekretarza stanu Colina Powella. „Dla mojej przyjaciółki Nino, z najlepszymi

życzeniami. Jesteś bohaterem", czyta nam dedykację. Opowiada, że Powell zadzwonił do niej od razu po rezygnacji Szewardnadze. „Powiedział, że teraz najważniejsze to nie dopuścić do rozlewu krwi, aby zachować porządek i równowagę. Następnego dnia zadzwonił prezydent Bush z deklaracją, że Stany Zjednoczone i on sam zrobią wszystko, co w ich mocy, aby pomóc w stworzeniu w Gruzji prawdziwej, silnej demokracji, we wzmocnieniu nas jako kraju", wspomina i widać, że ta międzynarodowa popularność ją cieszy.

Od 1991 roku wykładała na wydziale Stosunków Międzynarodowych i Prawa Międzynarodowego Uniwersytetu w Tbilisi. Zanim w 1998 roku została posłanką, była konsultantką w parlamentarnej komisji spraw zagranicznych, w latach 2000–2001 jej szefową. Po rewolucji róż dostała od prezydenta zadanie: dostosować prawo do europejskich standardów.

Stało się to przyczyną otwartego konfliktu z minister spraw zagranicznych. Salome Zurabiszwili urodziła się we Francji w rodzinie gruzińskich emigrantów. Gdy wybuchła rewolucja róż, była ambasadorem Francji w Tbilisi. Zachwycony nią Saakaszwili wiosną 2004 roku zaproponował jej posadę szefowej gruzińskiego MSZ. Co więcej – przekonał francuskiego prezydenta Jacques'a Chiraca nie tylko, by się zgodził, ale też, by płacił jej ministerialną pensję.

Ten wybór nie wzbudził entuzjazmu. Maniery Zurabiszwili brano za arogancję, wytykano jej francuski akcent, a przede wszystkim brak znajomości rosyjskiego – kluczowego w stosunkach z Rosją. To była woda na młyn Nino Burdżanadze, która uznała Salome za groźną konkurentkę.

Obserwatorzy wspominają, że ich wzajemna niechęć była widoczna od początku. Każde wystąpienie Salome, na posiedzeniu rządu czy w parlamencie, spotykało się z twardą ripostą Nino, a potem zazwyczaj następowały ostre wymiany zdań.

Burdżanadze pierwszy raz domagała się dymisji minister spraw zagranicznych wiosną 2005. Wtedy nie zgodził się prezydent. Pół roku później nie przyszedł nawet do parlamentu, gdy debatowano nad jej dymisją.

Zurabiszwili nie wydaje się zdziwiona. Twierdzi, że ekipa Saakaszwilego zawsze traktowała ją jako kogoś obcego. „Pomylili się w swojej kalkulacji. Sądzili, że wrócę do fajnego życia w Paryżu. Ja jednak zostałam. Chcę walczyć na rzecz Gruzji", mówi, gdy rozmawiamy w 2006 roku. O Burdżanadze mówi z niechęcią. Uważa, że choć potrafi kreować na zewnątrz wizerunek nowoczesnej, niesowieckiej Gruzji, choć sama prezentuje zachodni styl, to jednak jest bardzo mocno związana ze starym systemem. „Jest starym typem, z epoki Szewardnadze, w nowym przebraniu", Salome nie przebiera w słowach.

W listopadzie 2005 roku założyła Ruch Salome Zurabiszwili, kilka miesięcy później ogłosiła powstanie nowej partii politycznej – Droga Gruzji.

Niebawem Nino Burdżanadze też znajdzie się w opozycji. Ale na zupełnie innym biegunie.

Ten list robi wrażenie. Dziecięcym pismem skreślono kilka słów: „Dość mamusiu! Czekałem na ciebie, powinnaś wracać do domu wcześniej".

Tę kartkę Nino Burdżanadze oprawiła w złotą ramkę i postawiła w biurze, obok rodzinnych zdjęć. Zastała ją przy łóżku podczas rewolucji. Następnego dnia wówczas dziewięcioletni młodszy syn zapytał, dlaczego nie może mieć normalnej mamy. Takiej, która wraca wcześnie do domu, przychodzi do szkoły, idzie z dziećmi do zoo.

Burdżanadze brakuje czasu dla rodziny.

To znany dylemat kobiet na stanowiskach – działaczek politycznych, szefowych w korporacjach, tych, które prowadzą własne firmy: jak pogodzić karierę z macierzyństwem, jednocześnie nie oddając zawodowego pola mężczyznom. Nino Burdżanadze, jak większość bohaterek tej książki, udowadnia, że jest to możliwe, ale wymaga wyrzeczeń. Jej historia pokazuje też, jak wiele jeszcze trzeba, by kobiety w polityce były traktowane poważnie. I jak dużo same muszą się nauczyć.

W kierowanym przez nią parlamencie na 221 posłów były 22 kobiety. Podczas naszej wizyty w Tbilisi obywała się akurat międzynarodowa konferencja „Rosnąca rola kobiet w procesach demokratycznych". Nino Burdżanadze była tam najbardziej oczekiwanym gościem. Znana jest z tego, że promuje równość płci. Dzięki niej w parlamencie powstała nawet Rada ds. Równości Płci.

Mężczyźni, z którymi rozmawiam, wydają się zachwyceni tą ideą. Lasza Tuguszi przypomina, że w historii Gruzji było wiele królowych, które bardzo dobrze rządziły – legendarna królowa Tamara, ale też na przykład Rusudan, która w XII wieku zawarła pokój z Mongołami. Aleksander Rondeli uważa, że gruzińskie kobiety są silniejsze od mężczyzn i z pewnością zasługują na więcej szacunku i więcej miejsca w polityce. A przede wszystkim, jego zdaniem, zasługuje na to Gruzja.

Tamar Czikowani nie wierzy jednak, że Saakaszwili poważnie traktuje kwestie równości. Podobno gdy został prezydentem, powiedział, że w jego rządzie musi być dużo kobiet. Na pytanie dlaczego odparł: „Bo lubię kobiety". Czikowani to oburza: „Nie wiem, czy gdyby ktoś zapytał Margaret Thatcher, dlaczego w jej rządzie są mężczyźni, ona odpowiedziałaby, że dlatego, bo ich lubi".

Znowu Margaret Thatcher. Najwyraźniej w rozmowach o Burdżanadze to nie do uniknięcia. Salome Zurabiszwili uśmiecha się ironicznie: „Jej rzeczywiście jest blisko do Thatcher, która była politykiem w czasach, gdy kobiety wierzyły, że jeśli myślą i zachowują się jak mężczyźni, to są lepsze, silniejsze. Teraz świat szuka innego sposobu na sprawowanie władzy".

Burdżanadze odpiera ten zarzut. Jej zdaniem siłą kobiet w polityce nie jest naśladowanie mężczyzn, a przeciwnie: szukanie kompromisów i pokojowych rozwiązań. „Zawsze należy szukać rozwiązania, jeżeli jest taka możliwość", podkreśla.

Już niedługo okaże się, że jej możliwości topnieją.

7 listopada 2007 roku. Za dwa tygodnie miną cztery lata od zwycięstwa rewolucji róż. Z placu przed parlamentem policja pałkami, gazem łzawiącym i armatkami wodnymi przepędza tysiące demonstrantów, którzy domagają się dymisji prezydenta Micheila Saakaszwilego. Władze wprowadzają piętnastodniowy stan wyjątkowy. Siły specjalne wkraczają do budynku przychylnej opozycji telewizji Imedi, która przerywa nadawanie.

Prezydent Saakaszwili, oskarżany o nadużywanie władzy i autorytarne zapędy, podaje się do dymisji i ogłasza nowe wybory. Nino Burdżanadze znów, do czasu wyborów, pełni obowiązki prezydenta. Dzięki niej telewizja Imedi odzyskuje licencję na nadawanie.

Styczniowe wybory znów wygrywa Saakaszwili, z poparciem 52,8 procent głosów. Telewizja Imedi przestaje być opozycyjna. Nino Burdżanadze żegna się z polityką. Potem dopiero okaże się, że pożegnała się jedynie z Saakaszwilim.

Tak skończyła się rewolucja róż.

A w życiu Nino Burdżanadze nadszedł czas na rzeczy ważniejsze niż powodzenie kraju. „Dzieci i mąż są najważniejsi w jej życiu", mówi mi Thea Goguadze-Apfel, jej asystentka. „Jest szczęśliwa, kiedy wychodzi ze swoimi dziećmi. Wspiera ich hobby, choć starszy syn ściga się samochodami. Ona się denerwuje, ale jednak stara się w tym uczestniczyć". Starszy syn studiuje w Waszyngtonie, z młodszym stara się spędzać weekendy.

Dowiadujemy się, że lubi gotować, a synowie uwielbiają jej kuchnię. Nawet pełniąc ważne funkcje w państwie, w ich urodziny i na nowy rok nie miała wymówek – piekła ciasta.

W jej rodzinnym domu przyjęcia odbywały się dwa, trzy razy w tygodniu. Mama, świetna kucharka, potrafiła ugotować wszystko. A w Gruzji możliwości są nieograniczone. Podczas czterodniowego pobytu w Tbilisi codziennie jadaliśmy w restauracjach. Cóż to było za jedzenie! Adżapsandali – duszony bakłażan z warzywami. Pasta z bakłażana, czosnku i orzechów włoskich. Chaczapuri, czyli placek serowy. Chinkali – rodzaj pieroga faszerowanego mięsem. Fantastyczne. No i pomidory. Byłam w kilku południowych krajach, ale smak pomidora poznałam dopiero w Gruzji. Przypomina mi się zawsze, ilekroć w Warszawie kupuję blade pomidory w osiedlowym sklepie...

Rzecz charakterystyczna: we wszystkich knajpach, które odwiedzaliśmy, były długie stoły, przy których swobodnie może zmieścić się kilkanaście osób. Wokół biesiadowano. Jak sądzę, do świtu. My kończyliśmy biesiady po pierwszej butelce wina. O świcie musieliśmy wstawać, by zdążyć na kolejne spotkania.

Choćby na spotkanie w biurze Nino Burdżanadze. Gdy rozmowa schodzi na tematy prywatne, pokazuje nam zdjęcia. Z psami: owczarkiem kaukaskim Rocky i pudlem Ricky. Z mężem i synami na nartach w Austrii i Szwajcarii. Podkreśla bliskość z mężem. Oponenci mówią zaś, że mąż, Badri Bicadze, dorobił się na interesach z Rosją i nie w smak mu wroga Kremlowi polityka Saakaszwilego.

Polityka Saakaszwilego przestała też być w smak Burdżanadze. Nie dane jej jest długo cieszyć się prowadzeniem domu. W sierpniu 2008 roku wybucha rosyjsko-gruziński konflikt zbrojny o terytorium Abchazji i Osetii Południowej. Gruzja poniosła sromotną porażkę – autonomiczne republiki odłączyły się od niej na dobre.

Wtedy Burdżanadze wraca. Zapowiadała, że po to, by zadać kilka pytań. Trzeba przyznać, że mówiąc o Saakaszwilim, wykazuje powściągliwość. Krytyczna jest raczej wobec Rosji. „Gruzja odpowiedziała na rosyjskie prowokacje, które trwały od miesięcy. [...]

Powinna była zachować zimną krew. Ale jak nie reagować, gdy zbombardowano nasze wioski? Jeszcze nie wiem, czy była inna możliwość powstrzymania tych prowokacji niż akcja zbrojna. W najbliższym czasie postawię to pytanie prezydentowi Saakaszwilemu. Nie będę teraz krytykować głowy państwa, tym bardziej poza Gruzją. Ale nie obejdzie się bez śledztwa, które wyjaśni, co faktycznie wydarzyło się w sierpniu. W Gruzji budujemy demokrację, więc pewne kwestie trzeba wyjaśnić przy podniesionej kurtynie. [...] Nie zgadzam się z tymi, którzy mówią, że skoro pytasz, to jesteś zdrajcą. Nie, ja kocham Gruzję i dlatego właśnie stawiam pytania" – mówi w wywiadzie dla „Gazety Wyborczej".

Przypominam sobie naszą rozmowę o Rosji. Mówiła wtedy, że Rosja, nawykła do bycia imperium, chce utrzymać wpływy w Gruzji i innych dawnych republikach. Zarzucała rosyjskim władzom prowadzenie niejednoznacznej polityki w stosunkach z jej krajem – deklarują wsparcie dla niezależności Gruzji, a jednocześnie inspirują konflikty w Osetii i Abchazji. Była przekonana, że Rosja próbuje powstrzymać wejście Gruzji do NATO. Narzekała na rosyjskie media, które kreują wizerunek Gruzji jako wrogiego państwa. „Znam sondaż, w którym Rosjanie w wieku osiemnaście – dwadzieścia pięć lat mówią, że czterdzieści milionów gruzińskiej populacji to muzułmanie. A przecież nas jest niespełna pięć milionów! Tym młodym ludziom wydaje się po prostu niewiarygodne, żeby taka mała Gruzja była tak straszna dla Rosji", mówiła. Podkreślała przy tym, że cieszy się, że w Gruzji nie ma rusofobii. „Mamy wiele przeciw rosyjskim politykom, ale nie ludziom", deklarowała.

Gdybym dzisiaj jeszcze raz montowała „Damę Pik" o Nino Burdżanadze, pewnie w tym miejscu pokazałabym zdjęcia z Pokłonnej Góry pod Moskwą. To tutaj w maju 2010 roku Burdżanadze w towarzystwie Władimira Putina położyła kamień węgielny pod repliką pomnika bohaterów II wojny światowej z jej rodzinnego Kutaisi. Oryginał został zburzony na rozkaz Micheila Saakaszwilego.

Wygląda na to, że Burdżanadze znów przeszła ostrą polityczną przemianę. Tym razem nie odnosi sukcesów, jej partia Rada Narodowa wypada w sondażach tak słabo, że nie uczestniczyła nawet w wyborach samorządowych w 2010 roku. Bez wątpienia jednak jest przeciwnikiem, z którym Saakaszwili się liczy. To ona była bohaterką słynnego fikcyjnego reportażu, który w marcu 2010 roku wyemitowała telewizja Imedi. „Reportaż" był wstrząsający: pokazano w nim wjeżdżające do Gruzji rosyjskie czołgi, zamach na prezydenta Saakaszwilego oraz Nino Burdżanadze, która zajmuje jego stanowisko i prosi Moskwę o wsparcie. Wszystko zrobione było tak, że ludzie uwierzyli – z wiosek przy granicy z Osetią zaczęli uciekać, w Tblisi wyszli na ulicę. Komunikat, że to materiał fikcyjny, sprowokował demonstracje. Ale nie zaszkodził Saakaszwilemu – w wyborach samorządowych jego partia zdecydowanie wygrała.

Jaka jest przyszłość Burdżanadze?

Tamar Czikowani mówiła w 2006 roku: „Jeżeli w ciągu dwóch lat nie zdecyduje, co zrobić, to myślę, że zostanie dobrą matką i żoną. Nie sądzę, aby została w gruzińskiej polityce".

Pomyliła się.

George Tsereteli: „Polityka czasami jest nieobliczalna. Planuje się jedno, a sytuacja wymusza pójście w inną stronę. Ale jeśli masz zasady i wiesz, dlaczego zajmujesz się polityką, zawsze będziesz miał w niej miejsce. Myślę, że Nino zawsze będzie miała owo miejsce. Ona wie, co robi". Odpowiedź dość ogólna, ale bliższa prawdy.

Lewan Aleksidze: „Trudno powiedzieć. Ale jestem pewien, że nie wystartuje w wyborach prezydenckich". Jak na razie prawda.

Sama Burdżanadze na moje pytanie, czy chciałaby zostać prezydentem, odparła: „Nie. To zbyt poważne zobowiązanie rządzić takim krajem jak Gruzja. Tu jest bardzo dużo problemów. Bycie prezydentem nie jest zbyt atrakcyjnym zajęciem".

Czy na pewno? Już dwa razy pełniła obowiązki prezydenta. Przypominam sobie wizytę jej w domu tuż po meczu Włochy – Czechy. Ubrana w dżinsy i piłkarską koszulkę, oglądała mecz z synem i jego kolegami. To był mundial 2006, Włosi zdobyli wtedy złoto. W mistrzostwach świata w 2010 roku nawet nie wyszli z grupy. A przecież chyba nikt nie wątpi w potęgę włoskiej piłki.

NINO BURDŻANADZE

Urodzona 16 lipca 1964 roku w Kutaisi.

Ukończyła prawo na Uniwersytecie w Tbilisi, uzyskała też tytuł doktora prawa międzynarodowego na Uniwersytecie Łomonosowa w Moskwie. Od 1991 roku wykładała na wydziale Stosunków Międzynarodowych i Prawa Międzynarodowego Uniwersytetu w Tbilisi.

W tym samym roku została mianowana ekspertem ministerstwa ochrony środowiska. W latach 1992–1995 pracowała jako ekspert komisji spraw zagranicznych parlamentu. Dwukrotnie (w 1995 i 1999 roku) została posłanką dzięki poparciu prezydenta Eduarda Szewardnadze. W latach 2000–2001 była przewodniczącą komisji spraw zagranicznych. 9 listopada 2001 została wybrana przewodniczącą parlamentu.

W 2003 roku przeszła do opozycji i wspólnie z Micheilem Saakaszwilim i Zurabem Żwanią stała na czele tak zwanej rewolucji róż, która doprowadziła do obalenia prezydenta Eduarda Szewardnadze. Po rewolucji tymczasowo pełniła obowiązki głowy państwa. Następnie została przewodniczącą parlamentu. 25 listopada 2007 roku, po ustąpieniu Saakaszwilego z urzędu, ponownie objęła obowiązki prezydenta.

Zrezygnowała z udziału w wyborach w 2008 roku i ogłosiła rezygnację z życia publicznego. Po zakończeniu wojny w Osetii Południowej zapowiedziała jednak powrót do polityki. Jesienią 2008 roku założyła partię Demokratyczny Ruch – Zjednoczona Gruzja.

Dziś przewodzi opozycyjnemu ugrupowaniu Rada Narodowa, które otwarcie opowiada się za współpracą z Moskwą. Jej mężem jest Badri Bicadze, należący do grona prorosyjskich oligarchów sprzeciwiających się polityce Saakaszwilego. Ma z nim dwóch synów.

Działa na rzecz równouprawnienia kobiet. Dzięki niej w gruzińskim parlamencie powstała Rada ds. Równości Płci.

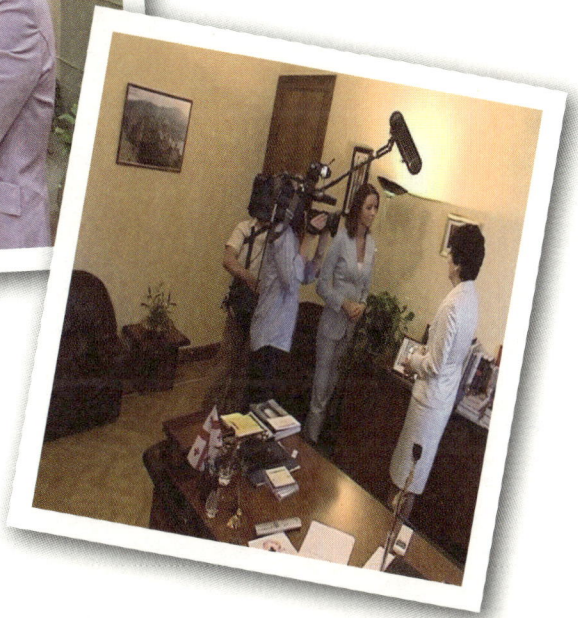

Rozdział 5

ZAWSZE PIERWSZA
Wangari Maathai
laureatka Pokojowej Nagrody Nobla w 2004 roku

W euforii czasami trudno zauważyć, że nie wszyscy klaszczą, kiedy odnosimy sukces. Typowa afrykańska kobieta powinna być posłuszna, zależna ekonomicznie i pod żadnym względem nie lepsza niż jej mąż.

Wangari Maathai w „Washington Post"

Takiego słońca nie poznałam nigdy wcześniej. Dlaczego „poznałam", a nie „widziałam"? Bo w Kenii, przez którą przechodzi równik, słońca nie widać – jest cały dzień w zenicie. Grzeje niebywale. W styczniu to szczególnie przyjemne.

Nie pojechałam tam jednak wygrzewać się na słońcu. Choć muszę przyznać, że w naszej ekipie – nawykłej do ciężkiej pracy – słychać było chwilami jęki zawodu, iż mamy aż tak napięty plan. Bo będąc w Kenii, chciałoby się zobaczyć więcej niż betonową stolicę, Nairobi. Zobaczyliśmy niewiele więcej. Byliśmy kilka godzin w parku, w którym do samochodów zaglądały lwy, a mi udało się zapoznać z bardzo przyjazną żyrafą. Niesamowite wrażenie. Ale ważniejsze, że poznaliśmy Wangari Maathai – kobietę bez wątpienia bardziej fascynującą niż wszystkie krajobrazy świata.

8 października 2004 roku. Komitet Noblowski ogłasza nazwisko laureata Pokojowej Nagrody Nobla. Spekulacje znów były nietrafione. Typowano Międzynarodową Agencję Energii Atomowej i jej szefa Mohameda ElBaradei. Tymczasem okazuje się, że nagrodzono kobietę, w dodatku z Afryki. Dwunasta kobieta w historii pokojowych Nobli, pierwsza Afrykanka – Wangari Maathai, kenijska wiceminister środowiska. „Pani Maathai przewodzi walce o ekologiczny, socjalny i ekonomiczny rozwój Kenii i całej Afryki. Pomaga ludziom prześladowanym, buduje demokrację. Myśli globalnie, ale działa lokalnie", czytamy w uzasadnieniu. Przekładając to na język potoczny, można powiedzieć, że dostała Nobla za sadzenie drzew. W afrykańskim klimacie ma to wielkie znaczenie.

W Europie – konsternacja, komentatorzy w panice sprawdzają, kim jest Wangari Maathai. W Kenii – euforia. Ludzie wychodzą na ulice, by wspólnie świętować. „Skakałam i krzyczałam, gdy podano tę wiadomość. Aż córki pytały, co się dzieje. Zawołałam je przed telewizor, byłyśmy bardzo podekscytowane!", wspomina Rhoda Kahara, przyjaciółka laureatki. „Przez cały tydzień ulice były pełne ludzi. W autobusach, kościołach, pubach, biurach rozmawiano tylko o tym!"

„W telewizji, w gazetach była tylko ona. Byliśmy z niej bardzo dumni!", dodaje Katherine Kasavuli, dziennikarka telewizji KTN. „Ona umiejscowiła afrykańską kobietę na mapie świata".

Adams G. R. Oloo, politolog z Uniwersytetu w Nairobi, podkreśla, że w Kenii nie mieszka zbyt wielu ludzi, nawet w Unii Afrykańskiej kraj ten nie należy do najliczniejszych. A ona, Kenijka, dostała Nobla. To był dowód, że działa nie tylko na rzecz Kenii, ale całego świata.

A jak zareagowała Wangari? Gdy tuż przed ogłoszeniem werdyktu dostała telefon z tą informacją, potraktowała to jako żart.

Nie dotrzymała nawet tajemnicy, powiedziała o nagrodzie osobom, z którymi była właśnie w swoim okręgu wyborczym. A chwilę potem oczywiście zasadziła drzewo. „Płomień Nandi" starannie wkopała w ziemię przed hotelem Outspan w Nyeri, u stóp góry Kenia. Góry, której zbocza niegdyś porośnięte gęstym lasem, dziś w znacznej części są gołe. „Płakałam, patrząc na górę, która przez wiele lat inspirowała mnie do działania. Cieszę się bardzo, że o nagrodzie dowiedziałam się właśnie tu, w Nyeri, w moim domu, obok góry Kenia", mówiła dziennikarzom.

Potem prezydent wydał przyjęcie na jej cześć. Jej przyjaciele wspominają, że wiele osób chciało to zrobić, ale ona się na to nie godziła. Nie lubi, gdy wokół niej jest szum, nie przepada za występami w telewizji. Nie lubi robić niczego na pokaz.

Gdy pytam ją, jak to jest dostać Nobla, mówi krótko. Że to zaszczyt i przywilej. Przyznaje, że owszem – płakała. Zaraz potem zwraca jednak uwagę na sprawę – Komitet Noblowski pierwszy raz w historii dostrzegł problem ochrony środowiska i połączył go z ideami odnawialnych źródeł energii i pokoju.

Wangari Maathai od lat siedemdziesiątych XX wieku działa na rzecz ekologii i walczy o prawa kobiet. Związek między tymi dziedzinami jest silniejszy, niż może się wydawać. Najwyraźniej ma efekty. W Kenii trudno znaleźć osoby, które mówiłyby o niej coś złego. Naprawdę jest tutaj ikoną.

Posłanka Njoki Ndung'u uważa ją za „matkę" swojego pokolenia. Mówi, że jest świetnym mentorem i wzorem kobiety w polityce. Przypomina, jak na początku lat osiemdziesiątych Wangari przyszła do niej, żeby podpisała petycję w obronie kobiety, która odmówiła swojemu przyszłemu mężowi prawa do jej wykupienia. Sama była po traumatycznym rozwodzie, a jednak wciągnęła w to wszystkich! „Wszyscy wtedy mówili, że Wangari jest szalona", wspomina posłanka.

„Zazwyczaj profesorowie siedzą gdzieś odizolowani i robią badania. Ona wychodzi do mas. Jest kobietą z wielką pasją. Choć na swojej drodze spotykała naprawdę poważne przeciwności, nigdy się nie poddawała", mówi Catherine Kasavuli, dziennikarka telewizji KTN. Dobrze pamięta swój pierwszy wywiad z Wangari. Obawiała się, że zastanie wyniosłą damę. No bo w końcu noblistka, profesorka, działaczka z ogromnymi osiągnięciami. A ona podeszła pierwsza i przywitała się z Catherine. Rozbroiła ją.

Adams G. R. Oloo: „Ona wierzy w siebie i w dobro społeczne. Nic nie jest w stanie przeszkodzić jej w dążeniu do celu, który sobie wyznaczyła. Jest szczera, zuchwała, waleczna, a przede wszystkim ma wielką pasję".

Rhoda Kahara: „Ma dobry kontakt z ludźmi, opowiada kawały. Przede wszystkim jednak jest twarda. Jeśli zdecyduje, że chce coś zrobić, zawsze osiąga swój cel". Rhoda poznała ją w 1969 roku, gdy obydwie były młodymi dziewczynami. Wangari wychodziła za mąż, a narzeczony Rhody był świadkiem na tym ślubie. Trzy lata później mąż Wangari postanowił zostać posłem, a one pracowały przy jego kampanii. Zapraszały znajomych na spotkania wyborcze, zachęcały do głosowania. I udało się, w 1972 roku pan Mwangi Maathai został posłem.

Od tej kampanii wszystko się zaczęło. Mąż kandydował z okręgu, który stopniowo zamieniał się w pustynię, a ona jeździła z nim na spotkania. Poznała przyczynę zjawiska: otóż ludzie, by uzyskać drewno na opał, wycinają drzewa, a gdy ich brakuje, przenoszą się w inne miejsce. Rezultaty już wtedy były zatrważające – dwie trzecie powierzchni Kenii zajmowała pustynia lub półpustynia, lasy – jedynie 1,7 procent. Mąż obiecywał wyborcom sadzenie drzew. Gdy został posłem, nawet nie myślał, żeby tę obietnicę spełnić. Do dzieła zabrała się więc ona.

W 1977 roku zaczyna współpracować ze Związkiem Kobiet Kenijskich, a rok później zakłada Green Belt Movement (Ruch

Zielonego Pasa). Rusza akcja sadzenia drzew. Najpierw w małym parku w Nairobi, potem w innych częściach kraju – w przydomowych ogródkach, na skraju szos, na publicznej ziemi. Chodzi o to, by stworzyć wokół wiosek pasy bezpieczeństwa ekologicznego (stąd nazwa ruchu). Drzewa powinny powstrzymać pustynię, zapewnić cień i gałęzie na opał. A ich sadzenie – zmienić panujący w Kenii patriarchalny porządek. W akcji uczestniczy 80 tysięcy kobiet! Dlaczego kobiet? Bo, jak tłumaczy Maathai: „Żadna z nas nie może patrzeć, jak jej dzieci głodują". Dla niej jest jasne, że nie można chronić środowiska, nie próbując gruntownie przebudować społeczeństwa, które je niszczy. Dlatego kształci kobiety, uczy planowania rodziny, namawia do udziału w życiu publicznym, do edukacji i samodzielnego podejmowania decyzji.

W krótkim czasie powstaje trzy tysiące szkółek leśnych, a pomysł kopiują w Tanzanii, Ugandzie, Malawi, Lesotho, Zimbabwe i Etiopii. Dziś liczbę drzew posadzonych dzięki Wangari Maathai szacuje się na ponad 30 milionów!

Katherine Kasavuli mówi mi, że Wangari Maathai każdego, kogo spotyka, chce czegoś nauczyć. Szybko przekonuję się o tym na własnej skórze. Owszem, myślę ekologicznie, staram się oszczędzać wodę, segregować śmieci i unikać plastikowych torebek. Ale do roślin nie mam serca, usycha mi nawet bazylia na parapecie. I może nic by się nie wydało, gdybym nie zapytała Wangari, jak – krok po kroku – sadzi się drzewko. Najpierw jest zaskoczona. „Nigdy nie zasadziłaś drzewka?", śmieje się. „Każdy musi zasadzić dziesięć drzew w swoim życiu, aby zadbać o tlen dla siebie". Poważnieje i cierpliwie tłumaczy: „Najpierw szukasz nasion, które pochodzą z owoców. Każde drzewo ma owoce, w których są nasiona. One są podstawą następnego pokolenia. Możesz wsadzić te nasiona w ziemię, podlewać je, aż coś z nich urośnie. Małe roślinki umieszczasz w doniczkach, żeby je odżywiać. Potem przenosisz sadzonkę do ziemi.

Musisz ją podlewać, dbać o nią. Sadzonka jest jak niemowlę. Trzeba o nią dbać, aż sama zacznie sobie radzić".

Tyle teorii. Potem Wangari zabiera mnie do błotnistego ogródka przy swoim biurze, żebym posadziła swoje pierwsze drzewo. W służbowym białym lnianym garniturze przeskakuję pokracznie z grządki na grządkę, ale mojej bohaterki to nie zraża. Objaśnia, jak wykopać dół, jak włożyć sadzonkę, jak wyjąć z ziemi plastik po sadzonce, ile nalać wody. Gdy wreszcie wykonuję zadanie, śmieje się i bije brawo.

Wykorzystuję ten czas, by trochę z nią porozmawiać.

Dowiaduję się, że lubi swoje przezwisko: „Mama mati", czyli matka drzew. To dlatego, że jest dumna z tego, iż nauczyła się szanować przyrodę, że docenia fakt, iż my jako gatunek ludzki jesteśmy częścią środowiska i nie możemy bez niego żyć. „To, co mamy dzięki drzewom, jest dla nas niezbędne. Musimy je wspólnie chronić", mówi.

Ciekawi mnie, dlaczego została politykiem. Odpowiedź poraża logiką: bo politycy tworzą ustawy, które rządzą życiem, decydują, ile pieniędzy będzie przeznaczonych na oświatę, a ile na budowę dróg. Nie uważa, że swoją polityczną działalność zawdzięcza mężowi, ale przyznaje, że to on wprowadził ją w świat polityki. Wcześniej myślała raczej o karierze naukowej. Towarzysząc mężowi w kampanii wyborczej, zrozumiała, że każdy powinien wiedzieć i rozumieć, co i dlaczego robią politycy. Bo – podkreśla – oni rządzą naszym życiem.

Życiem Wangari chciał rządzić mąż. Gdy zobaczył, że żona wymyka mu się spod kontroli – organizuje własne akcje, na dodatek skierowane przeciw autorytarnemu rządowi prezydenta Daniela Moi – małżeństwo rozpadło się.

„W euforii czasami trudno zauważyć, że nie wszyscy klaszczą, kiedy odnosimy sukces", mówiła Wangari na początku lat dziewięćdziesiątych w wywiadzie dla „Washington Post". „Typowa afrykańska kobieta powinna być posłuszna, zależna ekonomicznie i pod żadnym względem nie lepsza niż jej mąż".

Mąż publicznie oskarża ją o cudzołóstwo, a w pozwie rozwodowym pisze, że jest „zbyt samodzielna, zbyt uparta i zbyt dobrze wykształcona", aby być dobrą żoną. Sąd przyznaje mu rację. Oburzona Wangari mówi wtedy sędziom, że jeśli uwierzyli w to, co słyszeli, muszą być albo niekompetentni albo skorumpowani. Czegoś takiego patriarchalna Kenia wcześniej nie widziała.

Rhoda M. Kahara odradzała jej wtedy rozwód. „Złożyliście śluby przed Bogiem, a w Biblii nie ma czegoś takiego jak rozwód. Możecie zostać mężem i żoną i pomagać sobie, nie mieszkając w jednym domu", mówiła. Ale profesor Maathai zdecydowała, że rozwód będzie.

Sammy Muraja z Radia Metro FM przypomina, że opinia publiczna była przeciw niej. Mówiono, że skoro nie poradziła sobie w domu, to z pewnością nie poradzi sobie również w parlamencie. Politycy-mężczyźni robili wszystko, by ją sponiewierać.

„A ona jednak cały czas szła do przodu. Ci sami ludzie, którzy wtedy mówili, że jest szalona, dziś twierdzą, że jest szlachetna", zaznacza posłanka Njoki Ndung'u.

Adams G. R. Oloo twierdzi, że rozwód dał jej rozgłos. Dzięki temu, jak zachowywała się w sądzie, poznało ją wiele osób.

A ona przez to trafia do więzienia. Pierwszy, ale nie ostatni raz. Za obrazę sądu skazano ją na pół roku. Wychodzi po trzech dniach, ale musi publicznie przeprosić. Zostaje sama z trójką dzieci.

Dzieje się to w czasach dyktatury prezydenta Daniela Moi. W czasach gdy za wypowiedziane słowa grozi więzienie, a za publiczne demonstracje – tortury.

Njoki Ndung'u wspomina, że prezydent Moi nie tylko nie awansował kobiet na polityczne stanowiska i nie zatrudniał ich do biur rządowych, ale nawet nie pozwalał swoim ministrom pokazywać się z żonami. Kobiety były zupełnie niewidzialne.

„Według prezydenta Moi kobieta powinna stać przy mężczyźnie", tłumaczy Adams G. R. Oloo.

Wangari Maathai nie stała. Nawet więzienie nie nauczyło jej pokory. Nie przestała walczyć o to, na czym jej zależało. A że była lubianą profesor, której chętnie słuchali ludzie, rząd traktował ją poważnie. Jej krytykę odbierano jako zagrożenie.

Reżim próbował wszystkiego – począwszy od kwestionowania jej kobiecości (parlamentarzyści postulowali, by poddać ją kuracji hormonalnej), poprzez szykany, aż do bicia i więzienia. Nie ugięła się. Na przełomie lat osiemdziesiątych i dziewięćdziesiątych zasłynęła dwoma głośnymi protestami – przeciw budowie wieżowca w największym parku w Nairobi, Uhuru, i oddaniu w prywatne ręce lasu Karura.

Z moich rozmów ze znawcami kenijskiej historii najnowszej, z jej przyjaciółmi i wreszcie z nią samą wyłania się obraz bohaterki.

Rhoda Kahara opowiada o potajemnych spotkaniach, które Wangari organizowała u siebie w domu lub w pokojach hotelowych. „Za organizowanie takich spotkań można było trafić do więzienia", podkreśla. Wangari miała oddanych współpracowników, kilkanaście osób. Chodzili po domach i namawiali, by przyjechać do lasu Karura. „Kiedyś zjawiła się tam sama i sadziła drzewa razem z policjantami", wspomina Adams G. R. Oloo. „To było naprawdę coś. Jeśli w tamtych czasach ktoś zmagał się z problemami w Kenii, to byli to mężczyźni. Od kobiet nikt tego nie oczekiwał. Przede wszystkim jednak nikt nie oczekiwał, by w ogóle zmagać się z problemami".

Pokojowe sadzenie drzew z policjantami nie trwa długo. Zostaje tam pobita i poważnie zraniona.

Catherine Kasavuli pamięta, że ilekroć w tamtym czasie czytała wiadomości na temat Wangari, pytała się jej w duchu: „Jesteś pewna? Naprawdę chcesz to zrobić? Naprawdę chcesz zadrzeć z rządem? Ze służbami bezpieczeństwa? Lepiej uciekaj! Oni zrobią ci krzywdę!". Ale Wangari nigdy nie uciekła.

Protest w sprawie parku Uhuru pamiętają w Kenii wszyscy. Jest rok 1989, magistrat Nairobi postanawia oddać prywatnemu inwestorowi dużą część parku, by zbudował tam najwyższy w Afryce sześćdziesięciodwupiętrowy wieżowiec, w którym zmieściłoby się studio państwowej stacji telewizyjnej, redakcja państwowego dziennika, centrum handlowe i sala zjazdów rządzącej partii. Wangari organizuje kampanię publicznych protestów.

Zwołuje matki więźniów politycznych, wspólnie sadzą drzewa. Wspólnie głodują. Sprawą interesują się media, nie tylko lokalne, ale też światowe. Wangari zostaje pobita, trafia do aresztu, traci etat na uniwersytecie. Ale wygrywa. Wieżowiec nie powstaje. A ona staje się celem niewybrednych ataków. Któryś z członków parlamentu proponuje, by podczas publicznego obrzędu nałożyć na nią *salada* – tradycyjne magiczne przekleństwo. Prezydent Moi mówi o niej: „To szalona kobieta, zagrażająca bezpieczeństwu państwa". O proteście zaś: „Przeciwnicy projektu mają robaki w głowie. To nieafrykańskie, żeby kobiety przeciwstawiały się mężczyznom". Namawia inne kobiety, by dały zbłąkanej owcy lekcję dyscypliny. Nigdy jej tego nie wybacza. Do końca jego panowania, w 2002 roku, jeszcze kilka razy jest aresztowana i setki razy poniżana. Gdy w 1992 roku trafia do więzienia za rozsiewanie plotek, odcinają jej dostęp do lekarstw. Niewiele brakowało, a przypłaciłaby to życiem.

Politolog Ludeki Chweya podkreśla, że ludzie wtedy umierali, walcząc o sprawiedliwość. Ją też mogło to spotkać.

Rhoda Kahara jest przekonana, że więzienie nie mogło jej zmienić: „Myśleli, że to ją złamie. Ale ona po wyjściu mówiła głośno »nie« – tak samo jak wcześniej".

Wangari Maathai: „Zdawałam sobie sprawę, że mój przeciwnik miał broń, więzienia, mógł zrobić, co chce. Ale wiedziałam też, że czasami siła człowieczeństwa, przekonań tych, którzy w coś wierzą, mogą uciszyć tę broń".

Pytam Wangari Maathai, skąd w niej tyle odwagi. Nie nazywa swojej postawy odwagą, raczej uważa ją za oczywistą. „Czasami, gdy mówisz to, co myślisz, to cierpisz. Niekiedy musisz więc zaakceptować cierpienie jako część planu, który chcesz przeforsować", tłumaczy. Twierdzi, że choć w więzieniu się bała, to nie myślała o lęku, a o tym, jak to będzie, gdy już uda jej się uratować las, zatrzymać łamanie praw człowieka, dać kobietom nadzieję, że mogą osiągnąć wszystko, doświadczyć wszystkich możliwości. To dawało jej siłę i energię do dalszych działań. „Jeśli ciągle myślisz o lęku, to nie idziesz do przodu. Myślę, że ludzie z pasją nie wyobrażają sobie klęski, tylko zwycięstwo", mówi. Bez wątpienia jej historia jest dowodem na to, że wiara w powodzenie daje siłę, która pozwala pokonywać nieludzkie trudności.

Nairobi to brzydkie miasto. W centrum betonowe wieżowce i dzielnice domów w stylu kolonialnym, na obrzeżach – slumsy: miliony blaszaków, które z daleka wyglądają jak pudełka od zapałek. A z bliska nie są wiele większe. W całym tym architektonicznym bałaganie park Uhuru jawi się jak oaza. Mnóstwo zieleni, pełno ludzi. Dorośli siedzą na trawie, dzieciaki biegają z pomalowanymi twarzami. Atmosfera niedzielnego pikniku.

Przyjechaliśmy tu, by zrobić sondę o Wangari Maathai.

„Jesteśmy z polskiej telewizji. Jak myślicie, co powinniśmy o niej wiedzieć?", pytamy grupkę młodych ludzi. Wyglądają jak z londyńskiej Oxford Street. Jasne marynarki, krótkie sukienki, dopracowane fryzury.

Odpowiada dziewczyna: „To kobieta, na której powinniśmy się wzorować. Zrobiła wiele dla Kenii. Zdobywając Nobla, pokazała, że my, Kenijczycy, potrafimy coś zdziałać. Uwielbiamy ją".

Wyglądający na studenta młodzieniec mówi, że Maathai zainspirowała wszystkich do sadzenia drzew. Pytam, czy jego zdaniem, kobiety powinny być tak aktywne jak ona. „Tak, powinny. Mają siłę, intelekt, wykształcenie i takie same możliwości jak mężczyźni", odpowiada z przekonaniem. On ma 27 lat i jest już żonaty. Jego żona jest nauczycielką.

Ubrana w różową sukienkę, mniej więcej ośmioletnia dziewczynka na pytanie, co chciałaby robić w przyszłości, odpowiada bez wahania: „Być lekarzem".

To jeden z wielu dowodów na to, że działalność Wangari Maathai przyniosła wymierne efekty.

Zastanawiam się, skąd wzięło się jej przekonanie, że kobiecie wolno tyle samo co mężczyznom. Okazuje się, że – no tak, powinnam była się domyślić – z domu.

Pochodzi z rodziny zamożnych i wpływowych farmerów z Nyeri u podnóża góry Kenia. Od małego pomaga w gospodarstwie. Chodzi z mamą po wodę do pobliskiego strumyka, do lasu po drewno na opał, opiekuje się młodszymi braćmi. To mama pokazuje jej, że trzeba doceniać rośliny, objaśnia procesy zachodzące w naturze. Przede wszystkim zaś – posyła do szkoły. Choć nie jest to jej pomysł. „Mój najstarszy brat był bardzo spostrzegawczym dzieckiem i jestem mu nieskończenie wdzięczna za to, że zapytał mamę, dlaczego nie chodzę do szkoły razem z nim i moim drugim bratem", wspomina Wangari. Mama, inaczej niż jej sąsiadki, uznaje, że nie ma żadnego powodu, dla którego córka nie miałaby zacząć nauki.

Po podstawówce Wangari idzie do liceum – rzecz w tamtych czasach zupełnie wyjątkowa. Ma piętnaście lat, gdy rodzice wysyłają ją do Stanów Zjednoczonych. W 1964 roku kończy z wyróżnieniem biologię w szkole Mount St. Scholastica (Atchison, Pensylwania), a dwa lata później zdobywa dyplom magistra biologii na Uniwersytecie w Pittsburghu. Co ciekawe, ani przez chwilę nie kusi jej myśl o pozostaniu w Ameryce. „Jestem potrzebna Kenii", odpowiada, gdy dostaje propozycję zostania na stałe.

Gdy pytam ją teraz, czym był dla niej pobyt w Stanach, nie ma wątpliwości, że punktem zwrotnym. Mówi, że poznawanie innych krajów, innych kultur, innego życia, bycie za granicą po prostu – uczy innego myślenia. Jej pobyt za oceanem przypadł w czasie demonstracji Martina Luthera Kinga, w czasie, gdy czarni walczyli o swoje prawa, o prawo do bycia traktowanymi jak inni Amerykanie. To otworzyło jej oczy na problem dyskryminacji rasowej. Wcześnie nie wiedziała, że z powodu koloru skóry może być gorzej traktowana. Dzięki pobytowi w Ameryce zaczęła patrzeć na świat zupełnie inaczej. Również Kenię zobaczyła z nowej perspektywy. W jednym z wywiadów wspomina: „Gdy wróciłam do kraju, uderzyła mnie bieda. Nie była ona dla mnie niczym nowym, ale po pobycie w amerykańskim raju dostrzegłam jej prawdziwe oblicze".

Wraca w połowie lat sześćdziesiątych z dyplomem weterynarza. Znajduje pracę na uniwersytecie tylko dlatego, że jej przełożonym na wydziale jest Niemiec. Jej kenijscy koledzy nie wierzą, że naprawdę skończyła studia. Ale ona ma już amerykańskie nawyki: gdy postawi sobie cel, dąży do niego z bezwzględnym uporem. Jest pierwszą Kenijką, która uzyskuje doktorat na Uniwersytecie w Nairobi, potem pierwszą wykładowczynią na tej uczelni, wreszcie pierwszą Afrykanką, która otrzymuje stopień profesora, i pierwszą kobietą--dziekanem. Wraz z niemieckim naukowcem, Reinholdem Hofmannem, opracowuje nowy typ szczepionki chroniącej zwierzęta przed chorobami roznoszonymi przez pasożyty.

Profesor Ludeki Chweya wspomina, że gdy był studentem, bardzo chciał ją poznać. Nawet nie z powodu jej działalności ekologicznej, tylko dlatego, że była kobietą-profesorem. To było coś!

Mogłaby zostać na uniwersytecie i wieść spokojne życie dobrze sytuowanej pani profesor. Ale to nie w jej stylu. Ona chciała robić coś, co bezpośrednio wpływa na losy ludzi. A szczególnie kobiet.

Jest rok 1995 roku, dzisiejsza posłanka, wtedy aktywistka ruchu kobiecego Njoki Ndung'u prowadzi *affirmative action* – akcję, która ma pomóc kobietom zaistnieć w życiu publicznym. Reakcje rządzących mężczyzn są skandaliczne. Ci delikatniejsi przypominają, że kobieta powinna siedzieć w domu, i pytają, kto pozwala im przychodzić do parlamentu w czasie, gdy powinny opiekować się mężami. Inni, gdy Ndung'u zaczyna głośno mówić o przemocy seksualnej, kpią: „Jak można nazywać piętnastoletnią kobietę dzieckiem?", „Gwałt małżeński? Nie ma niczego takiego!".

Wangari Maathai, w latach osiemdziesiątych przewodnicząca Narodowej Rady Kobiet Kenijskich, wie, że jest za wcześnie, by sprawy kobiet załatwiać z mężczyznami. Dlatego edukuje kobiety. Angażuje je w akcje sadzenia drzew, bo dzięki temu uczą się, że mogą coś zrobić samodzielnie. Wychodzą z domów, mają swoje życie, swoje koleżanki, wspólne sprawy. Wreszcie obserwują Maathai – profesorkę, która odeszła od męża i świetnie sobie radzi. Gdy napotyka na trudności, nieraz heroicznie je pokonuje.

To była rewolucja. Sammy Muraya, dziennikarz z radia Metro FM, przypomina, że w tamtych czasach rodzice wysyłali do szkół synów, bo wierzyli, iż tylko chłopcy potrzebują wykształcenia. „Dziewczyna przecież wyjdzie za mąż, a więc będzie ktoś, kto się nią zajmie, za wszystko zapłaci. Nikt nie myślał, że ten facet ją wyrzuci i nie będzie miała z czego utrzymać dzieci", mówi Muraya. Catherine Kasavuli podkreśla, że akcje organizowane przez Wangari Maathai pokazały kobietom, iż mogą być silne i niezależne. Dlatego jej pasja wzbudziła tak wielki niepokój. Traktowano jej działalność jako zagrożenie dla istniejącego status quo.

Jak się okazało, słusznie.

Dziś kenijskie kobiety nadal mają kłopoty, ale podobne do tych, z którymi zmagamy się w Europie. Wciąż zadaje się im pytania, których nie zadaje się mężczyznom: o to, czy są mężatkami, czy rozwódkami, ile mają dzieci, czy mają narzeczonego. Zdaniem posłanki Njoki Ndung'u sprawy seksu i płci wciąż są przy rozmowach o pracę ważniejsze od tego, co kandydatka potrafi.

Mwai Kibaki, prezydent Kenii, który 30 grudnia 2002 roku objął urząd po dyktatorze Danielu Moi, zdecydował, że kobiety powinny zajmować 30 procent etatów w służbach publicznych. Pojawiają się postulaty parytetu 50 na 50 procent – rzecz jeszcze dekadę wcześniej nie do wyobrażenia. A co najważniejsze, zmienia się mentalność. Njoki Ndung'u znów niedawno występowała w parlamencie w sprawie przemocy seksualnej. Jeden z posłów ze starego rozdania stwierdził, że przecież, jeśli kobieta mówi „nie", to w rzeczywistości oznacza to „tak". Tym razem nie dostał oklasków. Przeciwnie – sala zawyła z oburzenia. „To był sygnał dla każdego mężczyzny, że nie wolno tak mówić, że można w ten sposób zniszczyć sobie karierę", komentuje Ndung'u.

Wangari Maathai podkreśla, że dzięki takim kobietom jak jej mama dziś już nikt nie pyta, czy posłać córkę do szkoły, tylko skąd wziąć na to pieniądze. Mówi, że wiele się zmieniło, ale do tego, by naprawdę było dobrze, jeszcze długa droga.

Jedziemy na wieś, by sprawdzić, jak to, o czym słyszymy w Nairobi, wygląda w rzeczywistości. W wiosce położonej półtorej godziny jazdy od stolicy spotykamy Phyllis, dwudziestoczteroletnią matkę czteroletniej córki. Dzieli dom z bratem i jego żoną. Obok mieszka dziadek. Jest tu jedyną kobietą, która zdecydowała się na edukację w college'u.

– Studiuje pani?

– Jestem studentką w college'u w Neru, robię kurs nauczycielski. Chcę uczyć matematyki.

– Nie chce pani pracować na roli?

– Pomagam na roli, gdy przyjeżdżam na wakacje. Ale na co dzień taka praca nie ma sensu. Każdy coś hoduje, więc trudno się z tego utrzymać. Wolę zdobywać wiedzę, by móc kiedyś wyprowadzić się ze wsi. Mam nadzieję, że uda mi się znaleźć pracę w prywatnej szkole, tam są lepsze zarobki, nawet sześć – siedem tysięcy kenijskich szylingów (około stu dolarów).

– Zna pani wiele dziewczyn, które chcą się uczyć?

– Tak, niektóre już zaczęły, studiują medycynę, nauczanie specjalne.

– Słyszała pani o Wangari Maathai?

– Pewnie. Wiem, że dba o drzewa, o zdrowie kobiet, walczy o lepsze prawa dla kobiet. Dzięki niej zaczęłyśmy się szanować, zarabiać na siebie. Mężczyźni w Afryce chętnie widzieliby nas w domach. Ale już wiemy, że możemy polegać same na sobie.

Ceremonia wręczenia pokojowej nagrody Nobla w 2004 roku jest inne niż wszystkie. Maathai odbiera nagrodę w rytmie bębnów i w asyście afrykańskich tancerzy. Ubrana w pomarańczową sukienkę, na głowie ma kokardę w identycznych odcieniach.

Gdy spotykamy ją w Kenii, wygląda równie malowniczo. Tym razem suknia jest w odcieniach niebieskiego przeplatanych beżem.

Jej przyjaciółka Rhoda Kahara zdradza, że noblistka zawsze nosi tradycyjne afrykańskie ubiory. Ma nawet krawca, który szyje jej te suknie.

To, że nosi się po afrykańsku, ma – jak się okazuje – duże znaczenie. „Wykształcone kobiety często odcinają się od swoich korzeni i ubierają po europejsku", tłumaczy Adams G. R. Oloo. „Ale nie ona. Ona chce identyfikować się ze zwykłymi ludźmi, pokazać im, że jest »ich człowiekiem«. To jej ubranie jest symboliczne".

Sammy Muraya dodaje, że dzięki temu, gdy gdzieś wyjeżdża, to wiadomo, że nie robi tego tylko jako kobieta, ale jako afrykańska kobieta.

Przyglądam się jej, gdy wiąże turban. „To proste, zajmuje pół minuty", śmieje się.

Pytam, dlaczego nie nosi ubrań w zachodnim stylu. Odpowiada żartem, że gdy przyjedzie do Polski, to pójdzie na zakupy.

Była w Polsce w grudniu 2008 roku, na Kongresie Klimatycznym ONZ w Poznaniu. Miała wykład, kilka spotkań, posadziła drzewko przed Collegium Biologicum Uniwersytetu im. Adama Mickiewicza. Ale na zakupy nie poszła. Trudno się dziwić. W granatowej sukni w złoty wzór wyglądała zjawiskowo.

Staranny wizerunek. Wymierne zasługi. Wielka pasja. Wydawałoby się, że Wangari Maathai spełnia wszystkie warunki, by zostać ważnym politykiem. A jednak nie, w polityce, jak dotąd, nie osiągnęła spektakularnego sukcesu.

Owszem, wykazała się odwagą, gdy w 1997 roku kandydowała na prezydenta – stanęła w szranki z dyktatorem Moi.

W 2002 roku w wolnych już wyborach do parlamentu w swoim okręgu wyborczym dostała 98 procent głosów. Potem, przez trzy lata była wiceministrem środowiska. Na razie to tyle.

Gdy rozmawiam z mieszkańcami Nairobi, wielu z nich mówi, że chcieliby, aby była prezydentem. Pytam obserwatorów sceny politycznej, czy to możliwy scenariusz.

Zdaniem Adamsa G. R. Oloo jeszcze jest na to za wcześnie. Choć, gdyby to, o czym mówi, dało się przełożyć na rzeczywistość, byłaby prawdopodobnie świetnym prezydentem: jest waleczna, dba o kenijskie interesy, potrafi szukać kompromisu, wzbudza zaufanie.

Sammy Muraya wskazuje na cechę, która utrudnia jej polityczne gry: zawsze opowiada się po stronie ludzi, nigdy partii. Mimo że była w rządzie, trudno wskazać, która opcja polityczna jest jej bliższa. Jest neutralna. „Wybiera działanie, a nie hałas. Gdyby wystartowała w wyborach prezydenckich, z pewnością miałaby duże poparcie", przypuszcza Muraya. On nie byłby zaskoczony, gdyby prezydentem Kenii została kobieta.

Co na to Wangari Maathai? Ucieka od jednoznacznej odpowiedzi. Owszem, wie, że dałaby radę, ale wątpi, czy Kenijczycy są gotowi na prezydenta-kobietę. Aktywnie angażuje się w politykę w swoim okręgu i wspiera obecnego prezydenta. Przyparta do muru, mówi, że kandydowanie byłoby wielkim wyzwaniem, a ona nigdy nie ucieka od wyzwań. Ale nic nie zadeklaruje. „Na razie cieszę się, że w ogóle rozmawiamy o tym, iż kobieta mogłaby być prezydentem. Teraz już każda z nas może o tym marzyć. I to jest fantastyczne".

WANGARI MAATHAI

Urodzona 1 kwietnia 1940 roku w Nyeri w Kenii.

Pochodzi z plemienia Kikuju. Studiowała biologię na uczelniach w Niemczech i w Stanach Zjednoczonych. Doktorat w dziedzinie weterynarii obroniła na Uniwersytecie w Nairobi. Wykładała tam anatomię weterynaryjną. Jest pierwszą w Afryce Wschodniej kobietą-profesorem.

Od 1976 roku działała w Maendeleo Ya Wanawake (Narodowa Rada Kobiet Kenijskich). W latach 1981–1987 była przewodniczącą tej organizacji. W okresie dyktatury prezydenta Daniela Moi działała w opozycji.

W 1977 roku założyła Ruch Zielonego Pasa (Green Belt Movement), który z czasem rozprzestrzenił się na sąsiednie kraje afrykańskie. Z jej inicjatywy w Zielonym Pasie zasadzono ponad 30 milionów drzew. W roku 1984 otrzymała nagrodę Right Livelihood „za stworzenie masowego ruchu na rzecz zalesiania".

W 2003 roku założyła Partię Zielonych Kenii. W latach 2003–2005 była sekretarzem stanu do spraw środowiska i zasobów naturalnych. W roku 2004 przyznano jej Pokojową Nagrodę Nobla za pracę na rzecz ochrony środowiska, rozwoju, demokracji i pokoju. W 2006 roku otrzymała order Legii Honorowej, a w 2009 została odznaczona japońskim Orderem Wschodzącego Słońca. W 2010 roku organizacja Lions Club International przyznała jej nagrodę Lions Humanitarian Award.

Rozdział 6

DYPLOMACJA I PYRY Z GZIKIEM
Hanna Suchocka

premier Polski w latach 1992–1993,
ambasador RP przy Watykanie od 2001 roku

Kiedyś ty tu powinnaś być ambasadorem.
Hanna Gronkiewicz-Waltz do Hanny Suchockiej,
Ogrody Watykańskie 1992 r.

Bardzo lubię Rzym. Za wszystko. Za to, że w doskonały sposób łączy dostojeństwo z prostotą i wielkomiejskość z klimatami prowincjonalnego włoskiego miasteczka. Za to, że kilka kroków od zatłoczonych deptaków turystycznych można trafić na cichy placyk, gdzie prawdopodobnie nic nie zmieniło się od wieków. Za to, że wszystko jest tu pyszne, a rzymscy kelnerzy nigdy nie żałują komplementów. W lutym, kiedy w Polsce wlecze się szara zima, w Rzymie budzi się wiosna. Tym bardziej więc cieszę się na spotkanie z Hanną Suchocką, ambasador Polski w Watykanie.

Jedziemy na via dei Delfini 16, gdzie mieści się siedziba ambasady. Lepszą lokalizację trudno sobie wyobrazić. Mijamy Piazza Venezia – to Rzym wielkomiejski: tu u stóp kontrowersyjnego architektonicznie Ołtarza Ojczyzny (wzniesiona na początku XX wieku budowla zwana jest przez Rzymian maszyną do pisania) mają pętle dziesiątki linii autobusowych. Przejeżdżamy obok Teatro di Marcello – to Rzym starożytny: w ruinach budowli z I w p.n.e. do dziś w sezonie odbywają się spektakle. Wjeżdżamy w uliczki dawnego rzymskiego getta. To Rzym jak z pocztówki: wąskie ulice i szesnastowieczne *palazzi*, odrestaurowane z włoską nonszalancją. Z okna samochodu widzę cudowny Piazza Margana – kameralny placyk, gdzie naprzeciw różowej kamienicy, pod drzewami ulokowała się winiarnia. Zapamiętuję ten adres, by kiedyś tu wrócić. Stąd już tylko kilka kroków do siedziby Hanny Suchockiej.

Pani ambasador przyjmuje nas na tarasie. Widok zapiera dech.

– *Co widać z tego tarasu?*

– *Współczesne miasto, dużo świątyń. Widać pałac, w którym mieści się ambasada Brazylii przy Watykanie; z panią ambasador możemy dawać sobie sygnały przez okno. Dalej widzimy słynny kościół jezuicki, którego budowę rozpoczął Ignacy Loyola. Zresztą Ignacy Loyola wraz ze swoimi pierwszymi towarzyszami, także ze św. Franciszkiem Ksawerym, mieszkał w budynku, w którym znajduje się ambasada.*

– *Dużo czasu pani tu spędza?*

– *Ja tutaj mieszkam, na drugim piętrze nad ambasadą. W lecie albo w weekendy na tym tarasie robię sobie rano śniadanie, wieczorem odpoczywam. W lecie w Rzymie bez tarasu trudno jest wytrzymać, bo znikąd nie dochodzi powietrze. Zresztą nie od razu miałam ten taras, dopiero po dwóch latach urzędowania, gdy wyprowadzili się sąsiedzi i udało mi się przekonać MSZ, że trzeba ambasadę rozszerzyć.*

– *Lubi pani Rzym?*

– *Rzym był zawsze moim miastem-marzeniem. Gdy pytano mnie, gdzie poza Polską chciałabym mieszkać, to mówiłam, że w Rzymie. Choć oczywiście nigdy nie sądziłam, że to może się zdarzyć. Nigdy nie sądziłam, że przyjdzie mi mieszkać tu w roli ambasadora. Zresztą długo broniłam się przed objęciem tej funkcji. Wcześniej znałam Rzym tak jak wielu ludzi: oglądałam zabytki, znałam historię. Odkąd tu mieszkam, poznaję Rzym głębiej. Czasem są to zaskakujące drobiazgi. Nie spodziewałam się wcześniej, że problemem w Rzymie mogą być mewy. A jednak. Gdy zaczyna się wiosna, robią niesamowity rwetes od godziny trzeciej nad ranem. Tłuką się po dachach tak, że nie można spać.*

Przede wszystkim jednak obserwuję przenikanie się kulturowe, zwracam uwagę na to, skąd wyrastamy, jakie są nasze korzenie, jakie były losy przechodzenia od Rzymu cesarskiego do chrześcijańskiego. To jest niesamowicie ważne, żebyśmy potrafili zrozumieć naszą historię i zakorzenienie w chrześcijaństwie.

Dziś lubimy mówić, że polska demokracja jest młoda, więc ma prawo do błędów. W 1992 roku raczkowała. Czwartego czerwca owego roku, po słynnej nocy teczek, upada rząd Jana Olszewskiego. Lech Wałęsa powierza misję tworzenia nowego rządu Waldemarowi Pawlakowi, wówczas trzydziestotrzyletniemu politykowi PSL. Misja się nie udaje i wtedy premierem zostaje Hanna Suchocka.

Była pierwszą i jak dotąd ostatnią kobietą premierem w Polsce. Przyszło jej wprowadzić podatek VAT, doprowadzić do podpisania Paktu o przedsiębiorstwie państwowym, negocjować ze związkami zawodowymi na temat prywatyzacji, a na koniec jeszcze podpisać konkordat ze Stolicą Apostolską. W jej rządzie było siedem partii, tak od siebie różnych jak Kongres Liberalno-Demokratyczny i Zjednoczenie Chrześcijańsko-Narodowe.

Koalicja, której dawano tygodnie, przetrwała dziesięć miesięcy. Potem spektakularnie upadła, ale rząd administrował krajem jeszcze przez blisko pół roku.

„Gdy Hanka została premierem, wiele osób pytało, kto to jest", wspomina Hanna Gronkiewicz-Waltz, wtedy prezes NBP, teraz prezydent Warszawy, przyjaciółka Suchockiej.

Ona tymczasem była już doświadczoną posłanką. W 1980 roku, choć była związana z poznańskimi strukturami „Solidarności", wystartowała do Sejmu z listy Stronnictwa Demokratycznego. Co znamienne, decyzję o starcie z listy przybudówki PZPR podjęła 2 lutego, w dniu święta Matki Boskiej. „Wierzyła, że jej patronka pomoże przetrwać jej ten trudny czas", opowiada Gronkiewicz-Waltz. Czas okazał się naprawdę trudny, bo czekały ją głosowania w sprawie wprowadzenia stanu wojennego i delegalizacji „Solidarności". Jak głosowała? Podczas głosowania nad wprowadzeniem stanu wojennego była nieobecna. W październiku 1982 roku była przeciw ustawie o związkach zawodowych, w rezultacie której zdelegalizowano „Solidarność". Wkrótce potem stanęła przed sądem partyjnym SD za złamanie dyscypliny i opuściła Stronnictwo.

Mimo to zdaniem Piotra Semki, publicysty „Rzeczpospolitej", współpraca z SD nauczyła ją solidności, ale też konformizmu. „Środowisko poznańskie zawsze krążyło między pewnym konformizmem a chęcią robienia rzeczy szlachetnych, pozytywnych społecznie. W 1988 roku powstał tam klub Ład i Wolność, w którym znaleźli się działacze rozmaitych opcji, obok Suchockiej na przykład Marek Jurek. Wtedy zakładano, że te zmiany mogą trwać bardzo długo, ale historia przyspieszyła i klub stał się punktem wyjścia dla myśli konserwatywnej. Po Okrągłym Stole i 4 czerwca 1989 roku Hanna Suchocka mogła wybrać, czy iść do Kaczyńskiego, czy do Mazowieckiego. Wybrała Tadeusza Mazowieckiego", mówi Semka.

Z perspektywy czasu wydaje się to epizodem. W 1989 roku Suchocka wchodzi do Sejmu kontraktowego z ramienia OKP, dwa lata później – w pierwszych całkowicie wolnych wyborach – zostaje posłanką Unii Demokratycznej. Po roku pojawia się pomysł, by została premierem. „Nie wiadomo, kto pierwszy wymienił jej nazwisko", wspomina Andrzej Morozowski, publicysta polityczny TVN 24, wtedy reporter Radia Zet. „Istnieje legenda, że wymyślili ją dziennikarze, z Tomkiem Lisem na czele, ale wysunięcie tej kandydatury przypisuje sobie też Jan Rokita".

„Hanka jak zwykle zastanawiała się, czy ma się zgodzić", opowiada Hanna Gronkiewicz-Waltz. „Namawiałam ją, by podjęła to wyzwanie. Przemawiałam do jej odpowiedzialności i jej rozumu. Nie wiem, na ile to ja miałam wpływ na jej decyzję, ale wiem, ile osób jej to mówiło. W końcu zgodziła się. Ale była pełna obaw".

I trudno jej się dziwić. Opowiada Radosław Markowski, politolog: „Przyszła w niełatwym okresie. Z pewnością nie sprzyjała jej atmosfera po obaleniu rządu Olszewskiego. Prezydent Lech Wałęsa flirtował z armią. Gospodarka wychodziła z zapaści, ale wiązało się to z wielkimi kosztami społecznymi. Związkowcy z „Solidarności" i OPZZ zaczęli konsolidować się przeciw „złym" z rządu. A ona w rządzie miała liberałów z KLD, konserwatystów z ZChN i jeszcze Gabriela Janowskiego z Porozumienia Ludowego, który domagał się silnego państwa opiekuńczego. Trzeba przyznać, że umiejętnie godziła te sprzeczne interesy".

Czy pomagała jej w tym kobiecość? Ona sama zaprzecza. „Posługiwałam się metodami właściwymi dla mnie. W tamtym czasie nie miałam wrażenia, że fakt, iż jestem kobietą, ma jakieś znaczenie".

Obserwatorzy podkreślają, że przede wszystkim była skutecznym politykiem, cechy kobiece odsuwała raczej na dalszy plan.

Radosław Markowski: „Jako kobieta nieco tonowała zapędy tych neurotycznie rozwrzeszczanych facecików, którzy się rwali do władzy".

Zdobysław Milewski, szef jej doradców: „Oprócz pani Hani nie miałem szefa kobiety i muszę powiedzieć, że – może nie zabrzmi to dobrze, ale nie widzę różnicy między szefem kobietą a szefami mężczyznami, a miałem szefów wybitnych. Bez wątpienia zmiękczała naszą codzienną, długą pracę, tonowała negatywne emocje. Jednak przede wszystkim była politykiem wśród polityków, a nie kobietą wśród mężczyzn".

Andrzej Morozowski: „Ona miała jedną cechę, która z pewnością pomogła jej przetrwać. Gdy zapadała decyzja, że idziemy od punktu A do punktu B, to trzymała się tego, szła z tego punktu A do punktu B bez oglądania się na boki, mówienia, że może źle zrobiliśmy, może się cofniemy, może zrobimy inaczej. Najważniejsze było dążenie do celu".

Hanna Gronkiewicz-Waltz: „Ministrowie ją szanowali, bo bardzo sprawnie prowadziła radę ministrów. Wiele osób wspomina, że sprawy źle przygotowane spadały z porządku obrad. Ministrowie wiedzieli, że muszą być przygotowani na posiedzenie, żeby można było coś klepnąć i przesłać dalej do Sejmu. Budziła respekt i szacunek".

Dążenie od punktu A do punktu B – brzmi dobrze. Warto jednak zastanowić się, do jakich punktów faktycznie doszła.

Hanna Gronkiewicz-Waltz: „Pierwszą decyzją było wprowadzenie podatku VAT, wcześniej nieznanego w Polsce. To był duży krok w kierunku ratowania budżetu, deficyt budżetowy wówczas był ogromny. Drugą decyzją, która ciąży nad nią do tej pory, było obniżenie wskaźnika indeksacji emerytur. Gdyby jednak tego nie dokonano, nastąpiłoby rozsadzenie budżetu. No i prywatyzowała. To było wtedy bardzo trudne. Polska jako pierwsza zaczęła prywatyzować przedsiębiorstwa i dzięki temu wreszcie zanotowano wzrost gospodarczy. W 1992 osiągnął prawie 4 procent PKB".

Być może w osiągnięciu sukcesów pomogły jej nie tylko koncyliacyjne zdolności, o których wspominają moi rozmówcy, ale też – przypominane przez innych – dobre relacje z prezydentem Lechem Wałęsą. „Przypuszczam, że w tym akurat pomogło jej to, że jest kobietą" – mówi Hanna Gronkiewicz-Waltz. „Wałęsa był aktywnym prezydentem, używał premierów jako zderzaków, a do niej miał cieplejszy stosunek. Być może jako dżentelmenowi nie wypadało mu po prostu traktować jej tak, jak lubił traktować polityków mężczyzn".

Andrzej Morozowski dodaje: „Jej rząd jako jeden z niewielu potrafił współpracować z Wałęsą. Gdy rząd upadł, a Wałęsa rozwiązał parlament, prezydent długo nie przyjmował jej dymisji. Dzięki temu mogła rządzić aż do nowych wyborów i powołania nowego gabinetu".

Hanna Suchocka wspomina to tak: „Dzwoniłam do prezydenta Wałęsy zaraz po wyborach, żeby mnie przyjął, abym mogła złożyć dymisję, ale nie mogłam uzyskać żadnego terminu. Stale mnie odsyłano. Jako »konstytucjonalistce« było mi z tym bardzo niewygodnie. Gdy tylko dostałam sygnał, że prezydent będzie na otwarciu posiedzenia Senatu, pojechałam tam z dymisją pod pachą. Wtedy zgodził się dymisję przyjąć".

Niestety ta niezła współpraca zaowocowała wydarzeniem, które do dziś kładzie się cieniem na jej rządzie. Chodzi o inwigilację prawicy, czyli instrukcję UOP numer 0015, wydaną w październiku 1992 roku przez dyrektora Biura Analiz i Informacji UOP Piotra Niemczyka. Zdaniem wielu polityków instrukcja miała na celu inwigilację członków partii politycznych i pozyskanie płatnych informatorów wśród partii sprzeciwiających się polityce prezydenta Lecha Wałęsy i rządu Hanny Suchockiej, między innymi Ruchu dla Rzeczypospolitej, Ruchu Trzeciej Rzeczypospolitej i Porozumienia Centrum.

Według Piotra Niemczyka ta instrukcja nigdy nie weszła w życie. Powstał jednak specjalny zespół pułkownika Jana Lesiaka – w 1993 roku opracował on plany działań operacyjnych UOP, których elementem miała być inwigilacja przywódców antywałęsowskiej prawicy.

Piotr Semka: „Nie sposób stwierdzić, jak dużo Hanna Suchocka wiedziała o tych działaniach. Bez wątpienia jednak, jeśli władza inwigiluje legalnie działającą, nieterrorystyczną opozycję, to jest to dla tej władzy zabójcze. A miało to miejsce za czasów rządu Suchockiej".

Lata 1992–1993 to czas niesłychanie ostrej walki politycznej. Politycy prawicy skupieni wokół obalonego premiera Jana Olszewskiego głośno wyrażają swój sprzeciw. Gdy w styczniu 1993 roku pod przywództwem Jarosława Kaczyńskiego idą pod Belweder i palą kukłę Wałęsy, rząd wydaje się zaniepokojony. Jan Maria Rokita, szef Urzędu Rady Ministrów, nazywa polityków prawicowych opozycją antypaństwową. Lech Kaczyński, wówczas prezes Najwyższej Izby Kontroli, po jednym z posiedzeń rządu ujawnia, że usłyszał coś o potrzebie działań sprawdzających prawicę. Jarosław Kaczyński, szef Porozumienia Centrum, mówi na konferencjach prasowych, że dzieją się tajemnicze rzeczy, które każą zadawać pytanie, czy nie dochodzi do inwigilacji prawicy.

Istnienie instrukcji 0015 ujawnia dopiero Jarosław Kaczyński w marcu 1993 roku.

Piotr Semka: „Ta sprawa kładzie się bardzo dużym cieniem na rządach Hanny Suchockiej. Moim zdaniem podmyła jedność sił postsolidarnościowych i skompromitowała etos solidarnościowy. To nie przypadek, że po roku działania rządu Suchockiej doszli do władzy postkomuniści. Oczywiście złożyło się na to wiele czynników, ale bez wątpienia ta sprawa miała duży wpływ na to, że wyborcy powiedzieli: »Solidarnościowym elitom dziękujemy«".

Andrzej Morozowski: „Na pewno na tej aferze sporo ugrał Jarosław Kaczyński. A czy straciła Suchocka? Nie wydaje mi się. Trzeba pamiętać, że to były czasy, gdy na prawicy były ugrupowania, które miały naprawdę przerażające pomysły. A nie było wtedy progu wyborczego, one mogły dostać się do Sejmu".

Andrzej Urbański, wtedy poseł z ramienia Porozumienia Centrum, później między innymi szef Kancelarii Prezydenta Lecha Kaczyńskiego i prezes TVP: „Moim zdaniem inwigilacja prawicy jest największą hańbą III RP. Było to zorganizowane działanie służb specjalnych przeciwko politykom, aprobowane przez ówczesny rząd. Choć wedle mojej wiedzy pani premier była albo niedokładnie, albo niekonsekwentnie w tej sprawie informowana".

Stefan Niesiołowski, wtedy poseł koalicyjnego ZChN, dziś polityk Platformy Obywatelskiej: „Pani premier wielokrotnie tłumaczyła się z tego. Ja byłem w zapleczu politycznym tamtego rządu, a nie miałem o tej sprawie pojęcia. Chciałbym, żeby ci, którzy od lat o tym mówią, wreszcie pokazali, na czym polegało to przestępstwo".

Sprawa nigdy nie została wyjaśniona. W 1998 roku, gdy Hanna Suchocka była ministrem sprawiedliwości w rządzie Jerzego Buzka, śledztwo zostało umorzone. Wznowił je Lech Kaczyński, jej następca na tym stanowisku, kontynuował zaś Zbigniew Ziobro, prokurator generalny w rządzie PiS. We wrześniu 2006 roku rozpoczął się proces Jana Lesiaka, oskarżonego o przekroczenie w latach 1991–1997 uprawnień, ale sąd okręgowy w Warszawie umorzył postępowanie ze względu na przedawnienie sprawy. Jednocześnie uznał, że Lesiak złamał prawo, dezintegrując legalnie działające partie polityczne. W październiku 2006 roku do nowych akt sprawy pułkownika Jana Lesiaka dotyczących inwigilacji prawicy dotarła Agencja Bezpieczeństwa Wewnętrznego. Wśród nich są stenogramy z posiedzeń rządu. ABW zdecydowała o utajnieniu tych dokumentów.

Hanna Suchocka sprawę komentuje niechętnie, ale dosadnie: „W tej kwestii prezydent Lech Wałęsa prowadził całkowicie własną politykę i niczego ze mną nie konsultował".

– *Cierpiała pani przez politykę?*
– *Wejście w politykę powoduje, że człowiek staje się poobijany. Czasem zostaje niesprawiedliwie oceniony za podjęcie różnych decyzji. To niestety było moim udziałem i boli mnie to do tej pory. Łatwo przykleić politykowi przysłowiową gębę, ale trudno jest się od niej odczepić. Wyskakuje takie coś jak jakiś zakodowany element w komputerze. To też są koszty bycia w polityce.*
– *Nie boi się pani, że te trudne momenty wrócą?*
– *Życie nauczyło mnie, że z różnymi sytuacjami trzeba się liczyć i po prostu trzeba dawać sobie z nimi radę. Choć oczywiście wolałabym, żeby nie wracały rzeczy, które traktuję jako przykre dla mnie.*
– *Myśli pani o inwigilacji prawicy?*
– *Nie. Raczej chodzi mi o społeczne aspekty mojego rządzenia, o moją indywidualną odpowiedzialność za to, że niektórym ludziom żyje się źle. Przyczepiono mi łatkę, że jestem odpowiedzialna*

za złą sytuację ludzi starszych. Pewne decyzje podejmowane od po-
czątku transformacji przez różne rządy spersonifikowano w mojej
osobie. To jest przykre.
— A z czego jest pani zadowolona?
— Przyszło mi pełnić funkcję premiera w bardzo trudnym okresie,
kiedy ludzie byli już zmęczeni transformacją, oczekiwali rezultatów,
widocznego dobrobytu. A to ciągle nie następowało. Cieszę się, że
w tym trudnym okresie nie zeszliśmy z drogi przemian. Popchnęliśmy
trochę spraw do przodu i to był także wysiłek mojego rządu, rządu,
który musiał się uczyć trudnej sztuki kompromisu, dogadywania się.
A że upadł? Widocznie taki był jego czas, taki moment.

Jesień 1993 roku. Radosław Markowski na zlecenie anglojęzycznego magazynu politologicznego pisze artykuł o rządzie Hanny Suchockiej, który w maju upadł. Kilka dni później redaktor czasopisma odsyła mu tekst do poprawek. Potem robi to jeszcze dwa razy, aż w końcu prosi, by Markowski zrobił coś ze swoim angielskim, bo to, co zostało napisane w artykule, po prostu nie mogło się zdarzyć. Trwają debaty, tekst konsultują native speakerzy i wreszcie okazuje się, że problem tkwi nie w angielskim Markowskiego, a w zawiłościach polskiej polityki. „Sytuacja wydawała się niewiarygodna. Oto rząd solidarnościowy zostaje obalony przez solidarnościowego działacza, w dodatku pada w wyniku nieobecności jednego posła, który zasiedział się w toalecie. Solidarnościowy prezydent rozwiązuje parlament i władzę odzyskują znienawidzeni reprezentanci ancien régime'u. To musiało brzmieć kuriozalnie dla obserwatora z zagranicy", mówi Markowski.

Rząd upada 28 maja 1993 roku. W głosowaniu, które wejdzie do historii polskiego parlamentaryzmu. Wniosek o wotum nieufności dla rządu składa w imieniu swoim i 52 posłów Alojzy Pietrzyk, poseł „Solidarności", która nie była w koalicji, ale po cichu wspierała rząd. Pod wpływem protestów społecznych i niespełniania związkowych postulatów „Solidarność" decyduje się na wotum nieufności. Wotum popiera też PC i SdRP. Rachuby są jasne – koalicja ma przewagę jednego głosu, więc raczej wniosek nie ma szans. Gdy na tablicy pojawia się wynik głosowania, posłowie opozycji i koalicji są jednakowo zdumieni.

„Gdy pani premier zobaczyła liczby wyświetlające się na tablicy, to w pierwszym momencie sądziła, że ten głos jest w odwrotną stronę, że rząd przetrwał. Potem na jej twarzy malowało się przez jakiś czas rozczarowanie, ale przetrwała to godnie", wspomina Zdobysław Milewski. „Zaraz potem było posiedzenie Rady Ministrów, na którym poprosiła o gotowość do dymisji i przekazania swoich ministerstw następcom".

Dziennikarze tymczasem szukają posła Zbigniewa Dyki – to jego nieobecność zaważyła na wyniku głosowania. Odnaleziony, tłumaczy do mikrofonów, że miał biegunkę.

Prezydent Lech Wałęsa decyduje się nie przyjąć dymisji rządu i rozwiązuje parlament. Prawdopodobnie jak wszyscy jest przekonany, że w nowym rozdaniu znów wygrają partie postsolidarnościowe, przecież od 1989 roku minęły dopiero cztery lata. A jednak w jesiennych wyborach zwycięża SdRP. Aleksander Kwaśniewski, Józef Oleksy, Leszek Miller, z legitymacją od wyborców, wracają na scenę.

Zanim to nastąpi, rząd Hanny Suchockiej sprawuje władzę bez parlamentu. W tym czasie podpisuje konkordat, czyli umowę między Stolicą Apostolską i Rzeczpospolitą Polską.

Wielu uważa to za kontrowersyjne, jednak większość zapisuje jej to jako zasługę.

Piotr Semka: „Konkordat pozostanie zasługą Hanny Suchockiej. Był wprowadzony po paru latach dyskusji na ten temat. Suchocka potrafiła przeciwstawić się politykom Unii Wolności, jej własnej partii, którzy, jak na przykład Zofia Kuratowska, występowali przeciwko konkordatowi".

Marek Borowski, polityk lewicy, wówczas poseł SdRP, od października 1993 roku wiceprezes Rady Ministrów: „Konkordat został podpisany i nie ma o czym mówić, choć dla mnie założenia tej umowy, szczególnie finansowanie Kościoła przez państwo, są dyskusyjne. No i uważam, że tego rodzaju decyzji nie powinien podejmować rząd po dymisji".

Piotr Semka: „To absurdalny zarzut. Hanna Suchocka zakładała, że jej ugrupowanie wygra wybory. Wtedy naprawdę nikomu nie przechodziło przez myśl, że nadchodzi recydywa postkomunizmu".

Hanna Gronkiewicz-Waltz: „Po latach widzimy, że to była dobra umowa, dzisiaj nie budzi żadnych emocji, nawet wśród ludzi lewicy. Hanka była przekonana, że konkordat musi być podpisany choćby dlatego, że papieżem jest Polak".

Do relacji Hanny Suchockiej z Janem Pawłem II jeszcze wrócimy. Bez wątpienia jednak podpisanie konkordatu stało się ważnym krokiem w jej karierze. Kto wie, czy nie decydującym o późniejszej nominacji na ambasadora przy Stolicy Apostolskiej.

Rzym. Wybrukowanymi uliczkami dzielnicy żydowskiej idziemy z panią ambasador do fryzjera. Podziwiam swobodę, z jaką – na obcasach – stąpa po nierównych kamieniach. Widać dużą wprawę.

Zakład fryzjerski znajdujemy w ciągu innych sklepików i punktów usługowych. Urządzony w tradycyjnym wnętrzu zadziwia wysmakowaną nowoczesnością.

Dziwię się, jak tutaj trafiła.

– Dlaczego akurat ten fryzjer?
– Gdy przyjechałam do Rzymu, miałam problem, bo, jak pewnie większość kobiet, byłam przyzwyczajona do swojego fryzjera. I nie mogłam znaleźć nikogo, kto uczesałby mnie normalnie, a nie jakoś sztucznie. Poskarżyłam się Krzysztofowi Zanussiemu, który reżyserował tu sztukę. On powiedział, że jego główna aktorka ma świetnie zrobione

włosy i przyniósł mi adres jej fryzjerki. Okazało się, że to blisko ambasady, więc świetnie się złożyło. Fryzjerka, pani Pina, jest artystką z charakteru, ma fantazję. Sympatycznie się z nią rozmawia.
– Musi pani tłumaczyć za każdym razem, jak ma być uczesana?
– Już nic nie mówię, bo ona wszystko wie, zna moje włosy.

Signora Pina, szczupła, z burzą czarnych loków, czesze panią ambasador, a ja w tym czasie podpytuję ją o ich znajomość. „Jestem bardzo szczęśliwa, że mogę obsługiwać panią ambasador. Jest bardzo miła i nie mówię tak dlatego, że robię jej włosy. Mamy bardzo dobry kontakt. Zresztą widzimy się tutaj co tydzień", mówi, nie przestając się uśmiechać. „Czy jest wymagającą klientką?", dopytuję. „Tak, ale w uroczy sposób. Ma bardzo jasno określone upodobania. Czasem udaje mi się ją przekonać do jakichś zmian, ale nieczęsto. Przeważnie robimy to samo".

Ta sama od lat fryzura, elegancki, ale konserwatywny styl ubioru – to wszystko sprawiło, że Hanna Suchocka jest postrzegana raczej jako osoba zdystansowana, a mówiąc dosadniej – po prostu sztywna. W Rzymie przekonuję się, że to nieprawda. Suchocka dużo się śmieje, ma ironiczne poczucie humoru i sporo dystansu do siebie i rzeczywistości. Przykład? Gdy wiozła nas swoim samochodem (jak ona prowadzi!), lampka na pracującej non stop kamerze tak się rozgrzała, że spaliła podsufitkę. My przepraszaliśmy, a pani ambasador machnęła ręką i obróciła wszystko w żart.

Skąd więc w mediach utrwalił się jej taki a nie inny wizerunek?

Marek Borowski wspomina, że poznał Suchocką na poselskim wyjeździe do Hiszpanii w 1992 roku. W jej pokoju w madryckim hotelu wieczorami spotykało się całe, politycznie wielobarwne towarzystwo. „Piliśmy hiszpańskie wino. Wydała mi się bardzo sympatyczną osobą", mówi. „Uważam, że wizerunek zimnej, twardej kobiety próbowano jej dorobić, by bardziej przypominała Margaret Thatcher, najsłynniejszą w Europie kobietę premier".

Hanna Gronkiewicz-Waltz wskazuje cechę, która trochę ułatwia zrozumienie wizerunku Suchockiej innego niż rzeczywisty: „Hanka jest bardzo wesoła, dba o gości, lubi gotować, lubi coś dobrego na ząbek przygotować. Jest taką duszą towarzystwa. Ale musi być w swoim gronie, żeby być naprawdę sobą".

„Dystans? Raczej opanowanie" – twierdzi Zdobysław Milewski, szef jej doradców. „Owszem, rzadko przechodziła na ty. Ja mówiłem do niej »pani premier«, ona do mnie »panie Dobku«. Ważniejsze wydaje mi się, że mogłem wejść do niej o każdej porze dnia, zawsze miała czas dla wszystkich, którzy przychodzili z ważnymi sprawami. I – co wcale nie takie oczywiste – nie obrażała się na tych, którzy przynosili złe informacje. Gdybym miał ją określić w kilku słowach, to powiedziałbym, że to Wielkopolanka w każdym calu. Opanowana i stateczna. Ale w żadnym razie nie zimna".

Piotr Semka przypomina sobie, że początkowo Suchocka sprawiała bardzo dobre wrażenie. „Była rzeczowa, bardzo oszczędna w słowach, a jeśli się wypowiadała, to bardzo zdecydowanym tonem. I w tym sensie wywoływała wrażenie pewnej fachowości i solidności" – mówi. Jednak w jego wspomnieniach ta małomówność zaowocowała potem opryskliwością na konferencjach prasowych czy ignorowaniem niewygodnych pytań.

– *Drażnił panią wizerunek w mediach?*

– *Tak. Dopiero potem zdałam sobie sprawę, że wizerunek medialny się tworzy. Wchodząc do polityki, sądziłam, że człowieka prezentuje się takim, jaki on jest. Potem zorientowałam się, że w momencie, w którym pełniłam funkcję premiera, było akurat zapotrzebowanie na kobietę premiera, a więc osobę twardą, stalową, mocną.*

– *Może pani robiła takie wrażenie?*

– *Być może. Ale myślę, że wyeksponowano właśnie te cechy. Do tej pory spotykam ludzi, na ulicy czy w samolocie, którzy dziwią się, że jestem normalna i miła w rozmowie, a w telewizji wydawałam*

się oschła i zasadnicza. Może dlatego unikam telewizji, mam wrażenie, że źle wypadam.
– Pamięta pani, dlaczego zaangażowała się w politykę?
– Sądzę, że wciągnęły mnie pewne zdarzenia i dlatego znalazłam się w polityce. Długo wierzyłam, że mogę funkcjonować jako osoba z boku. Potem okazało się, że to jednak niemożliwe. Kiedyś spotkałam Václava Havla, był wtedy czasowo bez funkcji, przestał być prezydentem Czechosłowacji, a nie był jeszcze prezydentem Czech. Powiedział mi: „Jak polityka kogoś złapie, to go nie chce wypuścić". Na pewno jest w tym jakaś prawda. Choć przede wszystkim to my sami nie chcemy się zluzować.

Cztery lata po tym, gdy przestała być premierem, wraca do rządu, tym razem jako minister sprawiedliwości w rządzie Jerzego Buzka. I o ile jako premier po latach zbiera przeważnie dobre oceny, o tyle jako minister wzbudza kontrowersje.

Radosław Markowski: „Uważam, że Hanna Suchocka nie jest rasowym politykiem, jest raczej typem eksperta, analityka, być może naukowca. Dlatego byłem pozytywnie zaskoczony, gdy wykazała się dużymi zdolnościami politycznymi jako premier. Natomiast wydaje mi się, że funkcję ministra sprawiedliwości można było w tamtych czasach pełnić lepiej, efektywniej i sprawniej. Ona nie była aktywna, nie było jej właściwie widać. Zabrakło jej ostrości".

Tak naprawdę jedynym działaniem, które dobrze zapamiętano, było umorzenie śledztwa w sprawie inwigilacji prawicy. „Gdyby Leszek Miller umorzył śledztwo we własnej sprawie, media nie dałyby mu spokoju", zauważa Piotr Semka. „A jej uszło to właściwie na sucho.»Gazeta Wyborcza« i »Rzeczpospolita« wówczas wspólnie popierały Unię Wolności".

„Prawdopodobnie w sensie prestiżowym było to niewygodne, że na ministrze sprawiedliwości ciąży takie oskarżenie. Być może dlatego była pasywna", dodaje Andrzej Morozowski. „A umorzenie śledztwa? To na pewno można zapisać jako jej potknięcie".

Suchockiej z tego czasu z przekonaniem broni jedynie jej przyjaciółka Hanna Gronkiewicz-Waltz. „Ona bardzo dużo uporządkowała w kwestiach kodyfikacji prawa. Kodeks o spółkach, szereg ustaw, które dzisiaj się stosuje, to jej zasługa. Trzeba też przypomnieć, że była pierwszym ministrem, który zażądał ekstradycji stalinowskiej prokurator Heleny Wolińskiej".

W czerwcu 2000 roku rozpada się koalicja AWS i Unii Wolności. Jerzy Buzek do końca kadencji kieruje rządem mniejszościowym. Na szefa resortu sprawiedliwości powołuje Lecha Kaczyńskiego. Kaczyński zyskuje ogromną popularność, która staje się podstawą powstania Prawa i Sprawiedliwości. Zdaniem Hanny Gronkiewicz-Waltz Suchocka przygotowała grunt pod popularność Lecha Kaczyńskiego. Z tym zgadzają się inni komentatorzy. Tyle że w przeciwieństwie do niej jako przyczynę nie podają przygotowania ustaw, a bierność.

Piotr Semka: „Gigantyczny sukces Lecha Kaczyńskiego jest najlepszym dowodem na to, że Suchocka była bezbarwna. On zdobył sympatię ludzi paroma gestami, które były demonstracją, że jest przeciwko przestępcom. Zrozumiał, że wyborcy potrzebują zmiany".

Suchocka też potrzebowała zmiany. W 2001 roku nie startuje w wyborach parlamentarnych. Niedługo potem zostaje ambasadorem w Watykanie.

Watykan – zaledwie tysiąc mieszkańców, zaledwie pół kilometra kwadratowego powierzchni, po której chodzą głównie kardynałowie, biskupi, siostry zakonne i członkowie Gwardii Szwajcarskiej. Po swoich dyplomatycznych ścieżkach od 2001 roku chodzi tu także Hanna Suchocka. Wielu uważa, że wychodzi jej to na dobre.

– *Niewiele słyszy się o pani pracy tutaj. Ale ci, którzy wiedzą, jak ta praca wygląda, bardzo panią chwalą. Co powinniśmy wiedzieć o tym, co pani tutaj robi?*

– *Mnie jest bardzo trudno powiedzieć coś o tej pracy, bo po prostu ją wykonuję. Kiedy tu przyjeżdżałam, zastanawiałam się, jak ma wyglądać praca ambasadora przy stolicy apostolskiej. Nie miałam sprecyzowanego pomysłu. To jednak specyficzne miejsce. Przede mną byli dwaj ambasadorowie mężczyźni, mogło się więc wydawać, że to jest praca właśnie dla mężczyzny. Stąd też wynikały moje obawy, czy rzeczywiście powinnam podjąć się tej misji. Zresztą jeszcze w Polsce niektórzy parlamentarzyści pytali, czy to w ogóle jest możliwe, żeby kobieta była ambasadorem w Watykanie. Potem pomyślałam: „A czemu nie?". Człowiek sam jest uwikłany w pewne stereotypy. Przeprowadziłam przed wyjazdem szereg rozmów i zrozumiałam, że ta ambasada jest w większym stopniu autorska niż inne. To znaczy można tu znaleźć sobie niszę i sposób, w jaki będzie pełniło się tę funkcję.*

– *I jaki pani sposób znalazła?*

– *To jest ambasada, która z jednej strony ma bardzo długą tradycję, polscy królowie wysyłali przecież swoich legatów do papieża, a z drugiej strony po II wojnie światowej aż do 1989 roku w ogóle jej nie było. Jak wspomniałam, przede mną było tu dwóch ambasadorów mężczyzn. Ja pomyślałam, że skoro podejmuje tę funkcję kobieta, to musi zrobić to, co do kobiety należy, a więc przygarnąć ludzi, uczynić placówkę otwartą, sprawić, żeby była tak samo ważna jak inne ambasady w Rzymie. To właśnie wymagało działania autorskiego. Oczywiście nie zrobiłabym nic, gdyby nie moi współpracownicy, którzy podjęli ze mną to wyzwanie. Nigdy od nikogo nie usłyszałam, że musi iść do domu, bo w umowie ma napisane, że pracuje do siedemnastej. Dzięki temu dziś nasza ambasada liczy się tak jak niemiecka, hiszpańska czy włoska.*

Hanna Suchocka oprowadza nas po ambasadzie i opowiada o każdym pomieszczeniu. Wygląda na to, że swoją pracę w Rzymie zaczęła od... dekorowania wnętrz. Przesuwała meble z jednej do drugiej sali, szukała materiału na zasłony, wypożyczała obrazy, zmieniała lampy, wieszała lustra. Wszystko po to, by placówka dyplomatyczna stała się jasna i ciepła. No i zyskała przestrzeń. Dzięki temu znalazło się miejsce na bibliotekę poświęconą dziełu Jana Pawła II i salę wystawową, gdzie odbywają się bankiety. Rezultaty? Wygląda na to, że są świetne.

Anna Kurdziel, attaché ambasady RP przy Watykanie: „Ambasada stała się rzeczywiście centrum polskości w Rzymie, ale także miejscem międzynarodowych spotkań. Drzwi tu są zawsze otwarte. Organizuje się wiele dyskusji, seminariów i przyjęć".

Stanisław Grygiel, autor książek teologicznych, kierownik Katedry Filozofii Człowieka na Papieskim Uniwersytecie Laterańskim w Rzymie, przyjaciel Suchockiej: „Połączyła polskie środowiska, które dotąd nie przenikały się wzajemnie, a przy okazji zintegrowała je z dyplomatami zagranicznymi. Kiedyś na opłatek przychodziło czterdzieści osób, wyłącznie Polaków. Teraz dwieście, w tym połowa to cudzoziemcy. Kiedy zaczynają śpiewać kolędy, powoli rozśpiewują się też ambasadorzy innych państw. Polacy wychodzą, bo późno, a ci jeszcze siedzą i śpiewają".

Michał Radlicki, ambasador RP we Włoszech w latach 2003––2007: „Ambasada polska przy Watykanie stała się miejscem, gdzie spotykają się dyplomaci z hierarchami kościelnymi. Kilka razy w tygodniu gości tutaj ktoś ważny. Suchocka dba o detale. W dyplomacji w ogóle, a we Włoszech w szczególności trzeba pamiętać o takich szczegółach, jak dobre jedzenie czy wino. Ona wszystkiego dogląda. Sprawdza, czy stół jest dobrze nakryty, patrzy, czy dania są robione zgodnie z przepisami. Stara się, żeby za każdym razem było trochę inaczej, a to cenne, bo te spotkania odbywają się bardzo często. Widać kobiecą rękę".

Warszawa 1999 rok, Sejm. Przedostatnia pielgrzymka papieża Jana Pawła II do Polski. Zanim wygłosi orędzie do parlamentarzystów, ze wszystkimi się wita. Gdy podchodzi Hanna Suchocka, premier Jerzy Buzek omyłkowo mówi: „To Hanna Gronkiewicz-Waltz". Papież na to: „To przecież Hanna Suchocka, poznałbym ją na końcu świata". Wzruszająca chwila, która pokazuje wyjątkową więź, która łączyła Hannę Suchocką z Janem Pawłem II.

„Ja mam wrażenie, że papież pokochał Hankę od pierwszego wejrzenia, od tego pierwszego spotkania, kiedy była premierem Polski. Pamiętam taki moment, kiedy wychodziłyśmy we trzy, z jej siostrą, i papież na chwilę ją zatrzymał", opowiada Hanna Gronkiewicz-Waltz. „Rozmawiali o tym, że ich rodzice nie dożyli momentu najważniejszych misji w ich życiu. Potem, ilekroć Hanka jechała do Rzymu, to Ojciec Święty zapraszał ją na obiad czy na śniadanie. Zawsze była mile widziana i po jakimś czasie została powołana jako pierwsza Polka do Społecznej Akademii Papieskiej. Papież ją niezwykle cenił i lubił. Bardzo ucieszył się, że została ambasadorem".

„Nawet na audiencjach publicznych potrafił pogładzić ją po policzku i powiedzieć: »Nasza pani Hanka znów tu przyszła, tak się cieszę«", dodaje profesor Stanisław Grygiel. „Mieli o czym rozmawiać. Papieża interesowały bardziej sprawy wiary, modlitwy, stosunku człowieka do Boga aniżeli sprawy czysto polityczne. Rozmowa o polityce z nim raczej kulała, ale ożywiał się, gdy mówiło się o Chrystusie czy Trójcy Świętej w naszym życiu. Z Hanną zawsze rozmowa schodziła na te tematy".

Oglądamy z Hanną Suchocką zdjęcie ukazujące, jak podchodzi do papieża w góralskiej chuście, a on rozbawiony uśmiecha się. To było na rekolekcjach podhalańskich, na które przyjechała ubrana na czarno, a górale, widząc to, założyli jej kolorową chustę. „Gdy doszłam do niego, powiedziałam: »Ojcze Święty, ja tu dzisiaj prawie jak góralka« i on zaczął się śmiać", opowiada Suchocka, dla papieża – pani Hanka. Zwykle tak właśnie do niej się zwracał, rzadko korzystając z oficjalnych tytułów.

– Gdy myśli pani „Jan Paweł II", to co przychodzi pani do głowy?

– Trudno powiedzieć w kilku słowach. Przede wszystkim kojarzy mi się z mądrością, z umiejętnością mówienia o ważnych sprawach prostymi słowami, rozwiązywaniem spraw, które wydają się nierozwiązywalne.

– Była pani szczególną osobą dla papieża.

– Nie wiem, czy szczególną. Ojciec Święty roztaczał wokół siebie taką atmosferę, że każdy, kto podchodził i rozmawiał, miał wrażenie, iż jest tym jedynym rozmówcą, tą jedyną osobą, na której Ojcu Świętemu zależy. To też był jego niezwykły talent. Ale jest faktem, że przynajmniej w tych ostatnich latach, gdy podchodziłam do niego, zwłaszcza wraz z osobami, które mniej znał, to rzeczywiście na mój widok zawsze się uśmiechał i reagował niezwykle serdecznie.

Campo de' Fiori to jeden z najbarwniejszych placów Rzymu. W centralnym punkcie stoi pomnik Galileusza, który w 1600 roku został tu spalony na stosie za to, że nie wyparł się nauki Kopernika. W XVI wieku plac służył bowiem inkwizycji jako miejsce publicznych egzekucji. Dziś służy przede wszystkim przyjemnościom. Wieczorem tłumy siedzą w rozlokowanych dookoła knajpkach. W dzień przychodzą po kwiaty i warzywa. Kolorowy targ robi niesamowite wrażenie.

Wybieramy się z Hanną Suchocką na zakupy. Kupuje karczochy i ziemniaki. „Ziemniaki zapiekę, w środek włożę trochę sera i masła, posypię ziołami, będą bardzo dobre", zapowiada. Rzeczywiście, wieczorem wspólnie zjemy pyry z gzikiem. Znakomite! Na Campo de' Fiori była premier ma zaprzyjaźnione stragany. Z panią Francą wymienia uwagi o pogodzie, ze sprzedawcą tulipanów spiera się o cenę. „Siedem euro za dziesięć tulipanów to kupa forsy!", mówi do mnie.

– Często pani sama robi zakupy?

– Przeważnie w sobotę i w niedzielę. Na co dzień jest raczej trudniej, natomiast w weekendy zawsze.

– I gotuje pani sama?

– Jeśli mam czas, to tak. Często robię ryby. Kupuję filety, wkładam do piekarnika i są gotowe ledwo goście wejdą w drzwi. Często robię spaghetti alle vongole, to takie muszle, które gotuje się z makaronem. We Włoszech gotuje się łatwo i szybko. To niezwykle ważne.

– Czyli lubi pani gotować?

– Lubię.

– Kolacje ambasadorskie sama pani przygotowuje?

– Nie, to nie jest możliwe. Ja przygotowuję w weekendy, dla przyjaciół.

A przyjaciele chwalą. Stanisław Grygiel szczególnie lubi jej zupy. Anna Kurdziel – zupę serową. „Pani ambasador często zaprasza nas do wspólnych posiłków, nie lubi jeść sama", zdradza. Michał Radlicki ceni pasty i desery. A Hanna Gronkiewicz-Waltz półżartem ujawnia dyplomatyczną tajemnicę: „Myślę, że Lech Wałęsa dał się przekonać do pojednania z Aleksandrem Kwaśniewskim z sentymentu do jej kuchni. Gdy tu przyjeżdża, ona zawsze gotuje mu to, co najbardziej lubi".

O co chodzi? Zaraz wyjaśnię.

Dzień pogrzebu Jana Pawła II, 8 kwietnia 2005 roku. Od tygodnia na placu św. Piotra czuwają tłumy wiernych. W Polsce trwa atmosfera skupienia, narodowego pojednania. A w dyplomacji – zabiegi, by Lech Wałęsa przyleciał do Watykanu w oficjalnej delegacji, której przewodniczy prezydent Aleksander Kwaśniewski. Obserwatorzy podkreślają, że Hanna Suchocka wykazuje się wtedy dyplomatycznym kunsztem. Co robi? Najpierw dzwoni do Kwaśniewskiego z pytaniem, czy zaprosi Wałęsę do oficjalnej delegacji. Ten się zgadza. Ale Lech Wałęsa odmawia. Suchocka dzwoni więc bezpośrednio do niego i mówi, że Ojciec Święty na pewno by sobie tego życzył. „Nie, pani tak tylko mówi, to nadużycie!" – Wałęsa reaguje w swoim stylu. Zapowiada, że przybędzie z delegacją

„Solidarności". Suchocka nie ma wyjścia, poddaje się. Przekazuje Kwaśniewskiemu informację, że nie udało jej się załatwić zgody byłego prezydenta. Po godzinie jednak dzwoni Lech Wałęsa. „Będę w tej oficjalnej delegacji" – mówi.

Gdy potem wysiada z samolotu i widzi na płycie lotniska panią ambasador, pokazuje ją palcem i mówi: „Przekonała mnie pani!".

Ale to nie koniec dyplomatycznych zabiegów. Chodzi jeszcze o to, by były i obecny prezydent usiedli w jednym sektorze. Znów opór, Wałęsa nie chce. Zgadza się po długich namowach, których kulisy pozostaną dyplomatyczną tajemnicą. Rezultaty przechodzą oczekiwania – podczas mszy Kwaśniewski i Wałęsa podają sobie ręce. Pierwszy raz od czasu debaty telewizyjnej przed wyborami prezydenckimi w 1995 roku, gdy Wałęsa wypowiedział słynną kwestię „Ja mogę panu nogę podać". „Zabiegi w tej sprawie trwały już rok wcześniej, gdy obaj przyjechali na obchody dwudziestopięciolecia pontyfikatu. Wtedy jednak nie potrafili się przełamać, żeby ze sobą porozmawiać. Tym razem sprawa była poważniejsza, bo pogrzeb był historyczną chwilą. Wiedziałam, że zostaną noty w archiwach i zależało mi, by w annałach watykańskich pozostało, że w delegacji oficjalnej na pogrzeb Ojca Świętego był Lech Wałęsa", opowiada Hanna Suchocka.

Jej pracę przy uroczystościach pogrzebowych papieża doceniają sceptycy i entuzjaści.

Andrzej Morozowski: „Kiedy byłem w Rzymie po śmierci papieża, zobaczyłem, że Suchocka jest świetnym ambasadorem. Właściwy człowiek na właściwym miejscu. Z pewnością się tam sprawdza".

Radosław Markowski: „Niewiele mówi się o jej pracy w Watykanie, a to może oznaczać, że pracuje dobrze. Gdy obserwuję poszczególne rządy, to widzę, że najczęściej rzetelną robotę wykonują ci ministrowie, których najmniej widać w mediach. Trzeba pamiętać, że to jest bardzo dobrze wykształcona kobieta, mówiąca tyloma językami, ile przeciętny rząd w całości. Ona zawsze dobrze wypadała na arenie międzynarodowej".

Piotr Semka: „Nie do końca dobrze czuła się w polityce, nie była przygotowana na wiele pułapek. Przez to na stanowisku premiera traciła. Ambasador to funkcja, która wymaga dużo taktu, kompetencji, rzeczowości, pewnej kindersztuby. Tu sprawdza się o wiele lepiej".

Michał Radlicki: „Koledzy z ambasad kwirynalskich często z zazdrością pytają mnie, jak to się dzieje, że mamy tak dobrą pozycję w Watykanie. To jest jej zasługa, świetnie odnalazła się w świecie dyplomacji. W dodatku zabrało jej to mało czasu, szybko we wszystkim się zorientowała. Od początku zaistniała jako osoba mocna, której się nie zapomina. Łączy w sobie stanowczość i zdecydowanie z delikatnością. To daje bardzo dobry efekt. Jest chyba najbardziej znanym ambasadorem przy Stolicy Apostolskiej".

Czuwanie nad organizacją uroczystości pogrzebowych było dla niej szczególnie trudne, bo w Janie Pawle II straciła bliskiego sobie człowieka.

Tydzień przed śmiercią papieża była Wielkanoc. Zazwyczaj w niedzielę wielkanocną ambasadorowie spotykają się na tarasie bazyliki św. Piotra. Z niego najlepiej widać okno, w którym pojawia się papież. Tym razem Hanna Suchocka nie poszła tam, tylko do Domu Generalnego Ojców Jezuitów, naprzeciwko Watykanu. „Wyszliśmy na taras i patrzyliśmy w okno, w którym pojawił się Ojciec Święty. Tak jak wszyscy zgromadzeni na placu miałam nadzieję na dobrą nowinę", opowiada. „Ona jednak nie nadeszła. Miałam wrażenie, że on zdaje sobie sprawę, iż patrzy na ten tłum po raz ostatni. Wtedy stojący koło mnie ojciec jezuita Adam Żak powiedział: »Myślę, że Pan Bóg już wybrał czas dla Ojca Świętego«. Odparłam, że to niemożliwe. On na to: »To będzie za tydzień. Jest niedziela Miłosierdzia Bożego, myślę, że ten czas jest już wybrany«. Pierwszy raz ktoś powiedział to tak jednoznacznie. Dla mnie to był szok, odpychałam od siebie tę myśl. Jednak wraz ze zbliżaniem się tej niedzieli, ona wracała. Uświadamiałam sobie, że to chyba naprawdę ten czas. I tak się stało. Myślę, iż chyba każdy z nas miał do końca nadzieję, że to musi się zmienić, że to jest niemożliwe, by Ojca Świętego zabrakło". A jednak zabrakło. Pytam jej przyjaciół, jak reagowała.

Hanna Gronkiewicz-Waltz: „Ona takie rzeczy przeżywa bardzo głęboko. Widziałam ją przypadkowo, jak czuwała przy trumnie, i to było dla niej najważniejsze. Nigdy nie obnosiła się ze swoim cierpieniem, nie instrumentalizowała Kościoła ani papieża".

Stanisław Grygiel: „Pamiętam, że była bardzo przejęta chorobą, a potem śmiercią papieża, ale rozumiała, że to normalny, naturalny bieg rzeczy. To było bolesne, ale musiało się stać. Organizowała w tym czasie msze święte dla ambasadorów, spotkania z Polakami. Pomagała wszystkim głęboko przeżyć te wydarzenia. To było takie zawierzanie siebie Bogu".

Niespełna miesiąc później konklawe wybrało na nowego papieża Josepha Ratzingera, który przyjął imię Benedykta XVI. Hanna Suchocka przyznaje, że pierwsze spotkanie z nim było bardzo trudne. „Siedziałam wraz z korpusem dyplomatycznym w sali, do której przez dwadzieścia siedem lat wchodził, a potem wjeżdżał na wózku Jan Paweł II. Wydawało mi się niemożliwe, że może być inaczej. A jednak tym razem wszedł Benedykt XVI. Jakaś epoka się skończyła. Zaczęła się inna".

W tej nowej epoce Hanna Suchocka wciąż odnajduje się bardzo dobrze. Hanna Gronkiewicz-Waltz przypomina: „Rzym jest ważnym miejscem w jej sercu. Jest tu szczęśliwa. Tutaj była na pierwszym stypendium naukowym, przechodziła to miasto na piechotę, dobrze się tam czuje. Ma świetny kontakt z księżmi, z duchowieństwem, bardzo dobrze porusza się w tych kręgach, ma szereg bliższych i dalszych przyjaźni".

Nie tylko zresztą wśród duchownych. Do najbliższych przyjaciół byłej premier należy rodzina profesora Stanisława Grygla. Poznali się w latach dziewięćdziesiątych dzięki biskupowi Janowi Chrapkowi. „Spotykamy się bardzo często, nie szukamy specjalnych okazji. Czasem dzwonimy: „Wiesz co, smutno nam jest, przyjdź", albo ona dzwoni, że męczy ją chandra i zaprasza do siebie. Tradycyjnie spędzamy wspólnie sylwestra. Ona urządza wtedy kolację dla kilku osób. Zawsze jest jej siostra z mężem, my, dwie – trzy osoby z Włoch. Po północy wychodzimy na taras, oglądamy sztuczne ognie, spełniamy toast. Potem w salonie odmawiamy wspólnie różaniec".

Z najbliższą przyjaciółką, Hanną Gronkiewicz-Waltz, często chodzą razem na zakupy.

„Nie jest rozrzutna. Lubi mieć porządne i wygodne buty, torbę i apaszkę. Z tymi apaszkami trochę jej dokuczam, bo kupuje je zawsze. Nie chcę nawet zgadywać, ile ich ma".

Hanna Suchocka sama przyznaje się do swojej słabości do szali. „Wychodząc z domu, zawsze rozglądam się za jakimś szalem", mówi. „To chyba już nawyk. W Polsce służyły do domykania stroju. Gdy coś nie do końca pasowało, zakładałam szal i wszyscy widzieli szal, a nie że żakiet źle leży. We Włoszech szale są konieczne. Zwykle jest za ciepło na płaszcz, a szal świetnie chroni przed niespodziewanym chłodem czy wieczornym wiatrem".

Oglądam szufladę z szalami. A potem jeszcze półkę. Imponujące! Wiele z nich ma jakąś historię. Są tu prezenty od znamienitych polityków, są „okazy" kupione na specjalne okazje. „Jak robi się ciasno, to robię porządki i wysyłam niepotrzebne do Polski. Moja siostra przekazuje je potrzebującym", zdradza pani ambasador.

Skoro już rozmawiamy o ciuchach, pytam o ulubione kolory. „Bardzo twarzowy jest lila, ale do niczego mi nie pasuje. Ale najwięcej chodzę w czerni i brązach, bo są uniwersalne. W Rzymie nauczyłam się, że kobiety w moim wieku powinny raczej ubierać się na ciemno. Te kolory się dobrze komponują".

Jej strój zawsze był komentowany, również wtedy, gdy była premierem. „Zawsze mówiono, że pani premier jest dobrze ubrana, choć, powiedzmy sobie szczerze, nie był to styl młodzieżowy", wspomina Andrzej Morozowski. „Natomiast jeszcze bardziej komentowano fakt, że jest kobietą niezamężną. To był temat plotek, rozmów, spekulowano, kto jest jej aktualnym towarzyszem życia. W czasach przedtabloidowych te plotki nie wychodziły poza sejmowe korytarze. Dziś z pewnością byłoby inaczej".

I z pewnością dla Hanny Suchockiej tabloidowe dociekania byłyby trudne do zniesienia. Nigdy bowiem nie ukrywała, że życie w pojedynkę nieco jej dokucza.

„Jest jedną z niewielu kobiet samotnych, które mówią wprost, że życie bez rodziny jest takim połowicznym życiem", mówi Hanna Gronkiewicz-Waltz. „Czasem analizuje, jak to się stało, wyrzuca sobie, że za długo sądziła, iż ma jeszcze czas. A potem mężczyźni mieli już rodziny. Dla niej jako osoby wierzącej związek z rozwodnikiem był niemożliwy, chciała mieć ślub kościelny. Podziwiam ją, że przyznaje się do tego bólu, nie robi, jak inne kobiety, dobrej miny do złej gry".

Rzeczywiście, Hanna Suchocka, nawet przed kamerą, jest niespotykanie szczera.

– *Powiedziała pani, że jej życie jest ułomne.*

– *Zawsze podkreślam, że ono jest ułomne, ale muszę je zaakceptować, bo widocznie tak miało być. Staram się znaleźć jakiś głębszy sens w tym, że spotkało to akurat mnie. Zadaję sobie pytania.*

– *I znalazła pani odpowiedź?*

– *Nie. Widocznie było to potrzebne po to, bym zrealizowała się w innym wymiarze, jakimś transcendentalnym. Inaczej trudno mi na to pytanie odpowiedzieć. Tym bardziej że jestem bardzo rodzinna i na co dzień bardzo brakuje mi rodziny. Ale widocznie tak miało być. Staram się jej namiastkę stworzyć w ambasadzie.*

Anna Kurdziel opowiada, że gdy przychodzi do pracy z córką, pani ambasador chętnie się z nią bawi. „Robimy kółko graniaste, wszyscy oczywiście na koniec upadają na dywany i jest wielka radość", śmieje się. „Zawsze wzruszał mnie jej stosunek do mnie, mogę go określić mianem matczynego", dodaje. „Gdy byłam w ciąży, pani ambasador bardzo to przeżywała, teraz interesuje się wszystkim, co jest związane z Alą".

Konkretna, rzeczowa, zimna, bez skazy – taki był przez lata jej medialny wizerunek, z którym zresztą ona sama się nie zgadzała. Okazuje się, że również ciepła i rodzinna. Dobrze gotuje i lubi zakupy. Kocha Rzym, ale nie lubi włoskiego espresso – konsekwentnie pije kawę rozpuszczalną. Wierna sobie w drobiazgach i sprawach zasadniczych. Dobrze zorganizowana, choć – jak zdradzają współpracownicy – kilka razy dziennie na terenie ambasady „gubi" torebkę lub okulary.

Pozostaje ostatnie pytanie: czy jeszcze zobaczymy ją w polskiej polityce.

– *Tęskni pani za polską polityką?*
– *Podejmując decyzję, że nie startuję w wyborach parlamentarnych w 2001 roku, musiałam wziąć rozbrat z polityką. To była moja świadoma decyzja.*
– *Łatwiej było być premierem Polski w Polsce czy ambasadorem Polski w Watykanie?*
– *To zupełnie nieporównywalne. Bycie premierem to bezpośrednia, codzienna walka polityczna. Natomiast bycie ambasadorem jest tego zaprzeczeniem. Tu trzeba umieć wyzwolić się z emocji politycznych. Prawdę mówiąc, obawiałam się, że nie będę potrafiła zostawić za drzwiami pewnych emocji politycznych. Ku mojemu zdziwieniu okazało się to bardzo łatwe. Ja potrafię, a w każdym razie wydaje mi się, że potrafię być ambasadorem, który jest ambasadorem państwa, a nie określonej opcji politycznej. Taka jest rola dyplomaty.*

— Nie lubi pani, gdy mówi się o niej „druga Margaret Thatcher". Chciałaby pani, by pojawiła się „druga Suchocka"?

— Nie wiem, czy ktoś chciałby mnie naśladować. Nie chcę ustanawiać się żadnym wzorcem i na pewno takim nie jestem. Ale myślę, że dobrze by było, gdyby kiedyś pojawiła się kolejna kobieta premier.

HANNA SUCHOCKA

Urodzona 3 kwietnia 1946 roku w Pleszewie. W 1968 roku ukończyła studia na Wydziale Prawa Uniwersytetu im. Adama Mickiewicza w Poznaniu. Na tej uczelni uzyskała też stopień doktora nauk prawnych. Pracowała jako nauczyciel akademicki, między innymi na KUL, a także w Instytucie Nauk Prawnych PAN.

Od 1968 roku należała do Stronnictwa Demokratycznego. Z jego ramienia była posłem w latach 1980–1985. W 1982 roku znalazła się w gronie posłów SD głosujących przeciwko delegalizacji „Solidarności". Pod koniec kadencji była posłanką bezpartyjną. W 1984 roku została wykluczona z SD.

Wróciła do Sejmu w 1989 roku z ramienia OKP. Od 1991 roku należała do Unii Demokratycznej, a następnie, po zjednoczeniu z KLD w 1994 – do Unii Wolności. 10 lipca 1992 roku została premierem. Jej rząd został odwołany przewagą jednego głosu 28 maja 1993 roku w wyniku tak zwanego niekonstruktywnego wotum nieufności, zgłoszonego przez Alojzego Pietrzyka z NSZZ „Solidarność".

W 1997 roku została ministrem sprawiedliwości w rządzie Jerzego Buzka.

Od roku 2001 pełni funkcję ambasadora RP w Watykanie i przy Zakonie Maltańskim. W 2004 roku została odznaczona Wielkim Krzyżem Orderu Błogosławionego Piusa IX.

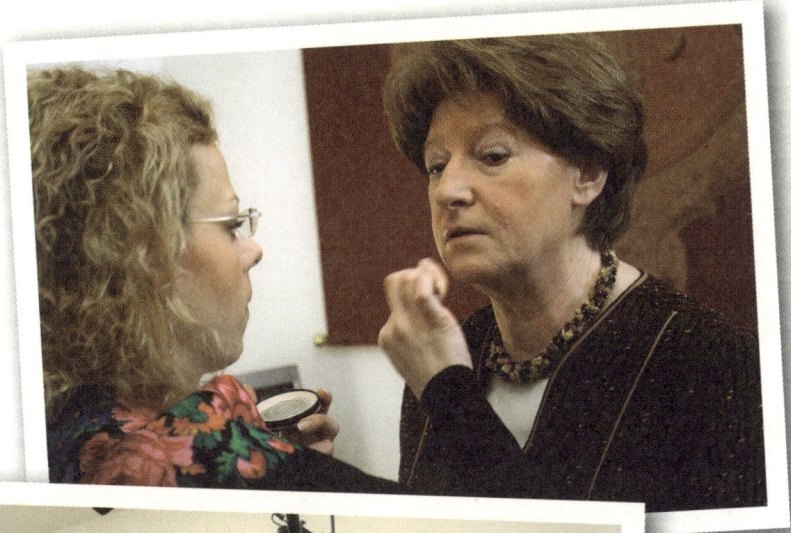

Rozdział 7

MIŁOŚĆ W GŁÓWNEJ ROLI
Dagmar Havlová
pierwsza Dama Czech w latach 1997–2003

Mało jest ludzi na świecie, którzy z miłości oddaliby życie. I mało jest ludzi, którzy oddaliby życie za Václava Havla. Ona by to zrobiła.

Eva Holubová, aktorka

Po drodze do Dagmar Havlovej było jak w amerykańskim filmie akcji. Zaczęło się od spotkania z Sharon Stone, a skończyło na aresztowaniu.

Ale po kolei. Żeby ustalić szczegóły naszej wizyty w Pradze, pojechaliśmy do Karlovych Varów. Tam, na festiwalu filmowym, była pierwsza dama organizowała wystawną kolację. Wśród gości byli między innymi Sharon Stone i Robert Redford. On – elegancki i nieszukający atencji dżentelmen. Ona – elegancka, bardzo seksowna i bardzo posągowa, ale też bardzo absorbująca otoczenie swoją osobą. Momentami przypominała panią Bundy: „Naprawdę? O mój Boże! To niemożliwe! Żartujesz! Jakie to ekscytujące!".

Nic dziwnego, że w tych okolicznościach Dagmar Havlová nie miała czasu na planowanie przyszłości. Skupiliśmy się więc na robieniu zdjęć, licząc, że do czegoś nam się kiedyś przydadzą. I ruszyliśmy w drogę do Warszawy. Na czesko-polskiej granicy nasz operator dźwięku nie spodobał się polskim celnikom. Zakuli go w kajdanki i zamknęli w areszcie, twierdząc, że jest na liście poszukiwanych przestępców. Nie liczyło się to, że w Polsce jest wpuszczany do Pałacu Prezydenckiego i Sejmu, więc na liście poszukiwanych być nie może. Kuriozalna sytuacja na granicy przeszła moje najśmielsze oczekiwania i swoją atrakcyjnością przerosła znacznie spotkanie z Sharon Stone w Karlovych Varach. Z własnym kumplem porozumiewałam się przez kraty, nosiłam mu do aresztu zakupy, a w końcu musiałam poinformować o tym wszystkim jego matkę. Jechać w ślad za policyjną nyską do aresztu w innej miejscowości i prawie dobę czekać na decyzję o zwolnieniu Huberta z aresztu – bezcenne. Nikomu nie życzę takich nieproszonych emocji. Bo oczywiście na koniec okazało się, że to była pomyłka. Dużego kalibru.

Do Pragi jedziemy więc w tym samym składzie. Znów zastajemy Dagmar Havlovą szykującą kolację dla zacnych gości. Tym razem ma przyjść trzydzieści osób wspierających jej fundację charytatywną.

Zanim przybyliśmy do restauracji, przypomniałam sobie wszystko, co czytałam na jej temat: że jest interesowna, żądna władzy, sprytna, kapryśna, bez skrupułów wykorzystuje sławę i pieniądze legendarnego prezydenta.

Tymczasem wita nas pogodna i uśmiechnięta. W różowej garsonce wygląda dziewczęco, choć przecież jest sporo po pięćdziesiątce. Prosi, żebyśmy jej towarzyszyli, a mnie – żebym pomogła jej wybierać menu. Zaskoczenie? Na pewno.

Tłumaczy, że ustalając menu, zawsze bierze pod uwagę to, iż mogą być goście, którzy przestrzegają jakiejś diety, wegetarianie lub osoby, które nie jedzą niektórych potraw ze względów religijnych. W jaki sposób można tak wszystkim dogodzić? To, zdaniem Dagmar Havlovej, proste: przygotowuje dwie wersje menu. Tym razem jednak nie będzie aż tak wielu gości, więc może wystarczy jedno. Skreśla wołowinę, bo wiele osób jej nie je. Co zostaje? Szef kuchni proponuje foie gras w płaszczyku z sosem vinaigrette i piersi z kurczaka faszerowane grzybami podawane z kremem awokado, polane słodkim sosem. Menu gotowe.

Podoba mi się, że Havlová jest konkretna, sprawna, szybka, zorganizowana. Tak jak ja jest zodiakalnym Baranem.

20 stycznia 1998 roku. W czeskim parlamencie trwa debata o prezydenturze Václava Havla. Parlamentarzyści mają zdecydować, czy wybiorą go na drugą kadencję. Posłowie opozycji mocno go atakują. Obrażają nie tylko jego, ale też jego przodków. Nikt nie staje w jego obronie. Nagle rozlega się gwizd. To gwiżdże Dagmar Havlová, pierwsza dama. Jak chłopak z podwórka, na palcach. W oczach ma autentyczną wściekłość.

W gazetach zawrzało: pisano, że takie zachowanie nie przystoi pierwszej damie. Ale ludziom się spodobało. Przysyłali jej listy z gratulacjami, kwiaty i gwizdki. Ktoś wyprodukował plakietki z tekstem: „Dwa ostre gwizdy do jednej izby".

Gdy po latach pytam ją, czy nie żałuje tamtego gestu, sprawia wrażenie zdziwionej pytaniem. Mówi, że to był gest żony, a nie pierwszej damy. Nie mogła milczeć, gdy obrażano jej męża. „Wiem, że w parlamencie nie należy gwizdać, ale w parlamencie nie należy też zachowywać się po chamsku, szczególnie w stosunku do prezydenta", w jej głosie słyszę stanowczość. Podkreśla, że 99,9 procent ludzi gratulowało jej i dziękowało.

„Pan prezydent też?", dopytuję. Uśmiecha się. Przecież mówiła, że 99,9 procent.

Dagmar Veškrnová ma na swoim koncie 50 ról filmowych, 200 telewizyjnych i teatralnych. Przez siedemnaście lat występowała w praskim Teatrze na Vinohradach. W 1998 roku wyszła za mąż za Václava Havla. Zrezygnowała z aktorstwa, by podjąć się najtrudniejszej z życiowych ról – Pierwszej Damy Republiki Czeskiej, a potem żony Legendarnego Byłego Prezydenta. Dlaczego najtrudniejszej? Bo gdy kobieta wychodzi za mąż za o siedemnaście lat starszego od siebie, bogatego mężczyznę, zwykle spotyka się z krytyką, przynajmniej wścibskich sąsiadek. Gdy aktorka wychodzi za mąż za prezydenta, rolę plotkujących sąsiadek przejmują media. I mogą do woli diagnozować, że kierowała nią chciwość, żądza władzy i bycia na świeczniku. A gdy mąż jest ukochanym przez naród prezydentem i zaledwie rok wcześniej stracił żonę, która była przy nim w najtrudniejszych czasach – wtedy nie ma litości.

Ślub mieli skromny, zaprosili tylko wąskie grono przyjaciół. Wśród nich był Petr H. Weigl, reżyser pracujący z Dagmar Havlovą. Pamięta jej promienny uśmiech. Mówi, że na nową drogę życia wkraczała z takim dziecięcym zainteresowaniem i miłością.

„Była bardzo zakochana", dodaje jej przyjaciółka Eva Holubová, aktorka. Podkreśla, że tylko ci, którzy jej nie znali, mogli sądzić, że „poszła za lepszym". Była przecież bardzo popularną aktorką, pracowała z dobrymi reżyserami. I nagle zrezygnowała z kariery, zgubiła swoją tożsamość. „Do tego trzeba mieć bardzo silną motywację. U Daszy tą siłą sprawczą jest miłość. Miłość i podziw. Spotkała Václava i podporządkowała mu całe swoje życie", mówi Holubová.

W prasie tymczasem zarzucano jej wykorzystanie starszego, schorowanego prezydenta.

Zadawano pytanie, jak Havel mógł to zrobić, skoro nie minął jeszcze rok od śmierci Olgi, jego poprzedniej żony. Halina Pavlovská, popularna w Czechach pisarka i scenarzystka pamięta, że wszyscy porównywali Dagmar z Olgą Havlovą. „Olga była starsza, przeżyła

z Havlem trudne lata biedy. Była kobietą milczącą, oszczędną w słowach, a więc robiła wrażenie osoby bardzo inteligentnej. Dasza
więcej mówiła, więc dawała więcej powodów do krytyki", mówi
Pavlovská.

Eva Holubová poznała Dagmar, gdy grała w sztuce Václava Havla *Puzuk, czyli utrudniona możliwość koncentracji*. Havel przyszedł
z Dagmar na premierę. Czekali w foyer, bo aktorzy mieli uścisnąć
dłoń prezydentowi. Bali się jednak podejść, więc Havlovie siedzie-
li sami. Podeszła do nich Eva. Przyznaje, że wypili trochę więcej, niż
wypada w takich sytuacjach. W końcu ona siedziała na jego kola-
nach, on trzymał za rękę Dagmar, a Eva mówiła jej, żeby nigdy nie
próbowała być taka jak Olga. Bo Olga to kto inny, Olga to przeszłość. „Zapamiętałam z tego pierwszego spotkania, że patrzyła na
Vaszka jak dziewczynka wpatrzona w swego królewicza. To było naprawdę piękne", śmieje się Holubová. Zaznacza, że Olgę Havlovą
bardzo szanowała. Dzięki niej zrozumiała, co to jest kobiece, oby-
watelskie spojrzenie na świat. Ale wie też, że nie było łatwo z nią
żyć. Ma czasem wrażenie, że postawiono jej pomnik tylko po to, by
móc pluć na Dagmar. Zna Havla od lat i wie, że nie zrobiłby nic
wbrew własnej woli, a już z pewnością nie zostałby marionetką w rękach kobiety. „Ten mężczyzna znalazł się tam, gdzie się znalazł, nie
dlatego, że ktoś go tam posadził, tylko dzięki temu, co zrobił w życiu. A tacy ludzie nie pozwolą sobą kierować", podkreśla.

Halina Pavlovská uważa, że Dagmar o wiele trudniej było być
pierwszą damą niż aktorką, bo nie miała scenariusza, za to – wielu
doradców. Każdy miał swoje wyobrażenie, jaka powinna być pierwsza dama. I wszyscy byli przekonani, że wszystko robi źle. „Ale to
ona to robiła, oni mogli tylko wyobrażać sobie, jak to jest", Pavlovská
nie kryje irytacji. Kiedyś była na spotkaniu z żonami prezydentów
i uważa, że Dagmar była tam najbardziej wyrazistą osobowością.
Owszem, miała okropne buty, ale pozostałe kobiety wymieniały
między sobą przepisy potraw narodowych. Pavlovská nie przebiera

w słowach: „Robiły na mnie wrażenie bezmyślnego stada kwok. Pomyślałam wtedy, że to całkowita degradacja współczesnej kobiety. Gdzie my jesteśmy? Wszyscy trują o emancypacji, o ambicjach kobiet, a tu zgromadziły się prezydenckie kuchty, które boją się uśmiechnąć. A potem z miną uczniów szkoły podstawowej idą na wycieczkę oglądać produkcję koralików. Okropne".

Zarzucano jej więc, że źle się ubiera, że brakuje jej powagi i dostojeństwa. A jeszcze doszła historia z psami. Václav i Olga mieli psa Dziulę. Gdy na Hradeczek (wiejski dom Havlów) wprowadziła się Dagmar, Dziula – słynna między innymi z tego, że ugryzła w piętę prezydenta Mitteranda – musiała odejść. Nie mogła mieszkać z bokserkami Dagmar. Odeszła do ludzi, których znała, nikt nie skazał jej na cierpienie. Ale Dagmar nie przysporzyło to popularności.

Bokserki Sugar (na cześć Marylin Monroe) i Madeleine (na cześć Madeleine Albright) drzemią podczas naszej rozmowy na skórzanych kanapach dla gości w gabinecie Dagmar Havlowej. Te kanapy przywiozła ze swojego mieszkania. Kiedyś siadała na nich z córką, dziś to leżanki dla psów. Psy zabiera ze sobą do pracy, bo często siedzi w biurze do późna. A one lubią atmosferę pracy. Kiedy Václav Havel organizował narady, wchodziły pod stół i przysłuchiwały się uczonym dysputom.

Rozmowa o zwierzętach zawsze dobrze robi na przełamanie lodów. Może dzięki temu, gdy pytam o początki bycia pierwszą damą, Havlová jest szczera. „Naturalnie, że było ciężko", przyznaje. Mówi, że długo nie rozumiała, dlaczego jest tak źle oceniana. Miała przecież mnóstwo zapału, entuzjazmu, chciała wszystko robić jak najlepiej. Po czasie zrozumiała, że chodzi o zazdrość. Wyszła za mąż za człowieka popularnego wśród kobiet, w dodatku bogatego. „A tego nigdy się nie wybacza", zauważa. On tymczasem był jedynym człowiekiem w pałacu, który chciał jej pomóc. Nigdy jej nie krytykował, wbrew protestom otoczenia pozwolił, by miała sekretarkę.

„Przecież nie chciałam mieć sekretarki, żeby malowała mi paznokcie, ale by czytała sterty listów. Ja te listy czytałam w weekendy do rana", wspomina. Większość listów zawierała prośby o pomoc. Dagmar zaczęła na nie odpowiadać. I tak zrodził się pomysł fundacji charytatywnej.

Jan Kábrt, dziennikarz „Mlada Fronta Dnes", przypomina, że gdy Dagmar była pierwszą damą, zaangażowała się w wiele akcji charytatywnych, między innymi na rzecz pomocy powodzianom. Dzisiaj poświęca pracy charytatywnej całą energię. Dzięki temu, jego zdaniem, jest wreszcie postrzegana jako osoba, która chce pomagać potrzebującym.

Fundację WIZJA 97 założyli z prezydentem wspólnie, niedługo po ślubie. Pomaga ludziom w ciężkich sytuacjach życiowych: starszym, chorym, niepełnosprawnym, upośledzonym. Funduje stypendia dla studentów uczących się za granicą. Prowadzi program zapobiegania chorobom nowotworowym.

Ja obserwuję kampanię uświadamiającą niebezpieczeństwa związane z rakiem jelita grubego. Dagmar Havlová występuje w spotach telewizyjnych wspólnie ze znanym lekarzem, gastroenterologiem Miroslavem Závorą. „W Republice Czeskiej na raka jelita grubego choruje co roku 8 tysięcy osób, a umiera 6 tysięcy. Dzięki zaangażowaniu pani Havlovej co roku ratujemy życie około tysiąca osób", mówi doktor, gdy się z nim spotykam. „Wspólnie promujemy testy, które pacjenci mogą zrobić u swojego lekarza rodzinnego. One pozwalają wcześnie rozpoznać chorobę. A rak wcześnie wykryty jest uleczalny w dziewięciu na dziesięć przypadków".

Jedziemy do siedziby Fundacji. To stara kamienica w centrum Pragi, w środku kilka pomieszczeń plus gabinety: pana prezydenta i jego żony. Na ścianach mnóstwo zdjęć i listów z podziękowaniami za pomoc. Wśród nich jest nawet pełen uznania dyplom od Rolling Stonesów.

Zdeǹk Soudny, asystent Dagmar Havlovej, mówi o swojej szefowej, że jest pracoholiczką i pedantką w dobrym tego słowa znaczeniu. Kiedy kończy pracę o jedenastej wieczorem, to jeszcze na zakończenie posprząta po sobie, włoży filiżanki do zmywarki, zgasi światło w całej kancelarii, sprawdzi, czy okna są pozamykane. Nie wychodzi, jeżeli jest nieporządek.

Eva Holubová ostrzega: „Jest jak motorek. Jeżeli chcecie z nią porozmawiać, to liczcie się z tym, że będziecie za nią biegać".

I rzeczywiście, gdy przyjeżdżamy do Fundacji, Havlová zaczyna działać jak maszyna. Porządkuje zastaną rzeczywistość, a ja zadaję jej pytania. Pierwsze jest oczywiste. Pytam, czy nie przeszkadzam. Okazuje się, że nic jej nie przeszkadza. Potrafi stworzyć wokół siebie strefę ochronną i działa wtedy jak – to jej określenie – tkaczka wielowarsztatowa. Wysyła dziennie kilkadziesiąt SMS-ów. Mam wrażenie, że wbrew temu, co mówił jej asystent o porządku na stole, tonie w papierach. Ale ona zapewnia, że to nie bałagan, a system. „Tutaj są sprawy, którymi zajmę się wieczorem, kiedy już będzie spokój. A tu dokumenty do podpisania, które muszę przejrzeć w spokoju, żeby nie podpisać czegoś, z czym później nie będę się zgadzać. Często są to sprawy finansowe. W nocy biurko będzie puste. Rano pojawią się nowe sprawy", tłumaczy.

Dziwię się, że na biurku nie ma komputera. Dla Dagmar Havlovej nie jest to sprzęt pierwszej potrzeby. Prowadzi dokumentację w formie elektronicznej, ale ma też dokumenty w segregatorach. One dają jej pewność, że wszystko jest uporządkowane, opisane, łatwe do znalezienia. Z komputera korzysta w podróżach służbowych. Na miejscu woli telefon. Ma dwa numery. Jeden zna tylko córka, drugi służy do kontaktów ze światem.

Co jeszcze jest niezbędne do pracy? Herbata. Uwielbia ziołowe i owocowe. Gdy jest zmęczona, nie może obejść się bez kawy.

Siedzi przede mną była pierwsza dama w białych letnich spodniach i klapkach. Nie mogę więc nie zapytać o strój. Mówi, że w tak swobodnym stylu ubiera się tylko wtedy, gdy nie ma żadnych spotkań, rozmów ani narad ze specjalistami. Ma świadomość, że musi bardzo uważać, by nie złamać etykiety: ciągle jest obserwowana. Choć i tak z mniejszą uwagą, a przynajmniej z większą życzliwością niż w czasach, gdy była pierwszą damą. Wtedy sama musiała stworzyć swój styl. Z domu wiedziała, że dama nie powinna nosić więcej niż dwóch kolorów – trzeci może być tylko dodatkiem, na przykład chusteczką w kieszonce. Starała się mieć buty i torebkę w tym samym kolorze. Innych porad szukała w książkach, ale na zakupy zawsze chodziła sama. Czasem sama projektowała strój i zlecała uszycie krawcowej. Czy zdarzały się wpadki? „Na początku z pewnością tak", przyznaje. Przypomina, że przez większość życia była aktorką i miała ubrania pasujące do zupełnie innych sytuacji. W dodatku w pół roku przytyła siedemnaście kilogramów. „Minęło trochę czasu zanim nauczyłam się tuszować swoje braki", mówi.

O ile o gust mogłabym się spierać, o tyle jestem przekonana, że w kwestii organizacji przyjęć Dagmar Havlová nie ma żadnych braków. Okazuje się, że i tu początki były trudne. Havlová ze zgrozą wspomina wizytę norweskiej pary królewskiej. To była pierwsza oficjalna wizyta, którą gościła jako żona prezydenta. Czuła się gospodynią, więc z niepokojem patrzyła, że goście ledwo kosztują pieczeń wołową w sosie śmietanowym i mnóstwo zostawiają na talerzach. Myślała, że im nie smakuje, zachęcała do jedzenia. Dopiero potem dowiedziała się, że podczas tego typu wizyt przy posiłkach przede wszystkim się rozmawia i przeważnie niewiele je – nie można przecież mówić z pełnymi ustami. *Faux pas* zostało jednak wybaczone. Z królową Sonią do dziś pozostaje w przyjaźni. Zdradza, że królowa zwierzyła się jej kiedyś, iż krótko po ślubie na jednym z przyjęć schyliła się, by podać żonie premiera chusteczkę, którą ta upuściła. Prasa norweska nie zostawiła na niej suchej nitki. Zarzucano jej, że prawdziwa królowa nigdy się tak nie zachowuje. Przez dwa lata przypominano jej to zachowanie.

Podoba mi się, że Dagmar Havlová nie ma problemu z opowiadaniem o swoich wpadkach. A jeszcze bardziej, że swobodnie przyznaje się, iż kiedyś sporo przytyła. W czasach, gdy marzeniem większości kobiet jest schudnąć choć parę kilo, to naprawdę wyjątkowe! Havlová tymczasem wierzy, że organizm sam wie, co jest mu potrzebne. Kiedy więc ma ochotę na coś słodkiego, to je słodycze, kiedy ma ochotę na owoce, je owoce. A co z wahaniami wagi? Ma dwa zestawy garderoby, w dwóch rozmiarach. Na różne okresy – kiedy jest szczuplejsza i kiedy tęższa. „Żebym nie musiała ograniczać się z jedzeniem", uśmiecha się. Co najbardziej lubi jeść? Dania kuchni czeskiej: pieczeń wołową w sosie śmietanowym, smażony panierowany kalafior, kaczkę z kapustą, knedliki. Ugotować potrafi wszystko, ale jej specjalnością jest kuchnia morawska. Chętnie eksperymentuje. Ostatnio udał jej się kurczak na sposób słodko-kwaśny z ananasem. Podlała go coca-colą i było to bardzo smaczne.

Mąż jest mistrzem gulaszu z piwem.

Właśnie, mąż... Naszą rozmowę przerywa telefon od prezydenta. Dagmar Havlová szybko przeprasza i równie szybko znika. „Traktuje mnie gorzej niż sekretarkę", śmieje się, gdy spotykamy się następnego dnia. Mimo że kadencja Václava Havla skończyła się, jest on w Czechach nadal bardzo ważną osobą. Przyjmuje zagraniczne delegacje, wciąż ma jakieś spotkania. Właściwie pracuje jak dawniej, tyle że kiedyś miał do dyspozycji stuczterdziestoosobowy sztab ludzi, a teraz ma trzech urzędników i Dagmar. Każdego ranka sporządza dla niej co najmniej dziesięciopunktową listę spraw do załatwienia. Gdy mu mówi, że ma mnóstwo własnych zajęć, a on ma przecież sekretarkę, słyszy: „Ale ty to zrobisz najlepiej". Wtedy zazwyczaj postanawia, że nauczy się wreszcie egoizmu, ale jednak wykonuje te wszystkie telefony, zanosi coś do pralni, przekazuje informację zleceniodawcy. I obiecuje sobie, że następnym razem tej listy w ogóle nie przeczyta.

Jaki plan na dziś? Musi wyekspediować na Hradeczek skrzynie. O wpół do pierwszej przyjedzie po nie samochód, a ona ma dopilnować, żeby niczego nie pomylili.

Przypuszczam, że prezydent nie jest łatwym partnerem. Ale, jak tłumaczy Eva Holubová, jest genialnym człowiekiem, a tacy ludzie nie bywają łatwymi partnerami. „On nie dba o siebie, a co dopiero o partnera", mówi. Wyjaśnia, że jest tego rodzaju człowiekiem, który gdy sobie postanowi, że doprowadzi do tego, by Republika Czeska była członkiem NATO, to choćby miał umrzeć on i jego rodzina, to do tego doprowadzi. Ma odwagę wyznaczać sobie ambitne cele i podążać za nimi. I już nie starcza mu czasu, żeby zwracać uwagę na to, czy ktoś ma potrzebę potrzymać go za rękę i pospacerować wzdłuż rzeki.

Gdy w 1968 roku Havel był już bohaterem, ona miała piętnaście lat. Pierwszy raz spotkali się dwadzieścia lat później, na premierze sztuki Josefa Topola *Głosy ptaków*. Rok później, w 1989 roku, spotkali się na obchodach trzydziestolecia teatru Semafor. Dagmar zapamiętała go jako człowieka potrzebującego opieki, bardzo nerwowego. Niedawno wyszedł z więzienia, dużo palił, wciąż rozglądał się dookoła. Przyjaciołom mówił, żeby nie stali blisko niego, bo wraz z nim trafią na przesłuchanie.

Dzisiaj dzieli życie z Legendą. Jedzą razem kolacje przy świecach, rozmawiają o wakacjach, dyskutują o życiu, o planach zawodowych. Mówi o nim, że jest najwspanialszym mężem na świecie, ale przyznaje, że bywa trudny. Kiedy coś sobie zaplanuje, zawsze to osiąga. Nie potrafi dostosować się do zmiany sytuacji – program musi zostać zrealizowany, zgodnie z nim układa mozaikę swoich zajęć. To czasem powoduje konflikty. Częściej jednak spierają się o drobiazgi. Permanentny spór toczą o zmywarkę. On zawsze zostawia naczynia na wierzchu. Gdy Dagmar wyjeżdża na dłużej, po powrocie zastaje górę naczyń ustawionych na blacie urządzenia. Dlaczego? Pytała setki razy, ale ciągle nie wie.

Twierdzi, że podział prac domowych jest sprawiedliwy, ale wygląda na to, że to jednak ona nimi kieruje. „To prawda, lubię mieć kontrolę nad wszystkim. Pierwsze pełne zdanie, które wypowiedziałam jako dziecko, brzmiało: »Ja sama«. I tak już zostało, zawsze chciałabym mieć rację", wyznaje. Ustępuje mężowi w sprawach, na których się nie zna, bo – jak mówi – uznaje, że jest genialny i zna się na rzeczach, których ona nie rozumie. „Nie ustępuję wobec autorytetu, ale wobec człowieka, który potrafi mnie przekonać, który ma odpowiednie przygotowanie, wiedzę i niebywałą inteligencję", tłumaczy. Twierdzi, że przypomina jej to czasem relacje między aktorem a reżyserem. Jako aktorka, widząc, że reżyser jest w pełni przygotowany, też zwykle ustępowała.

To dobry moment, by opowiedzieć o karierze aktorskiej Dagmar. Oglądam film *Dziewczyny z porcelany*, w którym debiutowała. Blondynka uczesana w dwie kitki i ubrana w kiczowate mini odsłaniające nieco niezgrabne nogi...

„Grała tam taką zwariowaną dziewczynę", wspomina Eva Holubová. „W tych dziewczęcych rolach zawsze była tą złą, która wszystko zepsuje. Była mi bliska, bo ja taka byłam. Przez dwadzieścia lat była jedną z najbardziej popularnych aktorek w kraju właśnie dlatego, że grała role zrozumiałe, z którymi można było się utożsamić".

Aktorką postanowiła zostać, gdy miała czternaście lat. Od siostry, która studiowała na wydziale śpiewu, dowiedziała się o istnieniu szkoły artystycznej i zdała tam egzaminy. Potem studiowała w Wyższej Szkole Artystycznej „Janaczka". Tam właśnie wygrała konkurs na rolę w *Dziewczynach z porcelany* w reżyserii Juraja Herza.

Dzięki temu filmowi została odkryta – potem długo obsadzano ją właśnie w rolach młodych, rozbrykanych dziewczyn. Choć, jak wspomina profesor Ladislav Lakomý z Wyższej Szkoły Teatralnej w Brnie (tam Dagmar Veškrnová stawiała pierwsze kroki w zawodzie), miała też wielki talent do ról dramatycznych. Podobno poważne teksty, na tematy z pogranicza życia i śmierci, interpretowała tak, że aż przechodziły ciarki. Kiedy zaczynała grać, miała osiemnaście lat i już wtedy była bardzo dobrze przygotowaną aktorką. „Jako jedyna z tej klasy zaczęła kręcić filmy", podkreśla profesor Lakomý.

Znany czeski reżyser Petr Weigl, u którego często występowała, mówi, że Dagmar należy do tych aktorek, którym reżyser jedynie wskazuje drogę, a rolę tworzy sama. Umie grać też role dramatyczne, także te najtrudniejsze – ekstremalne. Udowodniła to w teatrze.

Udowodniła to również w życiu, gdy przyszło jej się zmierzyć z chorobą Václava Havla.

W lipcu 1998 roku w stronę okien szpitala wojskowego w Pradze skierowane są dziesiątki obiektywów kamer i aparatów fotograficznych. Całe Czechy czekają na komunikaty o stanie zdrowia prezydenta. Walczy o życie. Znowu. Dwa lata wcześniej zdiagnozowano u niego nowotwór złośliwy płuc i usunięto płat prawego płuca. Jeszcze nie wiadomo, że znowu wygra. Niektórzy mówią, że tym razem wygrał dzięki niej.

Z pewnością dzięki Dagmar w ogóle dowiedział się, że choruje. Był 1996 rok (nie byli jeszcze małżeństwem), gdy zauważyła, że ciężko oddycha. Jego lekarze nie widzieli powodów do niepokoju, więc potajemnie zawiozła go na badanie płuc. Z rentgenem poszła do doktora Pavla Pavki, który rok wcześniej opiekował się jej ojcem. Lekarz powiedział, że wygląda to na przerzut do płuc. „A gdyby to nie był rentgen mojego ojca?", zapytała. „Czyj to rentgen?", zaniepokoił się. Wtedy przyznała, że prezydenta Havla. „Natychmiast musimy operować, to jest niezbędne!", zdecydował doktor Pavko. Wyjaśnił, że nowotwór jest bardzo mały, ma dwa centymetry, ale w ciągu dwóch tygodni może osiągnąć wielkość główki dziecka, a w następnym miesiącu nie będzie można go usunąć.

Václav Havel zwołał swoich najbliższych współpracowników, żeby przekazać im tę wiadomość. I ona, wtedy jeszcze aktorka Veškrnova, z rentgenem pod pachą, tłumaczyła kanclerzowi, dyrektorom departamentów i lekarzom, że prezydent musi być natychmiast operowany. Oni oczywiście nie chcieli o niczym słyszeć, mówili, że następnego dnia ma wizytę z Ukrainy, nie do odwołania. Ona na to, że za tydzień może być za późno. Po godzinie przyszedł doktor Pavko. Dopiero on przekonał urzędników, że gości z Ukrainy musi przyjąć ktoś inny.

Jeszcze tego samego wieczoru prezydent trafił do szpitala. Co więcej, bez wykrętów, rzucił palenie. Dla Dagmar był to początek bezsennych nocy, które miały powtórzyć się jeszcze wiele razy. Dwa lata później, kiedy umierał w Innsbrucku, potem przy operacji jelita w Pradze. Innsbruck był najgorszy, bo w tym czasie w Brnie umierał jej ojciec. Czuła, że opuszcza ją dwóch najbliższych mężczyzn. Mówi, że pomogła jej wiara, „więź z tym kimś, kto wszystkim z góry kieruje". Ukojenie znajdowała, paradoksalnie, na cmentarzu. Nie mogła wychodzić ze szpitala głównym wyjściem, bo tam czekał tłum dziennikarzy. Uciekała więc tylnym, przez garaż i piwnice, a ono wychodziło na cmentarz. W tej dojmującej samotności mówiła sobie, że wszystko jest przecież po coś, i jakimś cudem znajdowała siłę. Mówi, że nawet na chwilę nie traciła wiary, że Václav przeżyje.

Choć było trudno. Którejś nocy poinformowano ją, że właściwie wszystkie organy funkcjonują źle i sytuacja jest bardzo poważna. Nikt nie potrafił pomóc. Lekarze nie chcieli podjąć decyzji o przewiezieniu prezydenta do innego szpitala, bo bali się, że nie przeżyje transportu. Inne szpitale odmawiały przyjęcia go w obawie, że najgorsze zdarzy się u nich.

Prezydent przeżył, a Dagmar Havlová zyskała sympatię społeczeństwa. „To były pierwsze punkty dla Havlovej", mówi dziennikarz Jan Kábrt. „Opiekowała się Václavem najlepiej jak potrafiła.

Była cały czas przy nim. Nie tylko pokazała, że jest kobietą na właściwym miejscu, ale też sama w to uwierzyła".

Zdaniem Haliny Pavlovskiej ludzie zobaczyli wtedy, że ten związek ma sens. „Mężczyzną musi się ktoś opiekować", mówiły kobiety. „Przynajmniej będzie miał obok siebie ładną kobietę", mówili mężczyźni. „A i Václav przekonał się, że może na nią liczyć w trudnych sytuacjach. Nie tylko podtrzymywała go na duchu, ale też dbała, by w szpitalu traktowano go jak trzeba", podkreśla Pavlovska. „Gdy trzeba było, krzyczała na pielęgniarki lub domagała się zmiany lekarzy. Nikomu nie jest łatwo być pacjentem, a być bardzo ważnym pacjentem jest jeszcze trudniej. Bo wtedy lekarze chcą mu pomóc tak bardzo, że wypróbowują wszystkie najbardziej genialne terapie albo boją się zdecydowanych posunięć z obawy o pogorszenie stanu. Obie metody są fatalne, więc dobrze, jeśli ktoś nad tym czuwa. Dasza była taką właśnie osobą".

Gdy rozmawiam z Dagmar Havlovą o ciężkiej chorobie jej męża, mam przed sobą kochającą, zatroskaną i wzruszoną kobietę. Łamie jej się głos. Nie może pohamować łez. Jest autentyczna. Jest żoną, nie aktorką. Bardzo ludzka i bardzo bezsilna wobec problemów, które – o dziwo! – zdarzają się też ludziom na szczytach władzy, bezwzględnie odzierając ich z nietykalności i nieziemskości.

Opowiadając o chorobie prezydenta, Dagmar kilka razy przywołuje ojca. Córeczka tatusia? Chyba tak. Postanawiam to sprawdzić. Jedziemy z ekipą do jej rodzinnego Brna. Osiedle – jak wiele podobnych w dawnym bloku wschodnim. Czteropiętrowe bloki przypominające pudełka. Spokojna ulica, wzdłuż niej zaparkowane samochody. Na podwórku, gdzie pewnie się kiedyś bawiła, wyładowujemy z samochodu kamery i od razu zatrzymuje się dwóch młodych rowerzystów. Gdy filmujemy boisko, ciekawskich robi się więcej. Wśród nich dostrzegam mężczyznę w wieku zbliżonym do Dagmar. Okazuje się, że dobrze ją pamięta, byli sąsiadami z jednego podwórka. „Miała krótko ostrzyżone włosy", mówi Václav Cesar. – „Była chłopięca, grała w piłkę. Pasowała do naszej paczki".

Trudno mi to sobie wyobrazić, gdy przypominam sobie jej zdjęcia z wczesnych filmów, ale widocznie coś w tym jest.

Okazuje się, że jako mała dziewczynka niechcący podsłuchała rozmowę rodziców, w której ojciec mówił do mamy: „No widzisz, chciałem mieć syna". „Było mi wtedy bardzo przykro, popłakałam się, a potem, pewnie podświadomie, starałam się mu tego syna zastąpić", przyznaje. Pomagała mu więc w pracach murarskich, reperowała różne rzeczy – radio czy telefon. Te zdolności zostały jej zresztą do dziś. Gdy w domu psuje się telefon albo telewizor, przeważnie umie przynajmniej zdiagnozować usterkę. Słowa uznania ze strony ojca były dla niej zawsze niezwykle ważne. Córeczka tatusia? „Tak!", odpowiada z entuzjazmem. Gdy pierwszy raz wyszła za mąż, jeszcze na studiach, nazwisko na Nováková zmieniła tylko w dokumentach. To był gest wobec ojca. „Marzył, by przetrwało nasze nazwisko, a nie miał przecież syna". Kiedy wychodziła za mąż za Havla, rozważała możliwość, by używać podwójnego nazwiska, ale jednak – z racji stanowiska męża – było to trudne.

Gdy opowiada o ojcu, trudno się dziwić jej fascynacji. Człowiek renesansu, który potrafił dosłownie wszystko. Znał odpowiedź na każde pytanie, a jeśli nie, to potrafił wskazać encyklopedię, w której można tę odpowiedź znaleźć. Sam nauczył się grać na instrumentach muzycznych. Był pięcioboistą, w 1939 roku miał nawet znaleźć się w reprezentacji olimpijskiej, ale historia zdecydowała inaczej.

Zawsze chciała ojcu dorównać, więc też uprawiała sporty. Wszystkie oprócz narciarstwa, bo boi się złamań. Dzięki niemu pokochała książki i czytała z latarką pod kołdrą. No i żeby zaimponować tacie, starała się być bardzo samodzielna. Gdy rodzice wyjeżdżali, to ona, a nie o pięć lat starsza siostra, zajmowała się domem. Odpowiadała za rachunki, robiła zakupy, gotowała. „Dostawałam na to trzysta koron i jeszcze potrafiłam zaoszczędzić sto czterdzieści. Niedawno znalazłam notesik, w którym dokładnie zapisywałam, na co ile wydałam, z dołączonymi paragonami. Chyba ich krótko trzymałam", śmieje się.

Pytam, o jakiej przyszłości marzyła jako dziewczynka. Tak jak większość nastolatek chciała być szczęśliwą żoną, mieć rodzinę, dużo dzieci. No i chciała być nauczycielką, lekarzem weterynarii albo psychologiem.

Jak zwykle bywa z marzeniami, i te nie bardzo się spełniły. Ale z pewnością gdzieś w kufrach Dagmar Havlovej są pamiątki z tamtych czasów. Bo pani prezydentowa jest namiętną kolekcjonerką. Zresztą notesik z wydatkami z dzieciństwa jest tego niezłym dowodem.

Wokół biurka w siedzibie jej fundacji jest mnóstwo zdjęć i pamiątek. „Lubię otaczać się przedmiotami, z którymi związane są jakieś zdarzenia. To mnie wzmacnia", tłumaczy. I opowiada... Święte obrazki, bo jest osobą wierzącą. Muszelka, którą współpracownica przywiozła jej z Chorwacji. Figurka Don Kichota podarowana przez Evę Holubovą. Księga Psalmów i Przysłów, w której zaznaczone są najważniejsze zdania, między innymi to, który wysłała SMS-em umierającemu ministrowi Pavlovi Dostalowi, ale nie zdążył odpowiedzieć. Dziesiątki innych przedmiotów, z którymi wiążą się jakieś historie. A, jeszcze klucze! Małe, duże, zardzewiałe, lśniące, dziwne, tradycyjne. „Ten klucz jest rarytasem, można nim otwierać dwa różne zamki", mówi, pokazując klucz o lustrzanej konstrukcji. „Mam też klucze od sejfów, takie, które można rozłożyć, schować w częściach do kieszeni. Tutaj jest najmniejszy kluczyk, a tam jeszcze kluczyk z serduszkiem".

Klucze, jej zdaniem, symbolizują przede wszystkim otwieranie.

Może pomaga jej w tym kolekcjonowanie kluczy, może przymioty charakteru, ale niewątpliwie ma ogromną zdolność do otwierania portfeli. Podczas kolacji w Karlovych Varach zebrała 650 tysięcy koron na renowację starego kościoła w Pradze.

Idziemy tam razem z nią. Wśród starych kamienic ciężko znaleźć kościelne drzwi. Od 200 lat budynek nie służy celom sakralnym. Pozostały jedynie ścienne malowidła, najstarsze z 1370 roku. Historia budynku sięga 927 roku, zachował się oryginalny dach z XIII wieku. To Pražska Křižovatka, która dzięki fundacji WIZJA 97 stała się jednym z centrów kulturalnych Pragi. Dagmar Havlová wita się ze wszystkimi konserwatorami, którzy pieczołowicie, centymetr po centymetrze, odświeżają stare dzieła.

Wcześniej był tutaj magazyn teatru narodowego składający się z trzech kondygnacji. Wewnątrz jeździł dźwig towarowy. Rekonstrukcja kosztowała około 50 milionów koron. Teraz odbywają się tu wystawy, spotkania i dyskusje, które mają pokazać różnorodność dzisiejszego świata – religii i kultur, a od 1999 roku, 5 października, w dniu urodzin prezydenta, wręczane są nagrody Fundacji Dagmar i Václava Havlów. Przyznawane są osobom, które przyczyniają się do tego, by świat był lepszy. Pierwszym laureatem był naukowiec Karl Pribram, zajmujący się holografią mózgu. Potem wśród laureatów znaleźli się między innymi Umberto Eco i Zygmunt Bauman.

Z rozmów z Dagmar Havlovą i jej przyjaciółmi wyłania się obraz kobiety, która dojrzała do tego, by swoje życie poświęcić mężczyźnie. „Chcę, aby Václav był przedstawiany jako bogata osobowość – jako poeta, dramaturg, filozof, bojownik o prawa człowieka, dysydent, prezydent, jako wybitna postać", mówi, gdy opowiada o planie stworzenia biblioteki związanej z jego twórczością. Z rozbawieniem opowiada, jak umacniała brzeg w pobliżu ich domu w Portugalii, szlifowała wnętrza papierem szlifierskim i naprawiała dachówkę, bo mężowi przy wspinaniu na dach kręci się w głowie. Dlatego jestem zdumiona, gdy opowiadając o zmianie nazwiska po ślubie, wyznaje nagle, że czasem jest jej przykro, iż zrezygnowała z rodowego nazwiska. Przecież była znana jako Dagmar Veškrnova, nazywano ją Daszą, a teraz nagle została panią Havlovą. To sprawia, że ma czasem wrażenie wyobcowania.

Kuję żelazo póki gorące i pytam, czy stęskniła się za sceną. Dagmar uśmiecha się. A nawet promienieje. Bo teraz, gdy dawno skończyła się kadencja prezydenta, może sobie pozwolić na to, by zrobić coś dla własnego zadowolenia i radości. Tęskniła do tego przez cały okres prezydentury. Wtedy miała poczucie – ciekawe, że przyznaje się do tego dopiero pod koniec rozmowy – że nie ma swojego miejsca i nigdzie nie należy. Brakowało jej tarczy obronnej. Powrót na scenę okazał się wyjściem, światełkiem w tunelu.

Po dziewięciu latach przerwy, 17 marca 2006 roku, Dagmar Havlová znów staje na scenie. Gra w sztuce amerykańskiego dramaturga Israela Horovitza *Chwile prawdy*. Przed spektaklem mówi: „Długo zastanawialiśmy się, pod jakim nazwiskiem będę występować, i postanowiliśmy, że będzie to Havlová-Veškrnová. Temat spektaklu jest uniwersalny. Dotyczy odpowiedzialności za drugą osobę, odpowiedzialności za siebie samego. To głęboki, ludzki spektakl".

Jej decyzja ucieszyła przyjaciół. Petr Weigl: „Nawet najmocniejsza rola w życiu prywatnym, rola pierwszej damy, nie dostarczy jej tej skali przeżyć, co aktorstwo. To jest najmocniejszy rodzaj samorealizacji".

Eva Holubová jest pewna, że Havel w sercu jest przede wszystkim dramaturgiem, a Dagmar przede wszystkim aktorką. Choć nie ma wątpliwości, że jeśli znów, nie daj Boże, były prezydent będzie miał kłopoty zdrowotne, ona porzuci teatr.

Na razie wszystko układa się lepiej, niż mogli sobie wyobrazić. Ona gra w teatrze regularnie, w 2008 roku wróciła przed kamerę. W 2010 roku Václav Havel nakręcił film na podstawie własnej sztuki teatralnej *Odejścia*. W głównej roli żeńskiej wystąpiła Dagmar.

Nie można wymarzyć sobie lepszej pointy. Tylko dla porządku więc pytam Dagmar Havlovą, czy myśli o polityce. Owszem, miała kilka propozycji kandydowania do Senatu, z różnych partii. „Myślę jednak, że moje miejsce jest gdzie indziej. W działalności charytatywnej i przy mężu, który jest postacią wyjątkową. I skoro już zostało mi dane być przy nim, chronić go i mu służyć, to tutaj jest moje miejsce. Tak być powinno".

DAGMAR VEŠKRNOVÁ-HAVLOVÁ

Urodzona 22 marca 1953 roku w Brnie.

Absolwentka konserwatorium i studiów aktorskich w Wyższej Szkole Teatralnej im. Janaczka w Brnie. W 1974 roku zadebiutowała w filmie *Dziewczyny z porcelany*.

Przez 17 lat związana z praskim Teatrem na Vinohradach. Najbardziej zapamiętane role na scenie to Joanna d'Arc, Katarzyna w Szekspirowskim *Poskromieniu złośnicy*, Lady Makbet. Ma na koncie ponad 50 kreacji filmowych oraz 200 telewizyjnych i teatralnych.

W 1997 roku wyszła za mąż za prezydenta Czech Václava Havla. Na dziewięć lat porzuciła aktorstwo, by być pierwszą damą. Założyła fundację WIZJA 97, w której działa na rzecz ochrony środowiska, walki z rakiem, przeciwko rasizmowi i łamaniu praw człowieka.

W 2006 roku wróciła na scenę. Latem 2010 roku wystąpiła w filmie *Odejścia* w reżyserii Václava Havla.

Ma córkę z pierwszego małżeństwa, Ninę. Z Václavem Havlem mają dwa domy, w Pradze i w Portugalii.

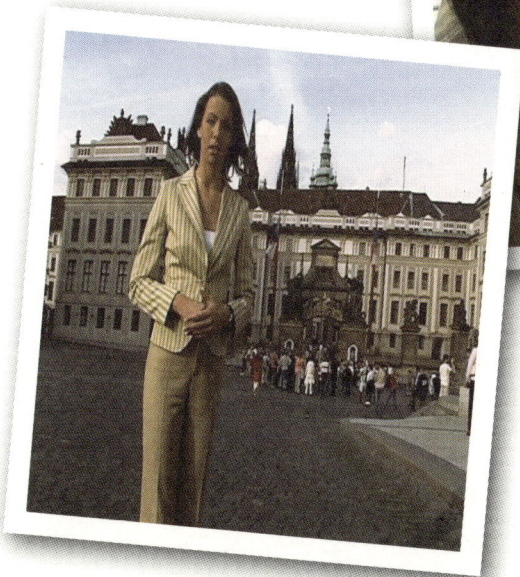

Rozdział 8

W CZERWONEJ SPÓDNICY
Dora Bakojanni

burmistrz Aten w latach 2002–2006,
minister spraw zagranicznych Grecji
w latach 2006–2009

Szczególnie trudno jest kobietom, które – tak jak ja – chcą
mieć wszystko: być matką i żoną, a jednocześnie robić ka-
rierę. To oznacza nieustanną walkę z czasem.

Dora Bakojanni

Będzie cieplej. To pewne. Różnica temperatur między Warsza-
wą i Atenami jest w grudniu oczywista. A to oznacza lżejszy bagaż,
a później słońce, zieleń i dobry humor, co w obliczu depresyjnej
szarości i zacinającego śniegu jest nową jakością.

Długo przymierzaliśmy się do tego wyjazdu. Bo długo zastanawialiśmy się, która z dwóch Dam Olimpiady w Atenach bardziej nas
zaciekawi. Dora Bakojanni czy Gianna Angelopulos-Daskalaki? Szefowa miasta czy członkini Komitetu Olimpijskiego? Żeby mieć pewność, że wybieramy dobrze, zaczęliśmy węszyć. Pytaliśmy dziennikarzy, pracowników ambasad – polskiej w Atenach i greckiej
w Warszawie (te ostatnie spotkania owocują do dziś przybywającymi
do mnie z okazji Świąt greckimi winami i Metaxą). Wszyscy ożywiali

się, kiedy zaczynali opowiadać o Dorze Bakojanni. Że odważna, że z politycznej rodziny, że z ciekawym i tragicznym życiorysem, że świetna pani burmistrz, a w przyszłości może też premier. Wszyscy przekonywali, że jeżeli jechać do Grecji po ciekawy wywiad, to tylko do niej.

To była naprawdę dobra rekomendacja. Po lekturze kilkudziesięciu artykułów i notek biograficznych pomyślałam, że jej życiorys nadawałby się na filmowy scenariusz. Później okazało się, że już nieraz jej to proponowano.

A z czego ucieszyłam się jak dziecko? Z tego, że tak jak ja ma 183 centymetry wzrostu.

Na lotnisku im. Eleutheriosa Venizelosa (to grecki bohater z przełomu XIX i XX wieku, przy okazji – wuj Dory Bakojanni) w Atenach lądujemy rok i cztery miesiące po olimpiadzie. Czeka na nas Kasia Jakielaszek z polonijnego „Kuriera Ateńskiego" – będzie nam dzielnie asystować przez cały pobyt. Od niej dowiadujemy się, że lotnisko powstało w 2001 roku, w ramach przygotowań do olimpiady. Świetnie się wtedy sprawdziło. Do centrum można w około godzinę dojechać specjalną kolejką albo popędzić samochodem nowo wybudowanymi autostradami. Objuczeni sprzętem, wybieramy samochód. I szybko przekonujemy się, że słowo „pędzić" na tej trasie oznacza zupełnie co innego, niż zwykliśmy uważać. Ledwo dojechaliśmy do granic miasta, utknęliśmy w korku, jakiego wcześniej nie widziałam. Okazuje się, że statystyki mówiące, iż aż dwie trzecie mieszkańców Aten nie uznaje publicznej komunikacji, zdecydowanie są prawdziwe. I że Grecy chyba niespecjalnie przejmują się przepisem, który mówi, że w dni parzyste mogą jeździć tylko samochody, których rejestracja kończy się na numery parzyste, a w nieparzyste odwrotnie.

Ogłuszający hałas klaksonów, silników i krzyczących kierowców plus otępiające kłęby spalin skutecznie podnoszą poziom irytacji. Ponieważ jednak jesteśmy tu w pracy, nie ma czasu na pielęgnowanie wkurzenia. Mamy chwilę na rozpakowanie bagaży i jedziemy do ratusza. W pełnej gotowości, z kamerami. Akurat odbywa się posiedzenie rady, więc mamy okazję sfilmować Dorę Bakojanni w pracy.

Instalując w sali obrad sprzęt, obserwujemy zaskakujące sceny. Na korytarzu aż kłębi się od papierosowego dymu. Radni palą na potęgę, a pety rzucają na podłogę. Nieliczne popielniczki są przepełnione do granic. Grecki zwyczaj: palenie na ogólnodostępnych korytarzach, gaszenie na ogólnouczęszczanych podłogach. Zobaczymy to potem jeszcze kilka razy. Swoboda obyczajów tutejszych palaczy jest porażająca. Co ciekawe, gdy w 2009 roku władze wprowadzą próbny zakaz palenia w miejscach publicznych, eksperyment się nie powiedzie. Jednak od września 2010 roku znów nie wolno palić w urzędach ani nawet kawiarniach. Trudno mi to sobie wyobrazić.

Tymczasem w ateńskim ratuszu przez dym przenikają dziesiątki decybeli wywołanych przez dyskutujących wybrańców narodu. Chaos jak w podstawówce. Kiedy wchodzi Dora Bakojanni, wszyscy milkną. Wygląda to tak, jakby do rozbrykanej klasy weszła nauczycielka. Jest wysoka i piękna, zdecydowanie wyróżnia się z tego tłumu. Czarnymi oczami, długimi czarnymi włosami, szerokim uśmiechem, różową bluzką i spokojem. Robi wrażenie.

Wrzesień 1990 rok, ulica Omiru 25, centrum Aten. Emocje, złość, dziesiątki policjantów i tłumy gapiów. Właśnie w zamachu zginął Pavlos Bakojanni, mąż Dory. Strzelali członkowie grupy „17 listopada" – greckiej organizacji terrorystycznej specjalizującej się w zabójstwach na tle politycznym. Pavlos Bakojanni, poseł Nowej Demokracji, ginie na chwilę przed kolejnym wystąpieniem w parlamencie, wychodząc ze swojego biura.

Zdaniem Angelosa Athanassopoulosa, dziennikarza gazety „To Vima", zamach ten wzmocnił i zahartował charakter Dory. „Bez wątpienia to był dla niej potężny cios. zrozumiała wówczas, że będzie musiała być twarda wobec innych", mówi.

Według Kostasa Argyrosa, dziennikarza NET TV, Dora za punkt honoru uznała kontynuowanie dzieła swojego męża. Podkreśla, że nigdy nie rozgrywała politycznie sprawy zamachu. Wielokrotnie wypowiadała się na temat terroryzmu, na temat organizacji „17 listopada", ale nigdy nie podeszła do tej kwestii osobiście. „Nie okazuje publicznie emocji", zaznacza. Naród to docenił, co zaprocentowało w jej dalszym życiu politycznym.

Jej brata Kiriakosa Mitsotakisa pytam, czy kiedykolwiek myślała o zemście. Odpowiada stanowczo, że w demokracji nie ma miejsca na zemstę, a tylko na sprawiedliwość. Sprawiedliwości zaś stało się zadość. Grecka policja złapała morderców. Większość grupy została skazana na życie w więzieniu. „A Dora? Jest silna. Potrzebowała czasu, dużo czasu. Ale dała sobie z tym radę", mówi jej brat.

Dla Dory Bakojanni, mimo upływu lat, mówienie o tym jest wyzwaniem. Cedzi słowa, jakby chciała, żeby jej przekaz był pewny i wyraźny. Brzmi jak odważna kobieta. Z tamtego dnia zapamiętała głównie złość. Najpierw nie czuła nic, nie docierało do niej to, co się stało. Potem przyszła złość i choć minęło tyle lat, nie wie, czy kiedykolwiek się jej pozbędzie. Pytam, czy chciała zemsty. „Zemsta jest bardzo złym uczuciem, więc starałam się je zwalczać. Nie tylko ze względu na siebie, ale również z uwagi na dzieci. Zwalczyłam chęć zemsty, ale nie potrafię wybaczyć", wyznaje. Jej dzieci miały wtedy dwanaście i dziesięć lat.

Przypomina mi się powtarzana w takich sytuacjach maksyma: „Co nas nie zabije, to nas wzmocni". Dla Dory Bakojanni ten koniec był jednocześnie początkiem. Już miesiąc po zamachu pod całodobowym okiem ochrony angażuje się w kampanię wyborczą Nowej Demokracji. Startuje z okręgu Eurytania i wygrywa.

Ateński ratusz – dwupiętrowy budynek rozciągający się na długości około dwustu metrów, z flagą na centralnym balkonie. Nie sposób nie zorientować się, że tu właśnie urzęduje szef.

Konkretnie – szefowa, która pierwszego dnia pracy, gdy tylko odebrała życzenia i gratulacje, powiedziała: „Odebrałam już życzenia. Teraz spotykam się ze swoimi współpracownikami, żeby jak najszybciej zacząć pracę i nie tracić cennego czasu".

Aby uścisnąć jej dłoń na powitanie, idę przez wielki, chyba trzydziestometrowy gabinet. Patrzę na nią z daleka, z drugiej sali oddzielonej od jej pokoju podwiązanymi po bokach ciężkimi kotarami. Siedzi przy potężnym biurku – mam wrażenie, że nie pasuje do tych przestrzeni. Zgarbiona, coś podpisuje. Obok asystentki czekają z kolejnymi papierami.

Wreszcie odzywa się. „Hello, how are you", mówi, a ja w mig rozumiem, na czym polega jej magnetyczna siła. Niski, aksamitny głos czaruje głębią. Magia trochę topnieje, gdy orientuję się, ile pali. Ja nie palę, ale po kilku dniach spędzonych w Atenach rozumiem, że trudno jest rzucić palenie, kierując tym miastem. Ma piękny uśmiech. Musi mieć dobrego dentystę, skoro przy tylu wypalanych papierosach zachowała zniewalająco białe zęby. Niski głos i wysoki wzrost dodają jej powagi. No i jeszcze spojrzenie. Od Anna Kozak, mieszkającej w Atenach Polki, prezes Grecko-Polskiego Związku Przyjaźni i Współpracy, dowiaduję się, że wzrok to potężna broń Bakojanni. Podobno, gdy chce coś wyegzekwować od współpracowników, wystarczy, że spojrzy.

Wierzę. Patrzę na nią i myślę: „Jest jak królowa. Od razu czuć, że ma władzę".

Można przypuszczać, że Dora Bakojanni trafiłaby do polityki tak czy inaczej. Dorastała w politycznym klanie. Jej ojciec, Konstantinos Mitsotakis, był w latach 1984–1993 liderem konserwatywnej partii Nowa Demokracja, a w latach 1990–1993 premierem Grecji. Wspomniany już wuj, patron ateńskiego lotniska, Eleutherios Venizelos brał udział w powstaniu na Krecie przeciw Otomanom w 1897 roku, a zmarł w 1936 roku. Brat, Kiriakos Mitsotakis, jest posłem Nowej Demokracji. Jest najmłodszy z rodzeństwa. Dora jest najstarsza. Pomiędzy są jeszcze dwie siostry. Między Kiriakosem a Dorą jest niemal czternaście lat różnicy. Wspomina, że kiedy się urodził, Dora troskliwie się nim opiekowała. Ale już wtedy była twarda. Kiedy rodzice próbowali go rozpieszczać, ona zawsze wprowadzała dyscyplinę. Od samego początku kochała też politykę.

Choć wiedziała, że nie będzie to łatwa miłość. Miała trzynaście lat, kiedy wprowadzono w Grecji dyktaturę pułkowników. Wraz z rodziną znalazła się wtedy w areszcie domowym. „Bardzo wcześnie zrozumiałam, jaka jest różnica między demokracją a dyktaturą. I to jest prawdopodobnie jeden z powodów, dla których tak twardo sprzeciwiam się wszelkim przejawom faszyzmu. Dla mnie wolność i demokracja to rzeczy, o które zawsze trzeba walczyć. One nie są dane tak po prostu. Demokracja jest jak kwiat. Kiedy go nie podlewasz, umrze", mówi.

W 1966 roku rodzina wyemigrowała do Paryża. Wrócili w 1972 roku, gdy do Grecji wróciła demokracja. Dora Bakojanni pamięta, że silne było w nich przekonanie, iż nadal muszą walczyć. Denerwuje ją, gdy ludzie mówią: „Boże, polityka! Lepiej trzymaj się od tego z daleka, to okropne!" Ona uważa, że jeśli naprawdę chce się coś zmienić, choćby tylko trochę, trzeba wejść w politykę.

Pierwsze polityczne kroki stawia u boku ojca. Zostaje ministrem kultury w jego rządzie. Gdzie indziej być może mówiono by o nepotyzmie. W Grecji to jednak standard. Kostas Karamanlis, szef Nowej Demokracji w latach 1997–2009, jest bratankiem wielokrotnego premiera i dwukrotnego prezydenta Grecji. Premier Jorgos Papandreu, szef PASOK, partii socjalistycznej, jest synem premiera, który rządził Grecją w latach osiemdziesiątych i dziewięćdziesiątych, i wnukiem premiera z lat czterdziestych i sześćdziesiątych. Z politycznych klanów pochodzi wielu posłów i eurodeputowanych. W powszechnym odczuciu takie pochodzenie ułatwia dostęp do świata polityki.

Obserwatorzy podkreślają, że w przypadku Dory kluczowe było jednak małżeństwo, a nie dziedzictwo. Kostas Argyros przekonuje mnie, że Pavlos Bakojanni był jednym z najważniejszych polityków nowożytnej, współczesnej Grecji. „Potrafił patrzeć w przyszłość, wykraczając poza granice swoich czasów. To naznaczyło Dorę", mówi.

Po latach parlamentarnej pracy nad prawem antyterrorystycznym w jej życiu pojawia się drugi zamach. Tym razem na jej życie. 13 grudnia 2002 roku Dora Bakojanni zostaje postrzelona przez nieznanego napastnika. Jeden ze strzałów ciężko rani jej kierowcę. „To był dla niej szok, ale nigdy nie przyszło jej do głowy, żeby poddać się z tego powodu", mówi jej brat.

Pytam panią burmistrz, czy po tych doświadczeniach wspartych wieloletnią pracą na rzecz zwalczania terroryzmu, wierzy, że wyeliminowanie terroryzmu jest możliwe. Szczerze odpowiada, że nie sądzi. Przypomina, że u jego podstaw leży bieda, a przede wszystkim różnice w zamożności różnych części świata. W wielu stronach świata ludzie żyją bez wody pitnej, bez podstawowej opieki medycznej, a bogate społeczeństwa nie są wcale skore, by dzielić się swoimi dobrami. „Jeśli więc nie będziemy chcieli tego zmienić, będzie ciążyć na nas odpowiedzialność za terroryzm", podkreśla.

W tym kontekście dziwię się trochę, że zamieniła politykę centralną na lokalną. Przez lata zajmowała się sprawami polityki zagranicznej i obronnej, skąd wydaje się bliżej do zwalczania terroryzmu. Ona mówi jednak, że było to działanie głównie teoretyczne. Bycie burmistrzem tymczasem wymaga działania praktycznego, poświęcenia dużej uwagi szczegółom, bo to one powodują zmiany. W ciągu dziesięciu lat Ateny z jednokulturowego miasta, w którym 99,5 procent mieszkańców było ortodoksyjnymi Grekami, stały się miastem kosmopolitycznym. Dziś 23 procent ateńczyków to imigranci. „Mieszkańcy mieli mało czasu, by przyzwyczaić się do tej zmiany, a jednak radzą sobie.

Bez żadnych nacisków i zamieszek" – widzę, że Dora jest z tego dumna. Jej sposób na rządzenie miastem? Nie zaniedbywać niczego. Dba nawet o kwiaty, bo jak tłumaczy, ludzie powinni widzieć wokół siebie kolory, widzieć, jak zmieniają się wraz z porami roku.

Największy problem burmistrza Aten? Dora Bakojanni śmieje się, że mogłaby napisać o tym książkę: „Są problemy społeczne, starzy ludzie czują się coraz bardziej samotni, narastają problemy ekonomiczne, problemy ze śmieciami. Burmistrz nigdy się nie nudzi, zawsze jest jakiś problem. Proszę mi wierzyć".

Wierzę. Wierzę i widzę. Wszak przyjechałam tu autostradą, która przypominała raczej parking niż drogę szybkiego ruchu. Szybko przekonuję się, że w godzinach szczytu tak wyglądają wszystkie główne ulice w mieście. A co ze śmieciami?

W zaprzyjaźnionej greckiej stacji telewizyjnej oglądam archiwalne zdjęcia ateńskich ulic przykrytych śmieciami. Na ulicach leżą zwały foliowych worków z odpadami, są ich dziesiątki, jedne na drugich, tarasują przejazd. Wyglądają, jakby wysypały się z gigantycznej śmieciarki. Później zobaczę podobne zdjęcia z Neapolu. W stolicy włoskiej Kampanii ten bałagan wyniknął z mafijnych nieporozumień. A w stolicy Grecji? Z nieporozumień między dzielnicami. Okazuje się, że burmistrz Aten nie ma własnych, miejskich pieniędzy, a określoną kwotę przyznaje mu rząd. Co więcej, nie może tymi środkami swobodnie dysponować – swoje pomysły musi konsultować z władzą centralną. A jednocześnie musi bardzo ściśle współpracować z burmistrzami dzielnic spoza centrum Aten. Jeśli któryś z nich zamyka wysypisko, problem – w tym wypadku dosłownie – rozlewa się na całe miasto.

Kiedy spacerujemy po Atenach, widać, że jest lepiej. Nie ma śmieci, a na wysepkach na skrzyżowaniach pojawiły się małe klomby, przy krawężnikach – kwietniki. Jednak i tak po raz pierwszy od dawna mam wrażenie, że Polacy to czyścioszki i higieniczni pedanci.

Zaczepiamy przypadkowych mieszkańców, by zapytać, co są-
dzą o swojej burmistrz.

– Poprawiła stan czystości miasta. I rozszerzyła trochę obszary
zieleni w mieście.

– Nie jestem zwolennikiem jej formacji politycznej, ale Dora mi
się podoba. Jako burmistrz postępuje słusznie. Wiele zmieniło się
na korzyść. Ateny wyładniały.

– Dora jest najlepszą rzeczą, jaka mogła nas spotkać. Cokolwiek
przejdzie przez jej ręce, zmienia się na lepsze.

– To wielka osobowość. Można określić ją jako damę.

Budzi się we mnie dziennikarska podejrzliwość. Skąd taka popularność? Przeglądam gazety z nadzieją, że tam znajdę krytyczne
artykuły. Tymczasem na pierwszych stronach widnieją jej zdjęcia
i pełne entuzjazmu podpisy. Okazuje się, że właśnie wygrała inter-
netowy konkurs na najlepszego burmistrza świata. Dostała 7,5 tysiąca głosów i zdeklasowała w ścisłej czołówce 64 kontrkandydatów.

Jej brat twierdzi, że to dzięki olimpiadzie. „Miesiąc temu byliśmy razem w San Francisco", opowiada. „Spotykaliśmy na ulicach
osoby, które ją rozpoznawały i pokazywały sobie palcami:»O, burmistrz Aten«".

Kiedy jesteśmy w Atenach, ogień olimpijski rusza akurat do
Włoch. Jego kolejny cel to Turyn – tam będzie następna olimpiada,
tym razem zimowa. Pożegnanie z ogniem jest uroczyste, ale na sta-
rożytnym ateńskim stadionie olimpijskim nie ma tłumów. Są za to
ci, którzy przyczynili się do tego, że ów ogień trafił do Aten. Jest Dora. Idzie wzdłuż trybun i macha ręką. Kiedy przechodzi obok siedzą-
cych tam dzieciaków z pobliskiej szkoły, macha jeszcze mocniej
i uśmiecha się bardziej. Kiedy podchodzi do sektora VIP-ów, wszyscy skupiają się na niej. Podchodzą, podają ręce, witają się, rozmawiają. Czuje się, że jest największym VIP-em ze wszystkich. Widać
szacunek i uznanie. Wcześniej wielu wątpiło w jej możliwości.

Brat Dory wspomina, że przed olimpiadą nawet Grecy nie wierzyli, że to się może udać. Ludzie mówili: „Nie, nie damy rady", „Jesteśmy zbyt małym krajem", „Nie zdążymy". A jednak zbudowano nowe metro, nowe lotnisko, nowy system autostrad. Ateny stały się dużo bardziej nowoczesne, kosmopolityczne, mniej skupione na swojej przeszłości, a bardziej na – jak wydawało się wtedy – obiecującej przyszłości.

Beata Żółkiewicz-Siakantaris, dziennikarka polskojęzycznego „Kuriera Ateńskiego", podkreśla, że Dora świetnie sprawdziła się wtedy jako organizator. Z Aten – miasta trudnego – uczyniła miasto bliższe mieszkańcom.

A nie miała łatwego zadania: musiała zadbać o zaprowadzenie porządku w mieście, które było synonimem chaosu. Musiała uporządkować ruch uliczny, poprawić komunikację i skłonić ludzi, by chcieli z niej korzystać. Z ulic usunięto tysiące reklam i billboardów, miasto kupiło kilkaset nowych śmieciarek i maszyn do mycia ulic. Jedną ze śmieciarek poprowadziła przez miasto osobiście. Zaapelowała do właścicieli domów o ich odmalowanie i usunięcie z dachów anten. Zagroziła surowymi karami za śmiecenie na ulicy. Jednak nie wszystkie jej pomysły spotkały się z uznaniem. Musiała obiecać, że krzywda nie spotka bezpańskich psów, które błąkają się po stolicy. Plotkowano potem, że psy zabito, ale chyba rozpuszczali ją nieżyczliwi wrogowie pani burmistrz, bo olimpiada się skończyła, a zwierzaki wróciły i mieszkają w centrum – jest ich mnóstwo. Dora Bakojanni namawia teraz do ich adopcji.

„Nigdy pani nie myślała, że się nie uda?", pytam. Przyznaje, że miała obawy, ale była optymistką. „Ufałam Grekom, wiedziałam, że wszystko będzie dobrze. Że będzie tak jak w tańcu – zaczynamy tańczyć bardzo wolno, a potem przyspieszamy i przyspieszamy, aż w końcu jest crescendo. To właśnie odzwierciedla to, co stało się w Grecji", mówi. A ja jednak myślę, że to, co się stało, to nie kwestia tańca, tylko cudu. Dach na stadionie olimpijskim został zamontowany na dzień przed inauguracją. Dora Bakojanni pamięta swoje podekscytowanie w dniu otwarcia igrzysk. Była bardzo dumna, ale towarzyszył jej niepokój. To była pierwsza olimpiada po 11 września 2001 roku. Było mnóstwo plotek o możliwych atakach terrorystycznych. Dziś mówi, że nie wierzyła, iż olimpiada mogłaby stać się celem terrorystów, ale dodaje, że takie oświadczenie łatwo wygłasza się po fakcie. Bo choć igrzyskom przyświeca idea pokoju, współpracy i współzawodnictwa ludzi różnych narodowości i wyznań, a więc zupełnie przeciwstawna niż terrorystom, to jednak wiadomo, że owi terroryści nie kierują się żadną logiką.

Ateny po olimpiadzie są niewątpliwie piękniejsze. W centrum. Ale zostało po niej gigantyczne miasteczko olimpijskie. Jedziemy zobaczyć, jak ono wygląda. Ciągnąca się po horyzont płaszczyzna, na której stoją sportowe obiekty: hala do pływania, hala do tego, hala do tamtego, wreszcie główny olimpijski stadion. Historia igrzysk zaczęła się w Atenach, igrzyska w Atenach zaczęły się właśnie na nim. Ma 80 tysięcy miejsc. Pustych miejsc. Staramy się dowiedzieć, czy coś się tu w ogóle organizuje. Spotykamy sprzątających robotników. Mówią, że latem nie ma tu żadnych zawodów. Zastanawiam się, co się tu w takim razie dzieje, oprócz tego, że za trzy euro można te pozostałości po olimpiadzie zwiedzić. Przecież wydano na to wszystko kupę pieniędzy, wszystkie okołoolimpijskie projekty kosztowały 123 miliony euro.

Dora Bakojanni odpowiada ogólnikami. Mówi, że niektóre z tych obiektów zostaną wykorzystane i świetnie się rozwiną, bo interesuje się nimi sektor prywatny. Z innymi będzie problem. Tłumaczy, że to jest problem wszystkich miast, w których organizowano duże imprezy sportowe.

Na razie znaleziono tylko pomysł na wioskę olimpijską, w której podczas igrzysk mieszkali sportowcy. Domy zostały rozlosowane wśród najbiedniejszych mieszkańców Aten. Warunkiem uczestnictwa w losowaniu był niski dochód i co najmniej dwoje dzieci. Żeby móc tam zamieszkać, przyszli lokatorzy dostali od państwa pożyczkę, bez obowiązku spłaty odsetek.

Dobre i to.

Ateńczycy doceniają jednak, że dzięki olimpiadzie mają nowoczesne lotnisko i autostrady. „Grecja to nie Szwajcaria", zauważa Kiriakos Mitsotakis i trudno się z nim nie zgodzić. „Tu nigdy nie będzie wszystko chodzić jak w zegarku, ale jest lepiej niż kiedyś". Przypomina, że kiedyś jechał do pracy godzinę, a teraz zajmuje mu to 35-40 minut. To duża różnica.

Gdy opowiadając o niewykorzystanym miasteczku olimpijskim, próbuję podać w wątpliwość zasługi pani burmistrz, spotykam się ze zdumieniem. Wszyscy – mieszkańcy, dziennikarze, nawet politycy, mówią: „To nie jej wina, a rządu".

Trzeba przyznać, że Dora Bakojanni ma bardzo dobry PR. Zaskakująco dobry, jak na kobietę polityka.

Jest pierwszą kobietą na stanowisku burmistrza Aten w trzy i półtysiącletniej historii tego miasta. W wyborach w 2002 roku dostała 61 procent głosów – więcej niż ktokolwiek przed nią. I przez dwa kolejne lata pozostała najpopularniejszym politykiem w Grecji.

„Budzi respekt wśród mężczyzn", zauważa Angelos Athanassopoulos, dziennikarz gazety „To Vima". „Z konieczności i z powodu typu problemów, którymi się zajmuje, musiała przejąć pewne cechy męskie. Przede wszystkim dlatego, że jej podwładnymi są głównie mężczyźni. Ale nie straciła kobiecości".

Kostar Argyros dodaje, że kobiecie trudno zostać zaakceptowaną w świecie polityki. Większość kobiet obecnych w greckiej polityce znalazło się w niej z pozamerytorycznych powodów – są to na przykład byłe popularne aktorki. To jeden z powodów, dla których profesjonalistce jest trudniej.

Ja mam wrażenie, że nie tylko dlatego. Wystarczy przejść się ateńskim deptakiem, żeby zobaczyć, że greckie społeczeństwo jest bardzo patriarchalne. Na ławkach mężczyźni, w knajpach mężczyźni. Odpoczywają, gawędzą, palą papierosy, grają w komboloi. Gdzie są kobiety? Czasami jakaś wyjrzy przez okno i wrzaśnie na swojego faceta. Czasami przejdzie obwieszona zakupami i dziećmi.

Sama przekonałam się, jak dziwnie jest być kobietą choćby w greckiej knajpie. Koledzy operatorzy zaprowadzili nas do „męskiej nory" – knajpy, którą poznali, gdy byli w Atenach podczas olimpiady. Nieduża sala, kilka stolików, parę krzeseł, bar i telewizor. Na stolikach – kawa i alkohol, karty albo kości. W telewizorze leci mecz, w powietrzu wisi papierosowa siekiera. Prawdziwie męskie wnętrze. I rzeczywiście są tu tylko mężczyźni. Gdy koledzy wprowadzają ze sobą nas, swoje koleżanki, wywołujemy konsternację. Dopiero gdy serdecznie wita się z nami właściciel, konsternacja mija.

Rozumiem, że w tym kraju wciąż pewne dyscypliny zarezerwowane są tylko dla mężczyzn. Tak też do niedawna było z polityką.

W gabinecie Dory w gablotach stoją dwudziestocentymetrowe lalki przedstawiające byłych burmistrzów Aten. Sami mężczyźni. „Kiedy odejdę, stanę się lalką", śmieje się Bakojanni. „W sukience?", pytam. „W spódnicy. To będzie czerwona spódnica. Żeby było widać różnicę", deklaruje.

Przyznaje, że na początku było jej jako kobiecie ciężko w polityce. Ale zaraz dodaje, że to nie jest grecka specyfika. Że nawet jeśli ludzie są poprawni politycznie i nie mówią tego, to i tak myślą: „Cóż, ona jest kobietą...". Szczególnie trudno jest kobietom, które – tak jak ona – chcą mieć wszystko: być matką i żoną, a jednocześnie robić karierę. To oznacza nieustanną walkę z czasem. Zajmując się pracą, ma się wyrzuty sumienia, że nie zajmuje się dziećmi, a spędzając czas w domu, trzeba się martwić, że zaniedbuje się pracę. A kiedyś jeszcze trzeba spać...

Dora Bakojanni utorowała drogę do kariery wielu aktywnym greckim kobietom. One obserwują ją, podziwiają, naśladują i nagradzają.

Trafiamy na spotkanie Greckiego Stowarzyszenia Kulturalnego Kobiet. Luksusowy hotel, elegancko nakryte stoły, przy nich prawie same kobiety. Zadbane, raczej zamożne, raczej nie najmłodsze. Koledzy z ekipy żartują, że chętnie daliby się którejś damie zaadoptować. Dora jest tutaj boginią. Kiedy wchodzi, zaczynają się owacje, owacje są także, kiedy zaczyna swoje przemówienie, kiedy je kończy i kiedy wykonuje jakiś gest. Widać, że – mówiąc po męsku – jest doskonałą przewodniczką stada.

Angelos Athanassopoulos mówi, że Bakojanni ma w ogóle świetny kontakt z ludźmi, nie tylko z kobietami. Ma po prostu charyzmę. Potrafi pokazać, że jest bardzo blisko ludzi. Z jednej strony kreuje obraz kobiety dynamicznej, a z drugiej potrafi wyjść na ulicę i porozmawiać ze zwykłym obywatelem. I to tak naprawdę tego zwykłego obywatela najbardziej interesuje.

Anna Kozak dodaje, że kobiece umiejętności zjednują Bakojanni sympatię. Jest, jak każda kobieta, a szczególnie matka, opiekuńcza. Ma słabość do dzieci. Jednak gdy dochodzi do politycznego sporu, ściera się z oponentami jak mężczyzna z mężczyzną. Nie korzysta z kobiecych sztuczek, jest absolutnie konkretna. Jeszcze niedawno w Grecji kobieta mogła być jedynie piastunką ogniska domowego. Aktywne życie, kariera zawodowa były domeną męską. Od kilku lat tak nie jest.

Angelos Athanassopoulos: „Istnieją państwa, które są uważane za dużo nowocześniejsze niż Grecja, a mają jeszcze bardziej negatywne podejście do kobiet. Na przykład we Francji jest bardzo mało kobiet w parlamencie, choć coraz więcej w rządzie".

Brat Dory twierdzi, że trochę trwało, zanim uporała się nie tylko z kobiecością w polityce, ale i z nazwiskiem. Było ciężko, bo Grecy są konserwatywni i nie przywykli do silnych kobiet w polityce.

„To było dla niej podwójne wyzwanie", mówi. „Jest kobietą, ale też córką byłego premiera. Jednak zapracowała na własne nazwisko. Jest rozpoznawalna jako Dora. Nie Dora Bakojanni, ale Dora". Choć w rodzinnym życiu dała się prowadzić mężczyznom. I dała się uwieść męskim rozrywkom. Bo nawet komboloi w Grecji jest zarezerwowane tylko dla mężczyzn. Komboloi leżą w wielkiej ozdobnej misce na jej biurku. Wyglądają jak zupa z kolorowych koralików. Komboloi przypomina różaniec, koraliki zawieszone na sznurku. Trzyma się je w ręku i przekłada między palcami jeden po drugim. W kolekcji Dory jest jeden bursztynowy, z Polski.

Tłumaczy mi, że używa tego, by zrobić coś z rękami, gdy nie chce palić. Kiedyś komboloi było obiektem kultu, teraz służy tylko do zabawy. Już jako dziewczynka bawiła się komboloi ojca. Kiedy, jako dorosła, wystąpiła z komboloi w telewizji, jej mama bardzo się zdenerwowała. „Co ty robisz? Kobiety nie powinny się tym bawić, co ludzie pomyślą?", mówiła. Ale ludziom się to spodobało.

Po godzinach Dora Bakojanni to przede wszystkim mól książkowy. Dużo czyta. Lubi podróżować. Interesuje się jazdą konną. Tak jak jej mąż, biznesmen, Isidoros Kouvelos, za którego wyszła dziewięć lat po zamachu terrorystycznym na Pavla Bakojannisa. Jak mówi jej brat, Dora bardzo lubi spędzać czas i relaksować się w swoim domu w górach, spacerować, podziwiać piękne widoki. To ją odciąga od codziennych sporów i polityki. Aha, lubi też dobrze zjeść. Ma to po matce, mistrzyni kuchni.

Jest zadowolona ze swojego życia. Cieszy się z osiągnięć swoich dzieci i z tego, że nie popełniła poważnych błędów wychowawczych. Cieszy się, że zrobiła karierę w polityce.

„Czego by pani sobie życzyła na przyszłość?", pytałam w 2005 roku. „Życzyłabym sobie zdrowia, które jest najważniejsze, oraz równowagi, która również jest bardzo ważna, a także sukcesu w tym, co Grecy zdecydują, abym robiła", odparła. Mówiła też, iż wierzy, że

Grecja ma mnóstwo możliwości i że jako stary członek UE i NATO może odgrywać aktywną rolę w budowie nowej Europy.

Czas pokazał, że nie miała racji.

Dwa miesiące po naszym wyjeździe z Aten Dora Bakojanni została ministrem spraw zagranicznych Grecji. Było to najwyższe stanowisko, jakie w greckim rządzie pełniła kobieta. Dziś jest poza polityką. Dlaczego? Przez kryzys. Gdy wiosną 2010 roku wyszło na jaw, w jak strasznej sytuacji gospodarczej jest Grecja (dług publiczny sięga przynajmniej 112 procent PKB), Unia Europejska zdecydowała się udzielić jej pomocy w wysokości 110 miliardów euro. Warunkiem było jednak przeprowadzenie gruntownych reform. W maju grecki parlament debatował nad wprowadzeniem planu oszczędnościowego. Dora Bakojanni, nie oglądając się na stanowisko swojej partii, zagłosowała za. Lider Nowej Demokracji Antonis Samaras wyrzucił ją za to z partii.

„Przychodzą takie chwile w życiu, kiedy człowiek musi wybrać między wygodną ścieżką a milczeniem, między kompromisem i oportunizmem a trudną ścieżką odpowiedzialności. Nasz kraj stanął na progu bankructwa. Trzydzieści lat korupcji, bezsensownego wydawania pieniędzy, nieodpowiedzialności i etatyzmu doprowadziły nas do punktu, w którym teraz jesteśmy. W tej chwili Grecy potrzebują poświęceń. W takich okolicznościach nie są one jednak zbyt wielkie", napisała w oświadczeniu.

Dowiodła, że komplementy pod jej adresem nie były na wyrost.

THEODORA „DORA" BAKOJANNI

Urodzona 6 maja 1954 roku w Atenach.
Córka Konstantinosa Mitsotakisa – premiera Grecji w latach 1990–1993.
Wczesne dzieciństwo spędziła w Atenach, uczęszczała do elitarnych szkół. W 1967 roku, kiedy w Grecji władzę przejęli pułkownicy, jej rodzina wyemigrowała do Paryża. Studiowała komunikację i nauki polityczne, między innymi w Monachium. Tam poznała swojego przyszłego męża Pavlosa Bakojannisa, wtedy jeszcze dziennikarza, potem polityka.
W 1974 roku wraz z rodziną wróciła do Grecji. W 1989 roku jej mąż zginął w zamachu terrorystycznym zorganizowanym przez grupę „17 listopada". Zastąpiła go jako deputowana w okręgu Eurytania.
Karierę polityczną zaczęła u boku ojca. Została szefową jego gabinetu politycznego, później podsekretarzem stanu i ministrem kultury w jego rządzie.
W 2002 roku wygrała wybory na burmistrza Aten. Była pierwszą kobietą na tym stanowisku w historii Grecji. W lutym 2006 roku, znów jako pierwsza Greczynka, została ministrem spraw zagranicznych w rządzie Kostasa Karamanlisa. 21 listopada 2010 roku powołała własną partię o nazwie Sojusz Demokratyczny.
Ma dwoje dzieci ze związku z Pavlosem Bakojannisem – córkę Aleksję i syna Kostasa. Jej drugim mężem jest grecki biznesmen Isidoros Kouvelos.

Rozdział 9

SKAZANA NA SŁAWĘ
Alessandra Mussolini

założycielka partii Azione Sociale,
wnuczka Duce

*Dla Alessandry Mussolini najważniejsza jest Alessandra
Mussolini.*

Ryszard Czarnecki

Oglądam to jak urzeczona. Ona, ubrana w różową obcisłą bluzkę, mocno umalowana, z dużymi, seksownymi ustami, stoi na białym
tle i przemawia. Obiecuje ochronę rodziny oraz pomoc materialną
już na pierwsze dziecko, darmowe sztuczne mleko dla dzieci do szóstego miesiąca życia i powołanie ministerstwa dzieciństwa. Wygląda
to jak spot reklamowy w telewizji osiedlowej. Tymczasem to spot wyborczy Alessandry Mussolini, włoskiej deputowanej, szefowej partii.

Decyduję: muszę mieć ją w programie. Jej wizerunek, dodany
do nazwiska Mussolini i historii jej dziadka, pomnożony przez jej
wszystkie szokujące polityczne akcje – daje wybitnie elektryzującą
mieszankę.

Sądziłam, że umówienie spotkania z europosłanką, która uwie-
bia występy w telewizji, będzie tylko formalnością. Tymczasem

dzwonienie, wysyłanie e-maili, namowy przez znajomych trwały rok! Wreszcie zaczarowała ją Chiara, nasza producentka. Trudno się dziwić. Chiara Ferraris, córka Polki i Włocha, choć nigdy nie mieszkała we Włoszech, jest po włosku ujmująca. A przy tym super-solidna, dokładna, uparta. Ma wszystkie cechy, które musi mieć świetna producentka i kompan w służbowej podróży. No i jest poliglotką, mówi nawet po węgiersku. Po włosku mówi tak, jakby urodziła się w Rzymie. To musiało zrobić wrażenie na wnuczce Duce. Przestała wymawiać się płaczącymi dziećmi i brakiem czasu. Wreszcie powiedziała, żebyśmy przyjeżdżali.

Pojechaliśmy z rozkoszą. Tym większą, że ekipa „Damy Pik" jest przesiąknięta włoskością. Oprócz Chiary jest jeszcze operator kamery Witek Jabłonowski, który po pięciu latach pracy i życia we Włoszech ma tysiące włoskich zwyczajów. Do śniadania pija cappuccino, w dzień espresso – nigdy odwrotnie, pilnuje kelnerów, by do pizzy nie dodawali sosu pomidorowego. No i ma misję: zaprowadzić nas do najlepszych knajp w Rzymie i okolicach. Prosto z lotniska jedziemy na plażę na grillowaną rybę. To już nasza tradycja, którą zapoczątkowaliśmy, odwiedzając pół roku wcześniej Hannę Suchocką.

Z Alessandrą Mussolini spotykamy się w jej biurze poselskim, w starej kamienicy w centrum Rzymu. Wychodzi nam na spotkanie. Spodnie, zielony obcisły top, dyskretna złota biżuteria. Robi wrażenie. Moi koledzy między sobą wymieniają zachwyty, a i ja patrzę z uwagą. Wąska talia, obfity biust, duże usta i oczy, długie proste blond włosy. Do tego temperament, energia, stanowczość, spontaniczność właściwie od pierwszego zdania.

Emanacja włoskości. Cóż, w końcu to wnuczka Benito Mussoliniego i siostrzenica Sophii Loren. Skrzyżowanie bezwzględnej władzy i uwodzicielskiego piękna.

Można by oczekiwać, że urzęduje w jakimś naprawdę eleganckim biurze. Nic bardziej błędnego. Białe ściany, małe pokoje i niewiele miejsca, żeby wnieść nasz sprzęt. Takie pomieszczenie to dla nas zgroza. Równie dobrze moglibyśmy zrobić ten wywiad w publicznym szalecie. Sześć osób w ekipie plus kamery, światło i zwoje kabli skutecznie ograniczają przestrzeń. To najmniejsze pomieszczenie, w którym przyszło nam pracować w trakcie przygotowań „Damy Pik". A i rozmowa początkowo nie idzie najlepiej. „Z historii była pani prymuską?", pytam. Alessandra mówi, że wolała filozofię, którą zresztą zdawała na maturze. „Ale zdarzało się pani w szkole odpowiadać z Mussoliniego?", dopytuję i już z jej miny widzę, że to nie jest dobry kierunek. Odpowiada zdawkowo, że uczyła się tak jak wszyscy, raczej w sposób ogólny. Gdy pytam, kto był jej wzorem, denerwuje się: „Widzę, że cały wywiad jest o moim dziadku". Przez chwilę mam wrażenie, że zaraz wstanie i wyjdzie. Ostrożnie zmieniam więc kierunek pytań, o dziadka dopytam później. „Ciocia Loren była dla pani wzorem?". Alessandra łagodnieje. Mówi, że Sophia Loren była dla niej przede wszystkim ciocią, bo wzorów nigdy nie miała. Nie poddawała się indoktrynacji, nie należała do żadnych grup młodzieżowych, nie była aktywistką. Owszem, miała przygodę z kinem, ale tylko po to, by opłacić studia medyczne. Oczywiście docenia Loren jako aktorkę. Podobają jej się jej filmy, szczególnie komedie. Najbardziej *Małżeństwo po włosku*.

Internetowa wyszukiwarka, jeśli zada jej się hasło „Alessandra Mussolini", wyrzuca dziesiątki adresów stron pornograficznych. Zwolennicy mocnych wrażeń zawiodą się jednak: chodzi o kilkanaście zdjęć topless młodziutkiej Alessandry z czasów, gdy próbowała zostać gwiazdą. Zanim bowiem została aktorką, zarabiała jako modelka topless. Dwa razy trafiła nawet na okładkę „Playboya" – w edycji włoskiej i niemieckiej. Jej kariera filmowa przypada na lata osiemdziesiąte, choć już wcześniej, jako nastolatka, pojawiała się na ekranie. W 1977 roku zagrała u boku Sophii Loren w *Szczególnym dniu* w reżyserii Ettore Scoli.

Alessandra Longo, dziennikarka „La Repubblica", pamięta jej pierwsze zdjęcia jako aktorki z Sophią Loren, która dawała siostrzenicy instrukcje. Obie miały, modne wtedy, natapirowane włosy. „Miała chwilę popularności, ale z perspektywy czasu myślę, że jej przygoda z aktorstwem to raczej wybryk, ciekawostka", mówi Longo.

Zagrała w sumie w jedenastu filmach, głównie telewizyjnych. Porażka? Sama na pewno się do tego nie przyzna. Twierdzi, że show-biznes po prostu nie był dla niej. Ale przynajmniej nauczyła się tam przebijać łokciami przez życie.

Obserwatorzy są zgodni: może nie starczyło jej talentu na wielką karierę aktorką, ale z pewnością aktorskie zdolności pomogły jej w polityce.

Marek Borucki, historyk, autor książki o Duce zatytułowanej *Mussolini*: „Jej wystąpienia to nie są wystąpienia polityka, a aktorki".

Katia Bellilo, minister ds. równouprawnienia w latach 2000–2001, uważa, że dzięki temu, iż Mussolini wywodzi się z show-biznesu, czuje się w studiu telewizyjnym jak w domu. Zna operatorów, prowadzących programy, reżyserów. To jest jej świat, ona urodziła się aktorką. Jest, zdaniem Bellilo, świetna w tym, co robi, bo wykorzystuje wszystkie te środki, aby ciągle wieść prym, być na pierwszym planie, ubiegając w tym mężczyzn.

Alessandra Longo dodaje: „Ona urodziła się sławna. A jeśli z takim nazwiskiem wchodzisz do parlamentu, to choćbyś była bardzo miłą dziewczyną, wywołujesz dreszcz emocji".

Gdy pytam Alessandrę Mussolini, czy w polityce jej nazwisko to atut, czy przeszkoda, lekko się niecierpliwi: „Wie pani, ile razy odpowiadałam na to pytanie? Nigdy pani nie zgadnie. Dla mnie najbardziej uciążliwą rzeczą związaną z nazwiskiem jest odpowiadanie na to pytanie". Choć oczywiście nie może zaprzeczyć, że to nazwisko odgrywa pewną rolę. Mówi, iż kiedy ktoś przychodzi na świat w takiej rodzinie jak jej, to albo może zamknąć się w domu i nic nie robić, albo próbować robić wszystko jak najlepiej. Po niej wszyscy pewnie się spodziewali, że zamknie się w domu i odizoluje od świata. A ona zrobiła dokładnie odwrotnie. Co więcej, weszła do polityki jako jedyna w rodzinie, nie zrobił tego żaden z mężczyzn. „Znów okazało się, że my kobiety jesteśmy zawsze do przodu", śmieje się.

Dlaczego zamieniła show-biznes na politykę? Bo, jak tłumaczy, polityka zawsze była obecna w jej życiu, dyskutowano o niej w domu. O kandydowaniu do parlamentu zdecydowała, gdy poczuła się zmęczona brakiem zaangażowania. Podkreśla, że nie miała żadnego wsparcia, o wszystkim decydowała sama. Zastanawiam się, czy nie bała się, że gwiazdy okładek „Playboya" nikt nie będzie traktował poważnie. „Dlaczego?", dziwi się i wskazuje przykłady innych transferów z show-biznesu do polityki. Arnold Schwarzenegger, Ronald Reagan...

Pewne jest jedno: od Alessandry Mussolini warto uczyć się dobrego samopoczucia.

Rok 1993. Alessandra ma trzydzieści jeden lat i już od roku jest w parlamencie jako posłanka Włoskiego Ruchu Społecznego (MSI) – partii, którą po wojnie założyli zwolennicy Benito Mussoliniego. Kandyduje na burmistrza Neapolu. Jej głównym konkurentem jest Antonio Bassolino z partii komunistycznej.

Ich starcie przed kamerami przeszło do historii włoskich kampanii politycznych. Alessandra nie cofa się przed niczym. Zwraca się do przeciwnika „Och, Bassoli", skracając jego nazwisko w typowy dla dialektu neapolitańskiego sposób. Mówi: „Och, Bassoli, jak ty się dzisiaj ubrałeś, co za buty dzisiaj włożyłeś. Bassolino i takie buty?!". Efekt jest natychmiastowy. Telewidzowie dostają sygnał, że kandydaci dobrze się znają, skoro ona zwraca się do niego poufale. A on siedzi skulony przez cały program, bo chce ukryć te buty. Innym razem Alessandra bierze go pod włos i mówi: „Bassolino, przynosisz pecha". Przynoszenie pecha w Neapolu to poważny zarzut. Zaczepia go przez cały czas, nieustannie wprawia w zakłopotanie.

Gdyby była mężczyzną, Bassolini odpowiedziałby jej dosadnie. Wobec kobiety nie może sobie na to pozwolić. Luca Telese, dziennikarz „Il Giornale", zauważa, że to był pierwszy przypadek, kiedy w polityce odegrała rolę płeć.

Był to też jeden z niewielu przypadków we Włoszech, gdy o urząd burmistrza dużego miasta ubiegała się kobieta. Dziś kobiety stoją na czele między innymi Mediolanu i Neapolu, ale wciąż wśród burmistrzów stanowią nie więcej niż 10 procent. Włoszki zresztą raczej unikają polityki. W działalność partyjną angażuje się jedynie 0,7 procent z nich. W Izbie Deputowanych jest ich 113 (na 512 deputowanych), w Senacie – 53 (na 312 senatorów). 47,2 procent włoskich kobiet nawet nie rozmawia o polityce.

W partii jej kandydowanie nie wzbudza entuzjazmu. Ona jednak stawia na swoim i otrzymuje nominację. Jej kampania to nie tylko spektakularne telewizyjne show, ale przede wszystkim setki spotkań z ludźmi. Alessandra pojawia się we wszystkich zaułkach Neapolu. „Kocham was", powtarza, biorąc na ręce małe dzieci i czule obejmując ich matki. *„Mamma mia*, co za piękna kobieta!"*, cmokają na jej widok mężczyźni. Krytycy wypominają, że oprócz barwnych zapowiedzi przepędzenia na cztery wiatry skorumpowanych polityków w imię zaprowadzenia „porządku i zasad" jej wyborczy program pozbawiony jest konkretów.

Jej to nie zraża. „A więc dobrze, jestem populistką, jeśli oznacza to, że obietnice wyborcze składa się ludziom bezpośrednio, twarzą w twarz, nie poprzez telewizyjny ekran. Trzeba mieć odwagę obiecywać ludziom to, czego pragną, nawet wiedząc, że obietnic bardzo trudno będzie dotrzymać", mówi. I zdobywa serca mieszkańców Neapolu. Z Antoniem Bassolino przegrywa wtedy o włos, ale do dziś odnosi w tym mieście sukcesy w wyborach parlamentarnych. Znów działają geny, tym razem neapolitańskie. W pobliskim Pozzuoli mieszkała jej babcia ze strony matki, Romilda Villani.

Wyjeżdżamy z wąskich uliczek centrum Rzymu i obwodnicą kierujemy się do dzielnicy EUR. Oto wizja Rzymu autorstwa Benito Mussoliniego. Robi niesamowite wrażenie. Monumentalne budowle z jasnego piaskowca, szerokie aleje, równo przycięte trawniki. Marzę, by napić się espresso. Jedyna kawiarnia przypomina hotelową restaurację – przeszklone sale, ogródek zabudowany plastikowym ogrodzeniem. Kawa jest droga, a croissantów nie ma wcale. Trudno wyobrazić sobie mniej rzymski klimat. A jednak jest tu coś, co przypomina, gdzie jesteśmy – to kwadratowe Colosseum, widoczne z każdego punktu dzielnicy. To Palazzo della Civiltà del Lavoro (Pałac Cywilizacji Włoskiej), zbudowany w latach 1938–1943 z inicjatywy Benito Mussoliniego. Najbardziej charakterystyczny gadżet z epoki.

Niektórzy mówią, że dzisiaj gadżetem w polityce jest Alessandra Mussolini. Z pewnością w kategoriach gadżetu ona sama traktuje faszyzm. Choćby sto razy powtórzyła, że karierę zawdzięcza tylko własnej pracowitości, to jednak drogę do popularności utorowało jej nazwisko. Gdy wstąpiła do MSI, brytyjski „The Sunday Times" pisał: „Mussolini maszeruje na Rzym w mini". A ona, choć krytykowała na przykład ustawy rasowe z czasów faszyzmu, nie odżegnywała się od ideałów dziadka. Dziennikarzowi „The International Herald Tribune" zakomunikowała: „Moja decyzja o podjęciu działalności politycznej jest końcowym aktem II wojny światowej".

Rok 1992 był dla Włoch szczególny. Wybuchła wtedy gigantyczna afera korupcyjna, która zmiotła ze sceny politycznej rządzącą nieprzerwanie od przeszło czterdziestu lat chadecję i jej socjalistycznych sojuszników. Otworzyła za to bramy wielkiej polityki przed outsiderami, choćby właśnie Włoskim Ruchem Społecznym. Ruch zaś pozwolił wejść do polityki wnuczce Duce, która deklarowała publicznie: „Faszyzm oznacza dla mnie porządek i kontrolę. Wybrałam MSI, bo jest najbliższy ideałom mojego dziadka".

Kandydowała do parlamentu z Neapolu, gdzie zdobyła ponad 56 tysięcy głosów – najwięcej ze wszystkich kandydatów MSI. „Przekształciła faszyzm w symbol pop. W symbol, który nie bierze pod uwagę tego, co się wydarzyło w Europie i we Włoszech, zapomina o dyskryminacji rasowej, o komorach gazowych, o ruchu oporu", zżyma się Marco Damilano, dziennikarz „L'Espresso". „Uosabia faszyzm, który jest zlepkiem różnych ideologii. Trochę prawicy, trochę lewicy, ruchy, instytucje, homofobia, ksenofobia, ale także widowisko. Kiedy przypomnimy sobie Duce na balkonie, z całą tą jego barwną otoczką, to widać także Alessandrę".

Jedziemy sfilmować słynny balkon w Palazzo Venezia, z którego Mussolini ogłosił, że Włochy wypowiadają wojnę Francji i Wielkiej Brytanii.

Zastanawiam się, ile z Duce jest w Alessandrze. W Warszawie odwiedzam historyka Marka Boruckiego, wspomnianego już specjalistę od Benito Mussoliniego. Wspólnie oglądamy jeden z programów telewizyjnych z udziałem Alessandry. Borucki dostrzega podobieństwo nie tylko fizyczne. Mówi, że podobnie przemawia, kopiuje gesty, macha prawą ręką, tak jak robił to Duce.

Alessandra urodziła się siedemnaście lat po śmierci dziadka. Jej rodzice rozwiedli się, gdy miała cztery lata, więc nie mieszkała z ojcem – synem Mussoliniego. Jednak właśnie z opowiadań jego i babci Racheli zna anegdoty o dziadku. Na przykład takie, że lubił sok grejpfrutowy, a nie lubił celebrowania posiłków, długiego siedzenia przy stole – zjadał i odchodził. „To są nasze wspólne cechy", mówi. Twierdzi, że w domu nie rozmawiano o nim jako o polityku.

Gdy pytam, czym jest dla niej faszyzm, długo wymienia dobre strony. Że nigdy wcześniej nie było ochrony prawnej dla pracowników, kobiet, dzieci. Powstały nowe przepisy prawne, wybudowano akwedukt na południu kraju, ciągle jeden z największych w Europie. Powstały miasta, osuszono bagna. Owszem, był czas sojuszu z Hitlerem, była II wojna światowa, ale jako okresu historycznego nie można, jej zdaniem, faszyzmu jednoznacznie źle oceniać.

Czy więc ona jest faszystką? Odpowiada pytaniem: „A co to znaczy być faszystką?". Tłumaczy, że jest kobietą swojego czasu, jest sobą. Nazywa się Mussolini, a zatem powinno być oczywiste, że z rodziną łączy ją miłość.

Dziennikarka Alessandra Longo pamięta pogrzeb ojca Alessandry, Romano Mussoliniego. Był znanym muzykiem jazzowym, a także autorem słynnego powiedzenia: „Jest świnią, kto w młodości nie był socjalistą". I choć całe życie unikał zaangażowania politycznego, jego pogrzeb, w lutym 2006 roku, stał się manifestacją faszystowską. Na placu w centrum Rzymu zgromadził się tłum, który żywiołowo reagował, gdy Alessandra pozdrawiała ich typowym faszystowskim gestem. Lungo wtedy zrozumiała, że jest ona więźniem tamtego świata. W dodatku z własnego wyboru.

28 października 1922 roku Benito Mussolini, szef Narodowej Partii Faszystowskiej, organizuje Marsz Czarnych Koszul. Wielotysięczna manifestacja jego zwolenników sprawia, że król Wiktor Emmanuel III mianuje go premierem.

Sześćdziesiąt siedem lat po wydarzeniu, które zapoczątkowało faszyzm we Włoszech, Alessandra Mussolini, wtedy jeszcze aktorka, bierze ślub. Trudno uwierzyć, że to przypadkowa data, choć Alessandra zapewnia, że to zbieg okoliczności. Przyznaje jedynie, że niezwykle ważny był dla niej fakt, iż uroczystość odbyła się w rodzinnej posiadłości ojca, w Predappio, niedaleko Bolonii. Jej mężem został Mauro Floriani, przystojny oficer policji podatkowej. Włosi ochrzcili go „panem Mussolinim". I tak już zostało. Co więcej, trójka ich dzieci nosi nazwisko matki.

Rzymscy dziennikarze wspominają, że gdy po jednym z jej głośnych protestów zebrali się u niej w domu, ona wygłaszała oświadczenia, a mąż piastował dzieci. W pewnym momencie przeprosiła reporterów, podeszła do męża i fuknęła: „Jak ty trzymasz to dziecko?!".

Luca Telese z „Il Giornale": „Alessandra Mussolini to kobieta wyzwolona, która robi karierę, podczas gdy mąż opiekuje się dziećmi. We Włoszech taki wzorzec kobiety na pewno nie istnieje na prawicy, ale też chyba nie ma go na lewicy".

Alessandra mieszka w prestiżowej dzielnicy Trieste, przy via Salaria. Eklektyczne kamienice, palmowe ogrody. Z pewnością dużo tam przyjemniej niż w jej biurze poselskim. Choć, podobno, tam też są białe ściany – fatalne jako tło dla telewizyjnego wywiadu. Pytam ją o to w białym biurze. Przyznaje, że biały to jej ulubiony kolor, bo jest praktyczny, szczególnie gdy w domu są małe dzieci. Ona swoim daje dużo wolności: nie strofuje ich, by nie dotykały tego czy tamtego, więc dość często musi odmalowywać ściany. Jeśli chodzi o meble, lubi klasyczne, w stonowanych kolorach: beżu, czerwieni, łososiowym. Nowoczesne szarości wywołują w niej niepokój. A czerń? Oczywiście, głównie dlatego, że wyszczupla. Choć – nie byłaby sobą, gdyby tego nie dodała – jej konieczność wyszczuplania nie dotyczy.

Dzisiaj Alessandra nosi eleganckie garsonki w stonowanych kolorach. Jednak ewolucja jej stylu trwała długo. Do ślubu szła w sukni bombce z bufiastymi rękawami i welonem przypominającym nylonową firankę. Gdy zaczęła karierę w polityce, pozowała do zdjęć w opalizujących, obcisłych sukienkach z głębokimi dekoltami i ozdobami z brylancików, w minispódniczkach i błyszczących rajstopach. Ciągle lubi kokietować strojem. W telewizji zazwyczaj występuje w mini mocno nad kolana. Luca Telese prowadził kiedyś program z jej udziałem w telewizji „7". Przyszła wtedy ubrana w bluzeczkę, w której trzy guziki były rozpięte, i w pewnym momencie usłyszała, jak operatorzy mówią między sobą „Ale ma biust!". Słysząc to, zarumieniła się i zapięła bluzkę. „Wtedy wtrąciłem, że nie musi tego robić. Ona zaczęła się śmiać i żartować, że ją peszymy. W rezultacie zrobiła pięciominutowe widowisko na temat swojego guzika", wspomina Luca.

Stroje wykorzystuje też w manifestacjach politycznych. Tu dochodzimy do najciekawszego z paradoksów dotyczących Alessandry Mussolini. Otóż związki z prawicą i odwoływanie się do ideałów dziadka nie przeszkadzają jej być aktywną działaczką na rzecz praw kobiet. Tych, o które zwykle walczy lewica. „Nazwisko kieruje ją ku prawicy, a fakt, że była aktorką, w stronę lewicy", tłumaczy tę sprzeczność Stefano Ceccanti, konstytucjonalista. Mussolini opowiada się między innymi za aborcją ze względów zdrowotnych, adopcją dzieci przez osoby samotne i za rozwodami. Broni ofiar gwałtów i popiera zapłodnienie in vitro. Czasem spektakularnie.

Rzym, luty 1999 roku. Sąd kasacyjny uniewinnia czterdziestopięcioletniego instruktora jazdy oskarżonego o gwałt na osiemnastoletniej kursantce, uzasadniając to tym, że ofiara miała na sobie obcisłe dżinsy, których zdjęcie wymagało współpracy ze strony dziewczyny.

Na apel deputowanej Alessandry Mussolini kilkanaście innych posłanek przychodzi na posiedzenia parlamentu w opiętych dżinsach. „Będziemy je nosić, dopóki wyrok nie zostanie zmieniony", zapewnia. Został zmieniony.

Angażuje się w pracę nad zmianą przepisów dotyczących przemocy seksualnej. Chce, by prawo było surowsze dla gwałcicieli. Gdy prace w parlamencie przeciągają się, występuje w telewizji zakneblowana. To jej protest przeciw zbyt powolnemu trybowi zajmowania się ustawą przez Senat.

Przeciw senatorom występuje też, gdy ci chcą zaostrzyć ustawę o in vitro. Z koleżankami z lewicy idzie do Senatu ubrana w koszulkę z napisem: „Żadnych ustaw przeciwko ciału kobiety". Zostają wtedy obrażone przez senatorów prawicy, konflikt przenosi się przed kamery telewizyjne. Tym razem przegrywają, ustawa ograniczająca stosowanie in vitro przechodzi przez parlament.

Alessandra Longo mówi, że te akcje świadczą o jej odwadze, dobrej intuicji, ale – dodaje – jej siła tkwi tylko w szybkich i spektakularnych manifestacjach, a nie w tworzeniu ustaw. Przyznaje jednak, że działania te niosły ważny przekaz.

Rok 2000, rośnie przedwyborcza gorączka. W jednej z debat telewizyjnych, obok wielu innych partyjnych przywódców, spotykają się Alessandra Mussolini i Katie Bellila, ówczesna minister ds. równouprawnienia. Atmosfera jest gorąca, kłócą się wszyscy ze wszystkimi. Prowadzący dopuszcza do głosu Bellilę. Ona mówi, Mussolini bezustannie jej przerywa. Wreszcie Bellila nie wytrzymuje: *„Basta!* Daj mi skończyć", apeluje. Bez rezultatu. Podnosi się więc i idzie w kierunku Alessandry, krzycząc: „Jesteś taka sama jak twój dziadek!". Alessandra wymierza jej kopniaka. Katie – jak sama opowiada – ma ochotę złapać ją za nogę i zwlec z podestu. Ma jednak przypięty mikrofon, więc brakuje jej pola manewru. Na odchodnym rzuca więc w Alessandrę mikrofonem.

Gdy pytam ją o tamto spotkanie, Bellila uśmiecha się: „To było wiele lat temu, przecież nie biję się z nią codziennie".

Jednak działania Mussolini na rzecz kobiet ocenia z rezerwą. Twierdzi, że jej wizytówką jest raczej kłopotliwe nazwisko Duce, który zniósł w kraju wszystkie wolności, niż walka o prawa kobiet.

A walczyć, zdaniem byłej minister, jest o co. Bo choć w ostatnim trzydziestoleciu kobiety zdobyły bardzo wiele praw, to w polityce prawie nie istnieją. Włoskie kobiety nadal nie wykorzystują swoich możliwości i kompetencji. Działają w komisjach parlamentarnych, którym przewodniczą mężczyźni. Tak samo jest zresztą w innych dziedzinach – szkolnictwie czy medycynie. Im wyżej w hierarchii, tym więcej mężczyzn.

Alessandra Mussolini jest jednak dumna z tego, co robi dla kobiet. Szczególnie z działań na rzecz przeciwdziałania przemocy seksualnej i z walki z pedofilią. Podkreśla, że stoczyła kilka ważnych batalii, które sprawiły, że we włoskim społeczeństwie zaczęto przywiązywać większą wagę do spraw kobiet. „Zmienił się sposób myślenia. Choć oczywiście ogromnie dużo jest jeszcze do zrobienia", mówi. I broni swojego, często krytykowanego, sposobu działania. Bo, jej zdaniem, nie można protestować po cichu. Tylko spektakularne gesty dają rozgłos. „Nie za dużo agresji?", pytam. Obrusza się. Przecież kobiety wciąż padają ofiarą przemocy słownej, więc słów protestu nie należy owijać w bawełnę. Tłumaczy, że jej działalność to w pewnym sensie forma odwetu za przemoc, która dotyka kobiety, za fakt, że kobiety, które zostają matkami, są często karane za macierzyństwo – wracają do pracy na gorszych warunkach. Nie zarabiają tyle co mężczyźni na równorzędnych stanowiskach. „We włoskiej mentalności wciąż pokutuje przekonanie:»Jest kobietą, to powinna siedzieć w domu i zajmować się wyłącznie rodziną«. Chcę walczyć z tymi przesądami. Kobiety muszą zacząć kierować, wziąć sprawy w swoje ręce, bo przez wszystkie te lata to kobietami kierowano", podkreśla.

Kieruje partią, ale przede wszystkim samą sobą. Trudno też oprzeć się wrażeniu, że zbyt często pozwala, by kierowały nią temperament i intuicja. Nie zawsze wychodzi jej to na dobre.

10 marca 2006 roku, Włochy znów szykują się do wyborów. W studiu telewizji RAI Alessandra Mussolini, szefowa partii Alternatywa Socjalna, spotyka się z Vladimirem Luxurią, transseksualistą z partii komunistycznej. Ona ubrana w czarny żakiet z aksamitu i czerwoną bluzkę, on w damski żakiet i bluzkę z koronkowymi falbankami. Dyskusja jest oczywiście gorąca. Temperaturę wrzenia osiąga, gdy Alessandra, odpierając zarzut, że do jej partii należą osoby o skrajnych poglądach, wypala: „Lepiej być faszystą niż pedałem". I zadowolona z siebie, dorzuca: „Patrzcie tylko na niego. Ubiera się jak kobieta i myśli, że może mówić, co chce".

Marco Damilano z „L'Espresso" zwraca uwagę, że zrobiła to w momencie, gdy była już znana z angażowania się w sprawy kobiet. Mogło się więc wydawać, że jeśli chodzi o kwestie obyczajowe, jest kobietą lewicy. Tutaj tymczasem pokazała najgorsze prawicowe oblicze. Zdaniem Damilano Mussolini nie jest przywiązana ani do wartości prawicowych, ani lewicowych: korzysta z różnych w zależności od tego, co chce powiedzieć.

Rzym, listopad 2003 roku. Alessandra Mussolini po dziewięciu latach emocjonalno-politycznej sinusoidy odchodzi z Sojuszu Narodowego, który powstał na bazie Włoskiego Ruchu Społecznego. Nie chodziło o jej walkę o prawa kobiet, która mogła nie podobać się w prawicowej partii. Ani o niewyparzony język, ani nawet o aferę korupcyjną, na której obrzeżach zaplątał się jej mąż. Poszło, znowu, o dziadka.

Tłumaczyła wówczas: „Gianfranco Fini, który zrobił karierę, powołując się na ideały mojego dziadka, powiedział w Izraelu:»Benito Mussolini to absolutne zło, faszyzm równa się totalne zło«. Dlatego odeszłam, uznałam, że moje nazwisko jest nie do pogodzenia z tą partią".

Alessandra Longo, dziennikarka „La Repubblica", przypomina, że wcześniej Mussolini już raz odeszła z Sojuszu Narodowego. W 1994 roku mówiła, że czuje się zniewolona przez partyjne schematy, osaczona przez męski szowinizm. Zwróciła się wtedy ku skrajnej prawicy, ku tym ludziom, którzy nie zaakceptowali marszu Finiego w stronę prawicy nowoczesnej. Potem jednak wróciła. I była u Finiego przez wiele lat. Dopiero gdy obraził jej dziadka, zostawiła go definitywnie.

Marco Damilano: „Nazwała go «Badoglio«. To marszałek, który 25 lipca 1943 roku zajął miejsce Duce po monarchistycznym zamachu stanu. W jej ustach»Badoglio« to tyle co zdrajca, łajdak".

Po rozstaniu z Finim Alessandra Mussolini zakłada własne, tym razem skrajnie prawicowe ugrupowanie Alternatywa Socjalna. W 2004 roku w wyborach do Parlamentu Europejskiego zdobywa 1,2 procent głosów, co wystarcza, że dostała jeden mandat.

Jedzie do Brukseli, ale nie pozwala Włochom o sobie zapomnieć. Wciąż jest bohaterką politycznych widowisk.

Wiosną 2005 roku jej partia nie dostaje czasu antenowego przed zbliżającymi się wyborami samorządowymi. Alessandra pojawia się wtedy przed siedzibą dyrekcji telewizji RAI w towarzystwie dwóch nieposłusznych owieczek. Chce pokazać, że obywatele traktowani są jak stado owiec. Niedługo potem przed budynkiem sądu administracyjnego w Rzymie rozpoczyna strajk głodowy. Mieszka w przyczepie kempingowej. Protestuje w ten sposób przeciw decyzji o wykluczeniu jej partii z kwietniowych wyborów lokalnych w regionie Lazio. Alternatywa Socjalna została skreślona, kiedy okazało się, że sfałszowano 900 podpisów popierających tę partię. „Będę tu siedziała dzień i noc aż do rozstrzygnięcia apelacji", zapowiada, a sprawę transmitują światowe media.

Alessandra Longo zauważa, że nie ma innego polityka we Włoszech, który tylko ze względu na nazwisko mógłby wzbudzać takie zainteresowanie międzynarodowych mediów.

Sąd przychyla się do apelacji i zezwala na start Alternatywy Socjalnej w lokalnych wyborach.

Gdy rok później zbliżają się wybory parlamentarne, do koalicji zaprasza ją Silvio Berlusconi. I znów wybucha skandal. Z partią Mussolini współpracują bowiem ugrupowania Nowa Siła i Front Socjalno-Narodowy, których liderzy Roberto Fiore i Adriano Tilgher domagają się prawa do głoszenia poglądów nazistowskich, podważają istnienie Holocaustu i chcą zamknięcia Włoch dla imigrantów. Berlusconi nie zgadza się co prawda, by znaleźli się oni na listach wyborczych, ale kandydaci z partii Mussolini nie są wiele lepsi. Otwarcie głoszą poglądy w rodzaju: „Trzeba zamknąć granice i wyrzucić wszystkich nielegalnych imigrantów, bo stanowią oni zagrożenie dla czystości naszej rasy" albo: „Nie mamy nic przeciwko gejom, przeciwko pedałom. Mogą spokojnie pracować, ale trzeba ich ukrywać, jak tylko to możliwe. Ich obecność wywołuje dewiację naszego społeczeństwa".

Wybory w 2006 roku o włos wygrywa lewica Romano Prodiego. Alternatywa Socjalna nie zdobywa żadnego mandatu, poparcie dla niej nie przekracza jednego procentu. Ale sojusz Berlusconiego z Mussolini okaże się całkiem trwały. Trudno się dziwić. Alessandra pytana wówczas przez dziennikarzy o kłopoty premiera z prawem odparła: „Jeśli należy mu wytoczyć jakiś proces, to tylko beatyfikacyjny".

Łasy na pochwały włoski premier takich rzeczy nie zapomina.

Eurodeputowany ze związanej z Berlusconim Forza Italia Mario Mantovani nie może nachwalić się Alessandry Mussolini. Zachwyca się jej odwagą. Że potrafiła odłączyć się od swojej macierzystej partii i zdystansować się wobec takiego lidera jak Gianfranco Fini. „Jako jedyna kobieta we Włoszech stworzyła swoją własną małą partię. Jest kobietą, która uprawia politykę na serio", podkreśla.

Gdy pytam obserwatorów włoskiej sceny politycznej o jej osiągnięcia, nie potrafią wymienić ich zbyt wielu.

Alessandra Longo wypomina jej rozczarowujące połączenie się z ekstremalną, twardą prawicą. Zwróciła jej na to uwagę podczas jednego z wywiadów. Mówiła: „Pani jest ofiarą swojego nazwiska. Co jako młoda, pracująca kobieta, matka trójki dzieci ma pani wspólnego z tymi faszystami, z osobami, które są na marginesie demokracji?!". Mussolini bardzo się wtedy zdenerwowała. Zdaniem Longo ona tego węzła nie potrafi rozwiązać.

Marco Damilano twierdzi, że z punktu widzenia praktyki ustawodawczej Alessandra Mussolini nie istnieje we włoskiej polityce: nigdy nie zgłosiła projektu żadnej ustawy, która miałaby jakikolwiek sens, nigdy nie była w rządzie, nie była podsekretarzem ani ministrem. Istnieje jedynie jako postać w tym, co niektórzy nazywają politycznym teatrzykiem. Jest osobowością, której w starannie dobieranej obsadzie telewizyjnych show nie może nigdy zabraknąć. „Nikt inny tak jak ona nie wyraża ludowego i chłopskiego ducha włoskiej prawicy", mówi.

Luca Telese dziwi się, że choć udaje jej się wywoływać wiele dyskusji, to jednak nie jest w stanie zbudować organizacji, solidnych podstaw dla tego, co robi.

Stefano Ceccanti podsumowuje: „W polityce jej rola jest marginalna. W tej chwili istnieje tylko jako osobowość telewizyjna".

Marek Borucki zastanawia się, skąd bierze się jej popularność: „W dyskusjach jest niepokonana. Nie dopuszcza przeciwników do głosu, zakrzykuje niemalże. Jest bardzo energiczna, robi sceny, wywołuje wydarzenia polityczne, którymi przez kilka dni zajmują się gazety. A jednocześnie nie jest skandalistką, przynajmniej jak na włoskie standardy. Myślę, że Włochom to się podoba. Tak jak Berlusconi. Świat się oburza, a Włosi go lubią".

Włochom się podoba, światu mniej. W Parlamencie Europejskim nie przetrwała całej kadencji. Odeszła w atmosferze skandalu. A wcześniej robiła wszystko, by zwrócić na siebie uwagę. W Strasburgu pytam o nią polskich eurodeputowanych.

Janusz Lewandowski mówi, że jest głośna, krzykliwa, niekiedy irytująca. Jest raczej elementem parlamentarnej galerii osobliwości, czyli osobowości dziwnych. Ma, jego zdaniem, kłopoty z wkomponowaniem się w europejskie średnie. Ryszard Czarnecki wspomina, jak kiedyś przewodniczący Parlamentu, Josep Borrell, odebrał jej głos, a ona mówiła dalej; wyłączył mikrofon, a ona nie przerywała. Wzbudziło to nawet ciepłe poruszenie na sali. To jest, według Czarneckiego, jej metoda: zrobić jakiś wielki szum, błysk, fajerwerk, zabrać głos na początku sesji, kiedy są jeszcze kamery telewizyjne, przebić się z jakimś oświadczeniem. „Niestety często mówi nie na temat, ma własne pomysły, jaki powinien być porządek obrad, i dlatego wyłączają jej mikrofon. Ma trochę anarchiczne usposobienie, a Parlament Europejski jest instytucją, gdzie, co jak co, ale anarchia nie jest dobrze widziana", mówi. Dodaje, że ponieważ sąsiadują ze sobą ich biura, to wie, że tak naprawdę nieczęsto tu bywa: jej skrzynka na korespondencję zazwyczaj pęka w szwach, tak rzadko ją odbiera. „Ale muszę przyznać, że jest pogodną, sympatyczną osobą z dużym poczuciem humoru. Jest zakochana w sobie, ale to się politykom zdarza. Myślę, że dla Alessandry Mussolini najważniejsza jest Alessandra Mussolini", dodaje.

Marek Siwiec: „Jej nazwisko, jej poglądy i jej wygląd działają jak mieszanka piorunująca. Nie znam osoby, która nie odwróciłaby się za nią".

W 2007 roku udziela wywiadu rumuńskiemu dziennikowi „Cotidianul". Mówi: „Rumuni uczynili z przestępczości swój styl życia". Ta wypowiedź oburza jej kolegów z frakcji ITS (Identity, Tradition and Sovereignty) – pięciu rumuńskich eurodeputowanych z Partii Wielkiej Rumunii. Grożą, że w ramach protestu odejdą z frakcji. Ostatecznie to Alessandra Mussolini składa dymisję.

Na dobre wraca do Włoch, pod skrzydła Silvio Berlusconiego. W kolejnych włoskich wyborach, w 2008 roku, startuje już z jego Ludu Wolności. Oczywiście z okręgu Kampania, gdzie stolicą jest Neapol. Zdobywa mandat i szefuje parlamentarnej komisji ds. dzieci i młodzieży. W 2010 roku zdobywa 20 tysięcy głosów w wyborach do rady regionu Kampania.

Ścisła współpraca z premierem nie przeszkadza jej go krytykować. Gdy media oskarżają go, że wpycha telewizyjne gwiazdki na listy wyborcze do Parlamentu Europejskiego, ona przychodzi im w sukurs. „Teraz premier powinien powciągać na listy wyborcze paru męskich modeli, aby oczyścić się z zarzutów seksizmu i nie dyskryminować wyborczyń", drwi.

Gdy rozmawiałyśmy w jej gabinecie, wyznała: „Marzy mi się utworzenie partii samych kobiet, takiej, jaka działa w Australii. Postawiłybyśmy sobie za cel doprowadzenie do tego, że kobiety miałyby w społeczeństwie równe szanse z mężczyznami".

W tej chwili jest od tego marzenia dalej niż kiedykolwiek. Przypominam sobie jednak, że kiedyś w jednym z wywiadów na pytanie, czy zaangażowanie w kwestię kobiecą oznacza, iż zrezygnowała z prawicowych wartości, odpowiedziała: „Nie podobają mi się ci, którzy pozostają zawsze na tych samych pozycjach".

Oto tajemnica Alessandry Mussolini. Nigdy nie pozostaje na tych samych pozycjach. Chyba że chodzi o nazwisko.

ALESSANDRA MUSSOLINI

Urodzona 30 grudnia 1962 roku w Rzymie.

Magister sztuki ze specjalizacją menedżer filmowy (Uniwersytet w Rimini) i absolwentka medycyny, specjalizacja chirurgia.

Wnuczka włoskiego dyktatora Benita Mussoliniego, siostrzenica Sophii Loren.

W latach siedemdziesiątych i osiemdziesiątych była aktorką (najsłynniejszy film to *Szczególny dzień*, w którym wystąpiła u boku Sophii Loren), piosenkarką (nagrała popowy album Amore) i modelką (dwukrotnie pojawiła się na okładkach „Playboya" – w edycji włoskiej i niemieckiej).

W latach 1992–2004 sprawowała mandat posłanki do Izby Deputowanych. Po raz pierwszy weszła do parlamentu z ramienia postfaszystowskiego Włoskiego Ruchu Socjalnego (Movimento Sociale Italiano, dziś Movimento Sociale Italiano – Destra Nazionale). W 1993 roku bez powodzenia ubiegała się o stanowisko burmistrza Neapolu.

Jako działaczka MSI poparła wejście w koalicję z centroprawicą Silvia Berlusconiego, sprzeciwiała się jednak rozwiązaniu partii. Ostatecznie przystąpiła do Sojuszu Narodowego (Alleanza Nazionale).

W 2003 roku odeszła z Sojuszu Narodowego i założyła partię Akcja Socjalna (Azione Sociale). Rok później, w wyborach do Parlamentu Europejskiego zdobyła jedyny mandat z ramienia swojej formacji. W 2007 roku złożyła mandat.

Przed włoskimi wyborami parlamentarnymi w 2006 roku zawiązała koalicję z dwoma skrajnie prawicowymi partiami, w tym z otwarcie neofaszystowską Nową Siłą (Forza Nuova). Utworzone w ten sposób ugrupowanie Alternatywa Socjalna (Alternativa Sociale) przystąpiło do bloku Dom Wolności (Casa delle Libertà) Silvia Berlusconiego.

W 2008 roku Mussolini zerwała z koalicjantami. W tym samym roku dołączyła do partii Silvio Berlusconiego – Lud Wolności (Popolo della Libertà), z którego listy uzyskała mandat posła XVI kadencji. W Izbie Deputowanych została przewodniczącą komisji ds. wychowania dzieci i młodzieży.

Rozdział 10

GAZELE BIEGAJĄ SZYBCIEJ
Ségolène Royal

kandydatka na prezydenta Francji w 2007 roku

Przede wszystkim chodzi o to, aby kobieta była postrzegana nie jako „nie mężczyzna", ale jako ktoś równy. Ani lepszy, ani gorszy.

Ségolène Royal, „ELLE"

W 2006 roku Bill Clinton obchodził sześćdziesiąte urodziny. Z tej okazji specjalnie dla niego w nowojorskim The Beacon Theatre zagrał zespół Rolling Stones. „To ogromna przyjemność, że wśród nas jest prezydent Clinton ze swoim mężem", rzucił ze sceny Mick Jagger. Dodał: „Przepraszam, Bill, wszystkiego dobrego, *Happy Birthday*".

To był początek kampanii, na razie partyjnej, Hillary Clinton. My byliśmy wtedy na półmetku kręcenia odcinków „Damy Pik". Dyskusja o roli kobiet w polityce była coraz gorętsza. Zapowiadał się światowy przełom. Kobiety miały szanse wygrać, a przynajmniej wystartować w nadchodzących wyborach prezydenckich w Stanach Zjednoczonych i we Francji. Ostatecznie Hillary Clinton nie dostała nominacji swojej partii – w prawyborach zwyciężył Barack Obama, a Ségolène Royal przegrała wybory.

W 2006 roku Royal prowadziła we wszystkich sondażach. Dlatego pojechaliśmy do Francji zbadać fenomen kobiety, która – choć od lat w polityce – nigdy nie zajmowała szczególnie eksponowanych stanowisk. I która niespodziewanie nie tylko zdobyła sympatię Francuzów, ale też, co było dużo trudniejsze, pokonała opór we własnej partii.

Paryż, kwiecień 2006 roku. Nawet, gdybym wcześniej nie wiedziała o istnieniu Ségolène Royal, już po krótkim spacerze ulicami miasta, zorientowałabym się, że jest tu o niej głośno. Krótki przegląd prasy w kiosku z gazetami. Na pierwszej stronie lewicowego dziennika „Le Nouvel Observateur" jej twarz i tytuł: „Ségolène Royal. Jej idee i strategie, jej atuty i słabe strony". Na jedynce popularnej „VSD" jej zdjęcie i podpis: „Ségolène Royal: Czy jest już gotowa, żeby zostać prezydentem Francji?". Prawicowy „Le Point" zapowiada na pierwszej stronie: „Tajemnica Royal". Prestiżowy ilustrowany tygodnik „Paris Match" poświęca jej okładkę z kuszącym tytułem: „Ségolène Royal. Trudno jej się oprzeć".

Gdy spytam potem Ségolène, jak to jest widzieć się na tylu okładkach, powie, że z pewnością nie uderza jej do głowy woda sodowa. Raczej stara się przewidzieć, skąd może paść cios. Zdaje sobie sprawę, że obecność w mediach może powodować krytykę.

Wie, o czym mówi, bo właśnie od wywiadu prasowego wszystko się zaczęło: jej rosnąca popularność i niechęć partyjnych kolegów. We wrześniu 2005 roku w „Paris Match" ukazał się duży materiał o „królewskiej Ségolène Royal". Było dużo pięknych zdjęć pokazujących ją, jak pracuje i jak spędza czas z dziećmi. W tekście padło zdanie, że nie wyklucza kandydowania na prezydenta. Koledzy z partii nie darowali jej, że drogę do prezydentury rozpoczęła bez porozumienia z nimi. Wykreowała się sama.

Tytuł w „Paris Match" był trafny. Pani Royal rzeczywiście jest taka jak jej nazwisko – dworska. Wokół niej biega zgraja asystentek.

Robią sztuczny tłum i wywołują wrażenie niedostępności szefowej. Każda z nich ma jej coś ważnego do przekazania, a wszystkie razem wyglądają jak stadko gruppies. Oddane, pełne uwielbienia, zapatrzone w swoją gwiazdę. Dzięki jednej z nich „dostaliśmy" ten wywiad. Ma przyjaciółkę w Polsce. Kiedy wpłynęło nasze zaproszenie, zadzwoniła do niej i zapytała, co to za telewizja ta TVN 24. Wyczerpująca i pełna uznania odpowiedź dodała nam prestiżu, a panią asystentkę zmobilizowała do zorganizowania spotkania.

Okazało się ono przełomowe. Co prawda nie dla Ségolène Royal, a dla jednej z osób w naszym teamie. Osobiście dla mnie ważniejszej niż wyniosła pani Royal. Ale o tym później.

Na pierwsze spotkanie jedziemy do miasteczka Poitiers w regionie Poitou-Charentes, którego szefową od 2004 roku jest Royal. To 350 kilometrów na południowy-zachód od Paryża. Szybkie pociągi TGV na peronie paryskiego dworca Montparnasse wyglądają jak stalowe węgorze. Są potężne i przeraźliwie długie. Jak zwykle działa prawo Murphy'ego: jeżeli stoisz na początku przeraźliwie długiego pociągu, w ręku trzymasz bilet i masz już bardzo mało czasu, to na pewno twoje miejsce jest w ostatnim wagonie. Dobiegnięcie do tego, dziewiętnastego, wagonu trwa wieczność. Wnętrze, skromne, ale komfortowe, wynagradza trud, choć i tak największą atrakcją jest prędkość. Świat za oknami ucieka szybko, a w tunelach zatykają się uszy – jak w czasie lądowania samolotu. Podróż trwa godzinę i czterdzieści minut.

W Poitiers trafiamy na sesję rady regionu. Temat: pomoc dla małych i średnich przedsiębiorstw. Przemawia głównie Ségolène Royal. Jest jedną z niewielu kobiet w wielkiej sali. Mamy też trafić do jej biura, ale na to, mimo wcześniej umówionego spotkania, musimy czekać kilka godzin. Wtedy tę jej dworskość czujemy bardzo wyraźnie. W Polsce nie zdarzyło mi się być umówioną z politykiem na konkretną godzinę, a później oczekiwać na spotkanie pod drzwiami kolejne kilka. Nie zdarzyło mi się to też w czasie pracy nad innymi odcinkami „Damy Pik".

Ale nie ma tego złego, co by na dobre nie wyszło. Nie siedzimy sami. Poznajemy Emanuele Scorcelettiego. To mieszkający w Paryżu fotograf, Włoch, który ma w portfolio album Sharon Stone i jest stałym bywalcem Festiwalu Filmowego w Cannes. Co robi w tym, bądź co bądź, nieco zapyziałym biurze? To samo co my! Czeka na panią Royal. Jemu jest łatwiej, bo zna ją już od jakiegoś czasu. Fotografuje jej kampanię dzień po dniu, towarzyszy jej w podróżach, bywa w domu, obserwuje na spotkaniach z wyborcami i naradach sztabowych. Miło nam się rozmawia. Już wiadomo, że jesteśmy włoskolubni, a że akurat w ekipie są i Chiara, i Witek, tematów nie brakuje. Chociaż głównie rozmawiamy o zwyczajach pani Royal, chcemy wyciągnąć od Emanuele jak najwięcej informacji. Ja udaję, że nie widzę, iż najchętniej przekazuje je Chiarze...

Zanim pojawi się nasza bohaterka, oglądamy finał regionalnego konkursu pieśniarsko-recytatorskiego. Przyznam, widywałam ciekawsze spektakle. Wreszcie jest. Czarująco uśmiechnięta, ale zdystansowana i chłodna. Na pytania odpowiada zdawkowo. Sięgam po wypróbowaną sztuczkę i pytam, co najbardziej lubi gotować. Zwykle to przełamuje lody. Dowiaduję się, że nie umie przyrządzić ślimaków, ale robi smaczną pieczeń wołową i, przy okazji, że w Poitiers jest najlepsze mięso na świecie. Dlaczego? Odpowiada zupełnie poważnie, że tutejsze krowy jedzą jabłka, bo pasą się na łąkach pod jabłoniami. I wręcza nam pamiątkowe książki ze zdjęciami tych krów.

Ségolène Royal nie wygląda na pięćdziesięciotrzyletnią matkę czwórki dzieci. Kiedy pozbędzie się swojego dworu, robi nawet sympatyczne wrażenie. Jest świetnie ubrana – różowy szal ociepla szary żakiet – i dużo się śmieje. Zyskuje, kiedy jest „bliżej". Bliżej człowieka. Ludzi, wyborców. Dobrze o tym wie.

Przekonuje mnie, że polityka to jej pasja. Polityka jest tak obciążająca, że gdyby nie owa pasja, nie starczyłoby jej sił. „Nie zamieniłaby pani polityki na nic innego?", pytam. I tu mnie zaskakuje. Bo mówi, że właściwie mogłaby robić coś innego. Być lekarzem albo architektem. Gdyby wybrała karierę artystyczną, to by śpiewała. Ale tak się złożyło, że została politykiem. Wybrała ten kierunek kariery.

Jest rok 1982. Niespełna trzydziestoletnia Ségolène dowiaduje się, że jest wakat w kancelarii prezydenta Francji, François Mitteranda. Dzwoni do znajomego z otoczenia prezydenta i dostaje tę pracę.

Jak to się stało, że dziewczyna z prowincji, absolwentka nauk ekonomicznych na Uniwersytecie w Nancy w ogóle wykonała taki telefon? Wówczas mieszkała już w Paryżu i miała za sobą studia w prestiżowej Krajowej Szkole Administracji (ENA) – to uczelnia nazywana kuźnią kadr dla francuskiej władzy. Stąd wywodzą się politycy z obu stron politycznej barykady. Tu poznała François Hollanda, mężczyznę, z którym spędziła ćwierć wieku. On właśnie wciągnął ją w politykę. Być może on też namówił ją do tego telefonu.

Ségolène pracuje w ekipie specjalnego doradcy Mitteranda, Jacques'a Attaliego.

Profesor Georges Mink z Francuskiej Akademii Nauk tłumaczy mi, że Royal należy do polityków, którzy nazywani są we Francji pokoleniem François Mitteranda. W jego otoczeniu było sporo młodych, zdolnych technokratów, choćby późniejsza minister pracy Martine Aubry czy Elizabeth Guigou, minister delegowana ds. stosunków europejskich w kilku rządach w latach dziewięćdziesiątych. Royal razem z Hollandem byli na tym dworze ważnymi osobami. „Mitterand miał jedną zaletę: wszystkich swoich współpracowników puścił na szerokie wody polityczne", mówi Mink.

Na szerokie wody wypływa w 1988 roku, gdy zostaje deputowaną Zgromadzenia Narodowego z departamentu Deux-Sevres w zachodniej Francji. W latach dziewięćdziesiątych wchodzi do rządu. W latach 1992–1993 jest ministrem ds. środowiska, później, między rokiem 1997 a 2000, kieruje resortem szkolnictwa, a w 2000 roku zostaje ministrem ds. pracy, solidarności społecznej, rodziny, dzieci i osób niepełnosprawnych. Wtedy jest o niej głośno. Wprowadza rewolucyjne przepisy, między innymi urlop wychowawczy dla ojców i prawo ojców po rozwodzie do opieki nad dziećmi.

Denis Leroy, doradca Ségolène Royal, przypomina, że dzięki niej weszła w życie ustawa przyznająca kobiecie prawo do decydowania o swoim ciele. Młode dziewczyny zyskały prawo do stosowania pigułek antykoncepcyjnych już w szkołach.

Sukces, który być może zdecydował o jej prezydenckich ambicjach, osiąga w 2004 roku. Jako pierwsza kobieta zostaje przewodniczącą regionu. W dodatku bój o tę funkcję wygrywa z mężczyzną, urzędującym premierem, pochodzącym z Poitiers Jean-Pierre Raffarinem. Profesor Georges Mink wspomina, że to była krwiożercza kampania. Bardzo dla niej trudna, bo miała naprzeciwko siebie szowinistyczny, fallokratyczny obóz, który przedstawiał ją jako kobietkę bez wielkich możliwości. Ona tymczasem walczyła bronią mężczyzn, biła się na pięści. Nie grała na swojej kobiecości. I wygrała. To było symboliczne zwycięstwo, bo ktoś, kto pokonuje premiera, który jest szefem większości politycznej, natychmiast zyskuje sławę.

Gdy pytam Ségolène Royal, z których swoich politycznych osiągnięć jest najbardziej zadowolona, mówi, że jest dumna z ustaw dotyczących rodziny: z urlopu dla ojców, ze wszystkich ustaw dotyczących aktów przemocy w rodzinie. I zaraz dodaje coś, co w ustach przyszłej kandydatki na prezydenta brzmi zaskakująco: że polityka jest na drugim miejscu, bo jej głównym sukcesem jest sukces osobisty, czyli czworo dzieci, rodzina.

Ségolène Royal gadułą nie jest. Jej odpowiedzi przeważnie ograniczają się do krótkich, pojedynczych zdań. Może dlatego, że to pierwsze z naszych kilku spotkań. Rozglądam się wokół i widzę, że w jej gabinecie wisi mnóstwo zdjęć. Jedne w ramkach, inne po prostu przyklejone lub przybite do ścian, tablic, desek. Część to pamiątki ze spotkań z ludźmi – jest ich imponująco dużo. Część to zdjęcia prywatne – z ówczesnym partnerem François Hollandem, z dziećmi. Szukam wśród nich zdjęć z „Paris Match" z 1992 roku – wtedy, jako minister ds. środowiska, wpuściła fotoreporterów do szpitala, gdzie urodziła właśnie swoją najmłodszą córkę Florę. Tego akurat zdjęcia nie dostrzegam, ale widzę wystarczająco dużo innych, by uwierzyć, że rodzina jest dla Ségolène Royal najważniejsza. Jej współpracownicy opowiadają w wywiadach, że zdarzało jej się odbierać telefony od dzieci w trakcie ważnych narad i spokojnie tłumaczyć, co mają sobie odgrzać na obiad. Dopóki dzieci nie podrosły, kończyła pracę o osiemnastej i unikała zawodowych zobowiązań w weekendy.

„Jest bardzo dobrze zorganizowana", mówi mi Denis Leroy. „Czas służbowy to czas służbowy, czas prywatny to czas prywatny. Kiedy pracuje, a dzwonią akurat dzieci, wyłącza się na chwilę z pracy".

Wówczas często dzwonił też François Hollande. „Relacjonuje mu przebieg spotkań, dyskutują, czy zachowała się dobrze, czy może popełniła jakiś błąd", opowiadał mi w 2006 roku Leroy. „Gdy on mówi: »Tutaj przesadziłaś«, ona odpowiada zazwyczaj: »François, jestem niezależna«".

Royal w rozmowie ze mną podkreśla, że partner z tej samej partii to zaleta: można wspólnie rozwiązywać kwestie polityczne, wymieniać poglądy. To, jej zdaniem, pomaga. Zaznacza, że nigdy nie prosi go o radę: chce sama ponosić odpowiedzialność za swoje błędy. Zapowiada, że nie poprosi go o oficjalne wsparcie w partyjnych wyborach kandydata na prezydenta. „Jeśli okaże się, że François ma większe szanse na zwycięstwo w wyborach, wystartuje on", mówi. Dodaje, że jeśli w partii pojawi się ktoś inny, kto będzie miał więcej szans, to Hollande poprze tę osobę, a nie ją.

François jest wówczas sekretarzem Partii Socjalistycznej, a więc – w strukturze partyjnej – jej szefem. W wywiadach obydwoje powtarzają, że jej kandydowanie na prezydenta będzie ich wspólną decyzją, a on będzie wspierał ją w kampanii. Do końca prezentują się jako idealna para. Co więcej, nowoczesna, bo nie związana przysięgą małżeńską, a tak zwanym PACS, czyli paktem solidarności między partnerami.

Leroy, który znał ich prywatnie, nie mógł się nachwalić Ségolène i François. Powtarzał, że to para, która codziennie mogłaby dawać lekcje na temat tego, czym jest miłość. „Kochają się z nowoczesną inteligencją dwóch osób, które są świadome, że życie to przede wszystkim historia każdego z osobna".

Historią każdego z osobna ich związek stał się tuż po wyborach.

François Hollande wciągnął ją do polityki. Na krzywdę kobiet uwrażliwił ojciec.

W rozmowie ze mną Ségolène wspomina, że w domu nauczyła się uczciwości i oszczędności. Było ośmioro rodzeństwa, rodzice niewiele zarabiali, więc wcześnie nauczyła się dzielić z innymi. Pierwsze nowe ubranie – czerwono-czarną sukienkę – dostała, gdy miała czternaście lat, wcześniej donaszała ubrania kuzynek i dwóch starszych sióstr. „Nauczyłam się w domu miłości rodzicielskiej. Myślę, że jak było się kochanym dzieckiem, to łatwiej jest kochać własne dzieci. Często słyszymy o przypadkach przemocy w rodzinach. Wiele dzieci nie zna odruchów miłości rodzicielskiej. A ja tym nasiąkłam w dzieciństwie", opowiada.

Nie jest do końca szczera. Gdy miała dziewiętnaście lat pozwała do sądu swojego ojca za maltretowanie matki. Urodziła się w Dakarze – stolicy Senegalu, który wówczas był francuską kolonią. Jej ojciec, pułkownik Jacques Royal wojskowy dryl wprowadzał również w domu. Synom, gdy byli nieposłuszni, golił głowę do skóry. Nie widział powodu, by kształcić córki – uważał, że ich miejsce jest przy mężach. Ségolène jako jedyna z sióstr nie poddała się dyscyplinie. Sumiennie uczyła się od podstawówki. A w dorosłym życiu zawsze walczyła o prawa kobiet.

Gdy zaczęło się mówić, że Ségolène może wystartować w wyborach, jej partyjny kolega Laurent Fabius, zapytał publicznie: „A kto zajmie się dziećmi?". Inny, Jack Lang, mówił: „Ładna buźka nie wystarczy, trzeba również studiować dokumenty. Wybory prezydenckie to nie konkurs piękności".

To pokazuje, że Francja, choć bardzo przyjazna kobietom w sferze prawnej (długie urlopy macierzyńskie, finansowe wsparcie państwa dla młodych matek, dostępność antykoncepcji, liberalna ustawa aborcyjna), w sferze obyczajowej jest bardzo macho.

Potwierdza to współpracujący z TVN 24 Marek Brzeziński, były korespondent RFI, obecnie korespondent Polskiego Radia w Paryżu, podczas wspólnej podróży do Poitiers. Według jego relacji Francuzi śmieją się z dowcipów w rodzaju: „Co się dzieje, kiedy umiera mąż? Kobieta traci trzy czwarte rozumu".

Jak na nowoczesny kraj kobiet w polityce jest tu zaskakująco mało. Pierwsza w wyborach prezydenckich startowała w 1974 roku Arlette Laguiller, w kolejnych wyborach – kilka innych. To jednak były kandydatury symboliczne, bez wpływu na wynik wyborów. W 1991 roku, z woli prezydenta Mitteranda, premierem została Édith Cresson. Zrezygnowała po niespełna roku. Nie podołała skali szyderstw. Ważne ministerstwa? Też słabo.

Dlaczego tak się dzieje? Pytam znawców i graczy francuskiej sceny politycznej.

Nathalie Kosciusko-Morizet, deputowana z regionu Essonne z ramienia UMP (partii Nicolasa Sarkozy'ego), mówi, że w parlamencie jest mniej więcej 12 procent kobiet i wynika to z francuskiej tradycji. Kobiety zaczynają karierę, gdy już odchowają dzieci. Wtedy jest już zwykle za późno, żeby mieć szanse na start w wyborach na szczeblu narodowym. A mężczyźni politycy nie ułatwiają kobietom startu. Nie są przyzwyczajeni do współpracy z kobietami, nie potrafią więc podejmować z nimi dyskusji, czują się nieswojo w konfrontacji. „To tak jakby kazać tenisiście, który jest praworęczny, zagrać nagle z tenisistą leworęcznym", obrazowo porównuje Kosciusko-Morizet.

Evelyne Pichenot, przewodnicząca Delegacji Unii Europejskiej Rady Ekonomicznej i Społecznej (CES), dodaje, że we Francji przez bardzo długi czas kobieta była postrzegana jako ktoś, kto w życiu politycznym łagodzi obyczaje, sprawia, że atmosfera jest milsza. Nie zmieniła tego nawet ustawa o parytetach – od 2000 roku kobietom przysługuje 50 procent miejsc na listach wyborczych, ale w centralnej polityce i tak karty rozdają mężczyźni.

Profesor Georges Mink uważa, że wynika to z tradycji społeczeństw przemysłowych, w których kobiety stanowiły mniejszość w elitach. Udało to się przełamać na północy Europy, w Skandynawii, gdzie wyrównywanie szans kobiet i mężczyzn jest żelazną zasadą od wielu lat. We Francji wciąż silna jest tradycja de Gaulle'a, który był bardzo konserwatywny w tej kwestii.

Tymczasem Francuzi domagają się większego udziału kobiet w życiu publicznym. W sondażu opublikowanym we francuskiej „ELLE" w 2006 roku aż 94 procent respondentów uznało, że byłoby zupełnie naturalne, gdyby prezydentem została kobieta. Komentując ten sondaż, Ségolène Royal powiedziała: „Oficjalnie żadna partia nie powie, że równe szanse kobiet i mężczyzn to bzdura, ale wielu polityków wciąż ma problem z tym, żeby to uszanować. To się powoli zmienia, ale wciąż kobieta polityk wzbudza skrajne emocje i często staje się obiektem niewybrednych komentarzy. Podważa się jej kompetencje, motywacje, cele. Daje się odczuć, że chyba coś się jej pomyliło i trafiła nie tam, gdzie trzeba".

W rozmowie ze mną Royal przyznaje, że trudno być we Francji kobietą politykiem. Bo polityka jest brutalna, wymaga dużo czasu, wiąże się z rywalizacją, są w niej przepychanki. Znajduje jednak dobrą stronę tego: ponieważ kobiet jest mało, to łatwiej je rozróżnić. Jest to jakaś rekompensata. Pytam, czy dano jej kiedykolwiek do zrozumienia, że ma mniejsze szanse, bo jest kobietą. Przypomina

reakcje partyjnych kolegów na jej decyzję o kandydowaniu. Pytano, kto będzie zajmował się dziećmi, mówiono, że to nie jest konkurs piękności.

Denerwuje ją to, bo sprawia, że debata przestaje być merytoryczna.

Cieszy ją, że Francuzi mówią, iż chcą kobiety prezydenta, ale
dobrze wie, że nie wystarczy być kobietą. Na drodze jest pełno
przeszkód.

Najtrudniejsze przeszkody czekały na nią we własnej partii. Kiedy byliśmy we Francji, Ségolène była jeszcze przed partyjnym te-
stem – dopiero w listopadzie 2006 roku miała, w partyjnym
głosowaniu, zostać oficjalnie wybrana na kandydata Partii Socjalistycznej w wyborach prezydenckich. Już wcześniej sondaże dawa-
ły jej nawet 59 procent poparcia. W partii wrzało.

Lionel Jospin, Laurent Fabius, Dominique Stauss-Kahn – starzy
socjalistyczni wyjadacze – przekonywali François Hollande'a, by
powściągnął ambicje partnerki.

„Royal zdobyła popularność w środowiskach niezajmujących
się polityką – wśród młodzieży, kobiet. To zirytowało członków
partii", tłumaczy Jacques Julliard, dziennikarz „Le Nouvel Observateur". „Jej obecność zmieniła zasady gry".

Gry, do której socjaliści szykowali się od dawna. Stąd irytacja
faktem, że ni stąd, ni zowąd outsider wychodzi na pierwszą pozycję i zmniejsza ich szanse. Tym gorzej, że jest to outsiderka. Gdy
wreszcie wygrywa w partyjnych prawyborach (zdobywa 60 procent
głosów, Dominique Strauss-Kahn – 21 procent, Laurent Fabius – 18
procent), na trybunę paryskiej Mutualité (siedziby Ubezpieczeń
Wzajemnych) wkracza Yvette Roudy, była socjalistyczna minister
ds. kobiet. Ona właśnie odczytuje list od prezydent Chile, Michel-
le Bachelet: „Twoja nominacja nie jest niespodzianką, lecz wielkim
krokiem w kierunku równouprawnienia. Całuję".

Kobiety biją brawo. Mężczyźni są bardziej powściągliwi.

Po przegranych wyborach Ségolène wyda autobiografię *Moja najpiękniejsza historia to wy*, w której o socjalistycznych politykach napisze: „Stado słoni przysięgło sobie, że mnie zmiażdży. [...] W życiu codziennym socjaliści nie są nieznośnymi seksistami. Ale wybory prezydenckie to już co innego".

Gdy podczas wywiadu pytam ją, czy nie boi się zmiażdżenia przez słonie, odpowiada: „Gazele biegają szybciej".

Ségolène Royal mówi niewiele, ale z pewnością potrafi słuchać. Romain Gubert, dziennikarz „Le Point", uważa, że to właśnie ta umiejętność przysporzyła jej popularności.

Gdy obserwuję ją w Poitiers, nie mam wątpliwości, że spotkania z ludźmi to jej pasja. Lubi spotykać się, rozmawiać, oczarowywać, agitować. Jej doradca Denis Leroy objaśnia nam jej metodę: „Buduje pozytywną relację z drugim człowiekiem w trzech etapach. Najpierw słucha. Potem wyciąga wnioski, pyta, czy dobrze zrozumiała, proponuje postępowanie, które miałoby rozwiązać problem, a na koniec wnioskuje: »Więc zabieramy się do tworzenia programu«".

Rozmawia z ludźmi na żywo – podróżuje pociągami, przystaje, gdy ktoś zaczepia ją na ulicy. Komunikuje się też przez internet. Założyła istniejącą do dziś stronę internetową Desirs d'avenir (Przyszłe marzenia), gdzie prowokuje do dyskusji na temat państwa. Pyta na przykład, co należy zmienić, żeby zahamować bezrobocie i doprowadzić do społecznego porozumienia. Internauci odpowiadają, a ona wyciąga wnioski.

Dopóki partia nie nominowała jej na kandydata w wyborach, unikała publicznego ujawniania tych wniosków. Mówiąc dosadniej – nikt nie znał jej programu.

Jacques Julliard narzekał, że unika merytorycznych dyskusji, a na wszystkie trudne pytania odpowiada: „Pomówimy o tym później".

Sama przekonuję się o tym, próbując rozmawiać z nią o wojnie w Iraku – wtedy był to gorący temat europejskiej polityki. Wywinęła się od odpowiedzi.

„Unika wszystkich tematów, które mogłyby zirytować ludzi", diagnozuje Romain Gubert i bezlitośnie punktuje: nie wiadomo, jakie ma plany dotyczące podatków, czy chce stworzyć miejsca pracy w sektorze publicznym, w jakim stopniu jest proeuropejska, czy chce zmodernizować francuski model socjalny, czy dofinansowywać, aż sam się rozpadnie. To wszystko jest tajemnicą.

Marek Brzeziński w tym braku konkretów upatrywał przyczyn jej popularności. Tłumaczył, że Francuzi są zmęczeni postaciami, które obecnie są na scenie politycznej. Ona nie precyzuje swoich planów, ale mówi o szansach dla młodych ludzi, o tym, że trzeba patrzeć na ręce pracodawcom i że przedsiębiorcy nie powinni bogacić się kosztem pracownika. To bardzo populistyczne hasła, ale w momencie, gdy jest duże bezrobocie i ludzie czują się niepewnie, okazują się bardzo nośne.

Program ujawnia trzy miesiące po partyjnej nominacji, podczas spotkania wyborczego w Villepinte. Ogłasza sto punktów – to nawiązanie do 110 obietnic François Mitteranda. Obiecuje między innymi podwyższenie emerytur o 5 procent, a płacy minimalnej z 1250 do 1500 euro, zapewnienie pracy dla każdego absolwenta sześć miesięcy po ukończeniu studiów, zablokowanie elastycznego czasu pracy w małych przedsiębiorstwach, refundację antykoncepcji dla kobiet. Mówi: „Usłyszałam wasze lęki, wasze apele, ale także wasze nadzieje. Ze mną polityka już nigdy nie będzie dziać się bez waszego udziału".

Christine Ockrent, znana francuska dziennikarka i feministka, w książce *Kobiety u władzy* tak opisuje to spotkanie: „Ubrana w kolorze swojej partii w białą bluzkę i czerwony kostium, odkryła w końcu swój prezydencki program. Zagrała na emocjach, mówiąc o fundamentalnych wartościach rodziny i nawiązując do swoich doświadczeń jako matki, wymieniła sto propozycji mających swe podstawy w tradycyjnych wartościach lewicy, które, jak podkreśliła, powstały przy udziale Francuzów uczestniczących w wyborczych debatach. Obserwatorzy czyhali na błąd lub potknięcie. Ale działacze Partii Socjalistycznej odetchnęli z ulgą, widząc efekty jej wystąpienia, a ona sama raz jeszcze z właściwą sobie pewnością pokazała, jakie wrażenie robi jej kobiecość i wygląd".

Właśnie, wygląd. Gdy oglądam jej zdjęcia z czasów, gdy była ministrem, nie mogę uwierzyć, że to ta sama osoba. Za duże okulary, za długa spódnica, za chuda, źle uczesana. Raczej typ urzędniczki pocztowej niż ulubienicy mas. Teraz – elegancka, ale nie wyniosła. Wygląda młodo, ale nie przesadnie – raczej dzięki warunkom genetycznym niż operacjom. Prawdopodobnie nosi rzeczy od drogich projektantów, na pewno też z popularnych sieciówek. Na kilku zdjęciach widzę ją w żakiecie z Zary, który znam z szafy mojej koleżanki. Często ubiera się na biało. Według Christine Ockrent to celowy zabieg: „Ségolène Royal nigdy nie zakłada spodni, często nosi ubrania w kolorze białym [...], oznaczającym czystość, uczciwość, a nawet niewinność. Jeśli wierzyć znawcom kolorów, słowo kandydat, pochodzące od łacińskiego *candidus*, oznacza [...] »tego, kto nakłada nieskazitelnie białą szatę, by wystąpić przed swoimi wyborcami«".

Eksperci nie mają wątpliwości, że wygląd jest jej ważną zaletą.

Jacques Julliard podkreśla, że jest ładna, a jeśli chodzi o kobiety-polityków to niewątpliwy atut. Gdyby była źle ubrana, gruba, źle uczesana, jej sukces byłby mniejszy.

Profesor Georges Mink uważa, że Royal się po prostu podoba. Odświeża wizerunek polityka swoją młodą, ładną twarzą.

W połowie stycznia 2006 roku ta twarz pojawia się na okładce francuskiej „ELLE". To pierwsza w historii magazynu okładka z kobietą-politykiem. Autorem jest nasz znajomy z Poitiers, fotoreporter Emanuele Scorcelletti z agencji GAMMA. Opowiada nam, jak powstało to zdjęcie: „Wróciła akurat z podróży do Chile. Przygotowałem plan w ogródku, ale zaczęło padać. Pojechała odebrać dzieci ze szkoły, a ja w tym czasie zainstalowałem się w salonie. Pozdejmowałem obrazy, poprzesuwałem kanapy i stół. Krótko mówiąc – przerobiłem jej salon na studio fotograficzne. Trochę się bałem, że się wkurzy, jak to zobaczy. Tymczasem gdy wróciła, powiedziała tylko: »O, jak ładnie«. Zrobiliśmy to zdjęcie w piętnaście minut".

Emanuele spędził z Ségolène Royal ponad miesiąc i bardzo ją polubił. Za to, że potrafi znaleźć czas dla prawie wszystkich. Dla swoich asystentów, sekretarzy, dziennikarzy, a nawet przechodniów, którzy zaczepiają ją, gdy idzie ulicą.

Ségolène jest przekonana, że urzekła Francuzów tym, co zrobiła jako minister. Również tym, że jest niezależna w wyrażaniu poglądów. Pamiętają, jej zdaniem, że jej poprzednicy przegrali sprawę bezrobocia, wiedzą, że fundamentalne wartości to szkolnictwo, rodzina, środowisko. Lubią ją, bo nie uprawia polityki dla siebie, nie ma bzika na punkcie władzy.

Wierzy, że Francja byłaby inna, gdyby prezydentem została kobieta. Byłaby to, według niej, zupełnie nowa epoka, zmieniłby się wizerunek Francji za granicą. Francja przekroczyłaby pewien etap na poziomie nowoczesności, a jednocześnie pozostałaby wierna sobie. „Przecież symbolem Francji jest Marianna. Ona jest kobietą", podkreśla.

Zmiana epoki nie nastąpiła. W drugiej turze wyborów w 2007 roku 53 procent głosów dostał Nicolas Sarkozy, ona 47 procent.

Ciągle jest o niej głośno. Nawet wtedy, gdy wcale tego nie chce. Odkąd rozstała się z Hollandem, paparazzi polują na jej nowych narzeczonych. Łączono ją z Bruno Gaccio, czterdziestoośmioletnim gwiazdorem telewizyjnym, i André Hadjezem, marokańsko-francuskim właścicielem agencji nieruchomości. Ona wszystkiemu zaprzecza. Za opublikowanie zdjęć z Hadjezem podała „Paris Match" do sądu.

Pojawia się wszędzie, gdzie można zdobyć punkty wyborcze. Pojechała nawet na Gwadelupę, gdy zaczęły się tam gwałtowne strajki. Komentuje rzeczywistość. Gdy w 2009 roku papież Benedykt XVI powiedział, że prezerwatywy są bezużyteczne w zapobieganiu AIDS, ostro skrytykowała tę wypowiedź. W styczniu 2011 roku pojawiła się w Jarnac, na obchodach piętnastej rocznicy śmierci François Mitteranda. „Już od dawna, w głębi duszy miałam ochotę przejąć dziedzictwo po François Mitterandzie. Bo powodowała mną miłość do Francji", mówiła tam.

Wciąż kieruje regionem Poitou-Charentes. W 2008 starała się o stanowisko sekretarza generalnego Partii Socjalistycznej. Przegrała z Martine Aubry, merem Lille, byłą minister pracy i spraw socjalnych. Aubry dostała w głosowaniu 50,2 procent głosów. Royal stwierdziła wtedy: „Mam dużo czasu, żeby przemyśleć wszystko i popracować nad pewnymi sprawami. Ale ci, którzy mnie znają, wiedzą, że nie będę stać z założonymi rękami. Rok 2012 jest już niedługo, coraz bliżej".

W 2012 roku będą następne wybory prezydenckie. Jesienią 2011 roku odbędą się partyjne prawybory. Cytowany przez Grzegorza Dobieckiego w tygodniku „Wprost", Frederick Mitterand, bratanek charyzmatycznego prezydenta, na cmentarzu w Jarnac powiedział: „Nie wydaje mi się, żebym widział wśród obecnych tu osób [...] godnego następcę swojego wuja".

Wizyta ekipy „Damy Pik" raczej nie wpłynęła na życie Ségolène Royal. Za to dla nas miała fundamentalne znaczenie. Spotkanie z Emanuele okazało się bardziej zobowiązujące, niż się spodziewałam. Musiałam pożegnać się z dobrą producentką. Kilka miesięcy później Chiara oznajmiła mi, że przeprowadza się do Francji. Do dziś mieszka w Paryżu.

SÉGOLÈNE ROYAL

Urodzona 22 września 1953 roku w bazie wojskowej w Dakarze, w Senegalu. Ma siedmioro rodzeństwa.

W 1980 roku ukończyła Państwową Szkołę Administracji (ENA). Była sędzią Sądu Administracyjnego.

Od początku swojej kariery politycznej związana z Partią Socjalistyczną. Wychowanka François Mitteranda. W 1988 roku startuje w wyborach do Zgromadzenia Narodowego z okręgu Deux-Sèvres i zostaje deputowaną. W latach 1992–1993 pełni funkcję minister ds. środowiska w rządzie Pierre'a Bérégovoya. W 1997 roku ponownie zostaje członkiem rządu, najpierw jako minister ds. szkolnictwa (1997– –2000), a później ds. pracy, solidarności społecznej, rodziny, dzieci i osób niepełnosprawnych (2000–2002).

W 2004 roku wygrywa wybory na prezydenta regionu Poitou--Charentes, pokonując w bezpośrednim starciu ówczesnego premiera Jean-Pierre'a Raffarina. Funkcję przewodniczącej Rady Regionalnej regionu Poitou-Charentes sprawuje do dziś (została ponownie wybrana 26 marca 2010 roku).

W 2005 roku ogłasza, że wystartuje w wyborach prezydenckich w 2007. Sondaże dają jej wielkie szanse. W listopadzie 2006 roku Partia Socjalistyczna wyznacza ją na swojego oficjalnego kandydata.

W pierwszej turze wyborów prezydenckich dostaje 25,1 procent głosów. W drugiej turze zdobywa 47 procent i przegrywa z Nicolasem Sarkozym, na którego głosuje 53 procent uprawnionych. 30 listopada 2010 roku zapowiada, że rozpoczyna kampanię prezydencką i weźmie udział w prawyborach, by zdobyć nominację Partii Socjalistycznej. Jej kontrkandydatami są obecna liderka tej partii Martine Aubry i prezes Międzynarodowego Funduszu Walutowego Dominique Strauss-Kahn.

W czerwcu 2007 roku ogłasza rozstanie ze swoim wieloletnim partnerem François Hollandem, jednym z liderów Partii Socjalistycznej.

Ma czwórkę dzieci.

PODZIĘKOWANIA

Dziękuję mojej Ekipie. Oto ludzie, bez których nie byłoby „Damy Pik":

Marta Mojkowska (producent/kierownik produkcji)
Niestrudzona wojowniczka o urodzie anioła. Czarująca i dowcipna, ale uparta i nieustępliwa w dążeniu do celu. Merytorycznie surowa i szczera w ocenach, organizacyjnie wybitnie sprawna i niezastąpiona. Ma najpiękniejszy uśmiech świata, co przy załatwianiu pewnych rzeczy nie było bez znaczenia.

Chiara Ferraris (producentka/kierownik produkcji)
Egzotyczne połączenie polskich i włoskich korzeni, wybitnych zdolności językowych i pracowitości. Świetna organizatorka. Mówi po włosku, angielsku, węgiersku, a jak trzeba było, to nauczyła się w mig po francusku. Już na sam dźwięk jej imienia i nazwiska ciarki chodziły po plecach, nie tylko mnie.

Witek Jabłonowski (operator kamery)
Włoski duch w naszej ekipie. Powinien był urodzić się we Włoszech. Kocha ten kraj, mieszkał tam kilka lat, ma włoską duszę i włoskie zwyczaje. Pilnuje nas podczas przerw i sprawdza, o jakiej porze

pijemy cappuccino, a o jakiej espresso. Świetny operator. Otwarty człowiek. Jego dowcip i uśmiech przełamywały lody i zmiękczały niejednego poważnego urzędnika.

Tomek Śmigielski (operator kamery)
„Brat bliźniak" Witka. Razem tworzą doskonały duet. Świetny kompan. Nawet w najbardziej stresujących sytuacjach rozładowuje napięcie swoim wrodzonym spokojem. Koneser dobrego jedzenia i miłego spędzania czasu „po godzinach".

Paweł Wudarczyk (operator kamery)
Pasjonat swojej pracy. Wybitnie pracowity i pomysłowy. Zawsze „chce mu się chcieć". Otwarty i bezpośredni, czarujący. Zaczytany w historycznych książkach i zarażający swoją pasją. Nigdy nie widziałam, żeby w dwa dni można było nauczyć Kenijczyka mówić po polsku. Paweł tego dokonał.

Jacek Roczniak (operator kamery)
Czarujący dżentelmen. Spokojny, opanowany. Ma w sobie magiczną cierpliwość. Jedna z niewielu osób, które znam, potrafiąca powiedzieć wiele rzeczy oczami zamiast słowami.

Hubert Matys (operator dźwięku)
Spadochroniarz, były komandos, więc sama jego obecność wystarczała, by damska część ekipy czuła się bezpieczniej. Skrzętnie dokumentował naszą pracę zdjęciami robionymi telefonem komórkowym. Zawsze podróżował z „kotem" (futrzana nakładka na mikrofon chroniąca przed szumem wiatru).

Ryszard Lenartowicz (montażysta)
Mało mówi, dużo robi, i to jak! Genialny montażysta. Absolutny profesjonalista w swoim fachu, dokładny i perfekcyjny. Materiał

filmowy, który przywoziliśmy z wyjazdów na dyskach, ciął na kawałki i układał jeden za drugim. Czuwał nad wszystkimi szczegółami, a jak czegoś nie pamiętał, to zapisywał swoim najnowszym markowym pisakiem, w swoim wyjątkowym i niepowtarzalnym zeszycie.

Agnieszka Wasiak (makijażystka)
Chodzące słońce, w burzy blond loków. Uśmiech, pogoda ducha i zaraźliwy śmiech. Sprawna, szybka i dokładna. Może pracować o każdej porze i w każdych warunkach. Zawsze powtarzała, że może mnie malować nawet po ciemku i, jak się z czasem okazało, miała rację. Ma wielkie, dobre serce i dużo pozytywnej energii. W czasie wolnym wykorzystuje ją na zakupy.

Bez nich nie byłoby tego programu i tych wszystkich wspomnień.
Bardzo dziękuję też Małgosi Kozieł, Tomkowi Polsakiewiczowi, Krzyśkowi Nowickiemu, Piotrkowi Siwkowi, Lidce Winiczenko. Ciepło myślę o Piotrku Padykule (śp.).
„Been there, done that", czyli „byłaś tam, zrobiłaś to" – tak powiedział mi kiedyś były prezes TVN 24, Maciej Sojka. Gdyby nie te słowa, pewnie nie ruszyłabym w drogę „Damy Pik". Gdyby nie Mariusz Walter, Adam Pieczyński i Kamil Durczok, pewnie nie podążałabym wciąż tą drogą razem z TVN 24, a idę nią już dziesięć lat. Każdego dnia mogę spełniać się w swojej zawodowej pasji. Wielkie dzięki.